U0815305

一 个 人 ， 遇 见 一 本 书

TopBook
饕书客

TopBook
蠹书客

中國精怪故事集 II

李沁笛 著

陕西新华出版传媒集团
陕 西 人 民 出 版 社

图书在版编目（CIP）数据

中国精怪故事集. Ⅱ/ 李沁笛著. — 西安 : 陕西人民出版社, 2019

ISBN 978 - 7 - 224 - 13233 - 5

Ⅰ. ①中… Ⅱ. ①李… Ⅲ. ①故事—作品集—中国 Ⅳ. ①I247. 81

中国版本图书馆 CIP 数据核字（2019）第 109501 号

出 品 人：宋亚萍
总 策 划：刘景巍
出版统筹：韩　琳　关　宁
策划编辑：晏　藜　王　凌
责任编辑：王　倩　张启阳
整体设计：哲　峰

中国精怪故事集Ⅱ

作　　者　李沁笛
出版发行　陕西新华出版传媒集团　陕西人民出版社
（西安北大街 147 号　邮编：710003）
印　　刷　西安隆昌印刷有限公司
开　　本　787 毫米 ×1092 毫米　1/16
印　　张　21. 75
字　　数　290 千字
版　　次　2020 年 3 月第 1 版
印　　次　2020 年10月第 2 次印刷
书　　号　ISBN 978 - 7 - 224 - 13233 - 5
定　　价　55. 00 元

如有印装质量问题，请与本社联系调换。电话：029 - 87205094

序言

中国的典籍浩如烟海，精怪故事更数不胜数。从古到今，无论是读书人，或者贩夫走卒，没有不对鬼神感兴趣的。

苏轼被贬谪黄州时，经常布衣芒鞋泛舟江上，他自娱自乐的方式之一是缠着路人说鬼怪故事，故事讲完了，他还让路人“姑妄言之”，这就是有名的苏东坡“强人说鬼”的故事。苏轼开启了一个“说鬼”的好榜样，到了清代，蒲松龄在街边摆茶待客，请人讲鬼狐故事，效仿的就是东坡旧例。蒲松龄之后，纪昀写成《阅微草堂笔记》，搜辑各种狐鬼神仙故事，书成后纪昀还题了一首诗：“平生心力坐销磨，纸上烟云过眼多。拟筑书仓今老矣，只应说鬼似东坡。”

古人出于恐惧，将精怪鬼神与自身对立起来，但是很多故事细究其本身，也有合情合理的地方。如苏轼、蒲松龄、纪昀这一类的文人，对待精怪的态度，多半豁达。与其说这是人天性中固有的对异象的好奇，不如说在精怪故事中也有人情事理，值得人探寻思考。在很多故事中，鬼也有好鬼，妖也有善妖，不能一概而论。精怪故事之所以吸引人，也正是因为其中的精怪通人性，识人心。

中国的精怪鬼神之事，仅仅是典籍中记载的，也称得上一句“汗牛充栋”，而民间口口相传的奇闻逸事就更多了。这本小书承接《中国精怪故事Ⅰ》，继续为读者讲述精怪故事。

全书大体分为三个部分，第一部分讲述的是“人神精怪”。因为精怪来源多样，有山水之中诞生的怪兽，亦有人们耳熟能详的上古神兽，还有一些是殊方异域的异民怪人，或者是独具中国特色的鬼神。无论是神话故事还是精怪传说，都是古人想象的集合，尤其是一些远古的传说，更勾勒出当时的社会形貌。譬如相柳、应龙这些精怪神兽，屡次出现在大禹治水的故事之中，这可能源于当时人们对黄河流域大洪水的印象太过深刻，继而衍生出了相关故事。

第二部分讲的是草木器物修炼成精怪的故事，这是最常见的一类精怪。古人一旦接受了精怪鬼神的设定，那么就有万物皆可成精的定律。而这些故事，恰恰最有趣，也最具有人间烟火气息。

第三部分是成文完整的志怪故事，所表现的，也都是古人对于精怪和鬼神世界的想象。虽然孔子主张“不语怪力乱神”，但并不代表孔子就是一个具有科学精神的人，他的“不语怪力乱神”也是出于维持统治稳定的需要。后世儒家讲究实用主义，在很多志怪故事中，人不方便说的，都借鬼怪之口倾诉于世。

清代的袁枚写了一本书叫《子不语》，讲的都是怪力乱神之事，其中有一篇《唱歌犬》发人深省，说的是人通过邪术将幼儿变作犬来求财的故事。在此类故事中，人心之恶，更胜鬼怪。也有另一类故事，讲的是普通人因缘际会，来到某处鬼神世界，得遇种种奇人奇事，这类故事中则寄托了人的心愿。无论是哪一类故事，人们将其想象并描述出来，都容易产生人与精怪的共情。

因为篇幅所限，这本小书远不能体现中国精怪的全貌，也只是简单地叙述了一些故事，“姑妄言之姑妄听之”，希望能带给读者一些趣味。

最后，谢谢您打开这本书。

目录

卷一 人神精怪篇

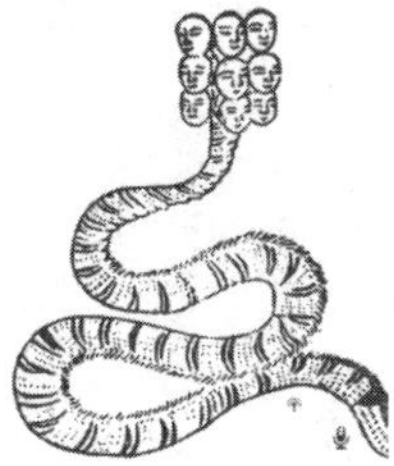

卷二

草木器物篇

卷三 志怪故事篇

卷一

人神精怪篇

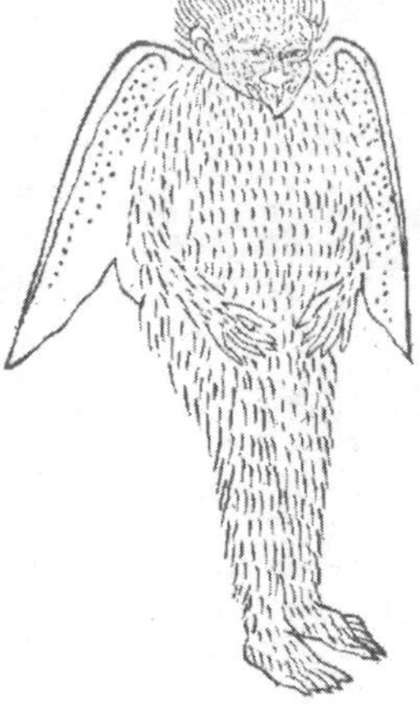

壹 山水精怪

一
夔

古时的中国人笃信万物有灵，无论是缙绅士大夫还是三教九流，多有相信鬼怪传说的，中国的精怪故事，便这样滋生于民间。

在人们传统的认知里，山川河流由神明主宰，但是在山水之中，仍然有各种各样的小精怪，作为神话的配角出现。

有一种著名的怪物叫“夔”，在《国语》中，它被称为“木石之怪”，但是这种怪物究竟是如何诞生的，已经无从知晓了。

《山海经》中记载的“夔”，形状像牛，皮毛呈青黑色，头上没有长角，身下也只长了一只脚，人们称它为夔牛。夔牛生在东海中的流波山上，深入海中七千里。

在中国人的想象中，与海相关的神仙也好，妖兽也好，往往具有呼风唤雨的神奇异能。比如大家熟知的四海龙王，在神仙谱系中就是兴云布雨的优秀人才。以此类推，长在东海上的夔牛，本事也不遑多让。按《山海经·大荒东经》的记载，夔牛“出入水则必风雨，其光如日月，其声如雷”，这说的是夔牛出入水中必定给人间带来风雨，发出的光像日月之光，声音如同雷声，可见夔牛以一己之力完成了龙王和雷公的工作。

但是在上古的传说中，夔牛的命运要比后世的龙王和雷公凄惨得多。

《黄帝内经》中载："黄帝伐蚩尤，玄女为帝制夔牛皮鼓八十面，一震五百里，连震三千八百里。"相传黄帝在与蚩尤交战的过程中捕获了夔牛，用它的皮做了八十面战鼓，用它的骨头做了鼓槌，结果敲打夔牛皮鼓时鼓声大作，一时间战场上地动山摇，蚩尤部落的兵卒被鼓声震得神魂颠倒，兵败如山。黄帝也因此大胜蚩尤，一举平定了天下。

在这场部落交战中，夔牛成了炮灰，而它的倒霉命运还没有就此终止。传说夔牛是与天地同生的，一共有三只。第一只被黄帝抓获做成了战鼓，平定天下有它一份功劳，也算死得其所。那么还有两只去哪儿了？

传说秦始皇统一六国的时候，想起黄帝战胜蚩尤的事情，也有样学样抓了一只夔牛，只不过秦始皇没有黄帝的功绩，他得到的夔牛战鼓没什么威力，也因此没有在秦国统一六国的历史进程中留下夔牛的名字。

第三只夔牛的下落似乎成了一个谜，后世典籍中没有记载，传说中也再无帝王捕获夔牛制战鼓的故事。可能它吸取了两个同伴的教训，躲回东海的流波山了。也有另一种说法，有人曾在蜀地的山中见到一只大牛，重千余斤，人们也称它为夔牛。想必夔牛在东海住腻了，搬家到蜀山。然而悲剧是命中注定的，相传这只夔牛在东晋太兴元年溜出了上庸郡，被当地百姓用箭弩射杀，最终还是步了它两个兄弟的后尘，可见还是不要随便搬家的好。

这是海中之夔的故事。但是中国的妖怪文化博大精深，与西方传统的怪物、吸血鬼、巨人相比，中国的妖怪往往具有更加丰富的形态和种类。比如"夔"，《山海经》中记载它是形状如牛的神兽，而在其他的传说里，它有另一种样子。

《说文解字》中载："夔，神魅也，如龙一足。"意思是说夔长得像龙，只有一只脚。从牛到龙，夔的样子在人们的想象中变幻无穷。《国语·鲁语》中说："夔一足，越人谓之山缫，人面猴身能言。"此时的

夔

夔　夔牛『出入水则必风雨，其光如日月，其声如雷』。可见，夔牛以一己之力完成了龙王和雷公的工作。

夔不生在海上，反而长在山中，具有人的面孔和猴子的身躯，并且能说话，与夔牛唯一的共同点就是都只有一只脚。

人面猴身并且能言会道的夔显然要比海上的夔牛厉害多了。在富阳到桐庐的山中，夔被称为独足鬼，占据着山中的霸主地位。家家户户山民都要祭祀夔，否则的话，这些独足鬼便穿着彩袍戴着纱帽，夜晚拄着杖潜入山民家里害人。这些独足鬼十分狡猾，不止在山中称霸，也会溜进城里，假扮成老人到百姓家里。如果人们不肯亲近并奉养这些假冒的“老人”，那么独足鬼就在他们的家中作祟。

这么一看，长于山中的夔脾气更加霸道。不过各地风俗有差异，夔的性格也有变化，岭南的夔就和江南的不太一样。岭南人见到的夔时常飞过屋顶，见到人也不害怕，专门喜欢偷别人的东西。但是这些夔最害怕人家骂它们，若是失主对着夔高声斥骂，它们多半会把东西还给主人。这个故事记载于明代李诩的《戒庵老人漫笔》中，可见有些夔尚有知耻之心。

二 山魈

唐代天宝末年，一个名叫刘荐的人到岭南出任判官，走在山间，忽然遇到一个人身独足的怪物，当地人称其“山魈”。刘荐心中害怕，便大喊了一声“妖鬼”，没想到他这惊慌之下的称呼，却得罪了这个山魈。

山魈脾气极大，听见别人骂他，也发起了怒：“刘判官，我自己在这里嬉戏，又没有连累你，你为什么要骂我？”

这家伙相貌可怖，本来就已经吓了刘荐一跳，而它竟能口出人言，更把刘荐吓得不轻。山魈见刘荐是个好欺负的人，更加得意扬扬，呼唤“斑子”出来。过了片刻，林中钻出来一群老虎。原来山魈口中的“斑子”就是老虎，也是它最亲密的战友。这山魈命令老虎立刻取刘荐的性命。刘荐见状急忙骑马逃走，但是没过多久就被老虎追上了。老虎将刘荐踩在脚下，山魈站在旁边得意狞笑，口中奚落：“刘判官，你还骂我吗？”

刘判官苦苦谢罪求饶，山魈才让老虎放了他。刘荐逃得一命，回去后病了数日，痊愈后将山魈仗势欺人的事情讲给了别人听。

这个故事记载在《太平广记》中。其实刘荐遇到的山魈，在当地山中并不罕见，只不过他遇到的这只脾气特别不好，就显得刘荐有些倒霉了。

《广异记》中记载山魈在岭南山中常见，它们形状似人，只长着只脚，并且脚后跟的方向与人相反。它们喜欢涂脂抹粉，把树干掏空筑巢。当地人走在山里时，山魈时常跟随在人们后面。雄性山魈被称作“山公”，会向人索要钱财；雌性被称为“山姑”，则向人索要脂粉。如果人把钱财和脂粉赠送部分给山魈，那么山魈便会保护他们。所以说山魈并非一言不合就要伤人的怪物，比如同样一位天宝年间来自北方的客人，他的经历与刘荐就大不相同。

这位客人夜晚走在山间，因为惧怕老虎，想要上树住宿，没想到却在树上遇到了一只雌性山魈。客人想起自己随身带了货物，便下树向山魈拜了拜，口中称呼“山姑”，并把自己的脂粉赠送给它。果然山魈十分高兴，对他说：“你安心睡吧。”

于是客人便睡在了树下。当晚来了两只老虎，想要吃掉客人时，这只山魈跳下树，轻抚老虎的头，说：“这是我们的客人，你们快点离开吧！”

老虎对山魈是言听计从，听了它的话立刻离开，这位客人便安然无恙地睡到了天亮。

所以山魈也不完全是害人的妖怪，它们有自己的性格和嗜好，尽管贪财，却恪守诚信，只要满足了它们的要求，它们也会报答人。人与山魈打交道时，要讲究说话的艺术。

那么山魈怕什么呢？有一种说法是山魈怕桑刀，就是桑树树枝削成的木刀。只要行人将桑刀佩带在身上，山魈就不敢靠近。但是山中行旅之人，为了安全，多半与山魈好言好语打交道，讲究和气生财，少有与山魈冲突的，所以这桑刀之法究竟有没有实效，还未有人验证过。

到了宋代，由于宋人畏惧鬼神，在有些偏远山区山魈也被当作神来供奉，这让人大跌眼镜。明清以降，在山魈的故事中，老虎的影子逐渐淡去，山魈变成了单兵作战的妖怪。

蒲松龄在《聊斋志异》中记载了一个故事：有一个叫孙太白的人，他的曾祖父以前在南山柳沟寺读书，麦收时节回家，过了十天又返回寺里。回去后孙公打开他的房门，看见桌案上布满了尘土，窗户上也结了蜘蛛网，便命仆人打扫清除。

到了晚上孙公休息时，看见月光照满窗棂，他躺在床上翻来覆去睡不着，觉得万籁俱寂。忽然间他听到风声呼啸，山门被风吹得哐哐直响，孙公心想可能是和尚没关好门，正准备下床看看时，门忽然被风吹开了。孙公急忙向门外看去，只见一个大鬼弓着身子挤了进来，矗立在床前，它的头几乎触着房梁，面色如同老瓜皮一般。这鬼目光闪闪，向屋内四面环视。只见它张开一张如盆大口，牙齿稀疏，长三寸多。鬼进房后吱哇乱叫，声音震得四面墙壁都响了起来。

孙公见到这恶鬼害怕极了，心想在这咫尺的小房子里，势必无法逃避，不如与它拼了，于是猛地拔出枕下的佩刀向大鬼砍去，正砍中了它的肚子，发出像砍石头一样硬邦邦的声音。鬼大怒，伸出爪子抓孙公，一下子就抓住了孙公的被子。孙公随着被子一起掉到了地上，这时候他终于想起来呼救，趴在地上大叫。寺里的人拿着火把赶来，看见门依旧关着，只能推开窗户进来。看见孙公瑟缩在地上的样子，大家都很惊讶。随后人们发现孙公的被子被夹在了门缝里，再开门用火把照着检查，看见被子上有爪痕，大如簸箕。天亮后孙公再也不敢留在寺里，便搬回家里住了。

这是孙公见到的山魈，与前辈的山魈不同，它们身上“独足反踵”的特征已经模糊，与人们相处也不像前辈们那么友好。一千多年前山魈“所在山中皆有之”的盛况，到此时只剩夜深人静独自潜入人家的孤独了。

三　山都

古时南康一带的山中出没一种精怪，当地人称其为“山都”。传说山都身形像人，有二尺高，也即半米高。它们浑身上下呈黑色，眼睛发红，头发的颜色发黄，并且垂至身后。

山都喜欢在深山里的大树上筑巢穴，巢穴的形状如同鸟卵，但是足有三尺高。与鸟类衔枝筑巢相似，山都的巢穴也是用花草树枝筑成的，远远看去五颜六色，十分漂亮。山都筑巢，往往在一棵大树上上下筑两个，两两相连在一起。当地的山民说，上边的巢穴是雄性的，下边的是雌性的。山都长得像人，在山林间奔跑跳跃又像猿猴，但筑巢的习惯又不似猿猴。人们以之为奇，传来传去，就有了山都非人非猴，能够隐身变化，乃是精怪化身的传言。

在赣县西北十五里，有一个叫余公塘的地方，塘上长了一棵大梓树，这棵老树的树干已经空了，中间是山都的巢穴。南朝宋元嘉年间，当地有兄弟两人，名叫道训、道虚。这两个人入山伐倒了这棵老梓树，毁坏了山都的巢穴。于是山都现形对这兄弟两人说：“我本来已经生活在荒野中了，怎么就干预了你们的事情？山中可用的大树数不胜数，这棵树上有我的巢穴，你们偏偏要砍倒它！现在我也要烧毁你们的房子，以报复你们的无道！”

当天晚上二更时分，道训、道虚兄弟两人的房子果然被点燃，里屋外屋一起着火，整个房子都被烧得干干净净，片瓦不剩。

这个记录在《述异记》中的故事，是典型的精怪复仇。山都的报复说明精怪和人一样，对自己的家园有强烈的保护意识，人毁了它们的家舍，它们也要烧毁人的房子，堪称“以其人之道还治其人之身”。

根据考证，山都的原型可能是古代人们在山林中看到的长臂猿猴。这种猿猴是极其聪明的，看见人们对它做了坏事，循着人们的踪迹，引来火种报复也有可能。在人们的想象中，山都是精怪，报复伤害过它的人更加容易。这也说明，无论是人还是精怪，都不要主动作恶，作恶则一定会付出代价。

四 山鬼

山中出没的精怪，也不全是丑陋的。像夔、山魈那样的怪物，只是山中精怪的一部分，还有一些，在人们的心中美丽而多情，比如山鬼。

战国时的楚人对山鬼最具深情，楚人在歌中唱山鬼："若有人兮山之阿，被薜荔兮带女萝。既含睇兮又宜笑，子慕予兮善窈窕。"

不得不说楚人的想象大胆而奔放，在他们的心中，山鬼披着薜荔、杜衡等香草做成的裙子，坐在赤豹拉着的车子上，凝眸含笑，是等待与情人相会的美女形象。山鬼独自一人坐在山间，从白天等到黑夜，而她的情人始终未来，在风雨交加、猿猱哀鸣中，山鬼独自一人回到了她居住的山林深处，等待第二日与情人相逢。

因为山鬼有别于其他精怪的美丽容貌和爱情经历，楚人将山鬼当作神灵来供奉，后世也有人认为楚人所谓山鬼就是传说中的巫山神女。无论如何，楚人心中的山鬼故事瑰丽而离奇。但是在其他年代和地方，山鬼也有不同。

永嘉郡，也就是今天的浙江温州一带，有一个叫安国的地方，这里也曾有山鬼出没。但是此地的山鬼与楚地不同，它们不是美女，充其量是一群吃货。传说安国县的山鬼体态似人，只长着一只脚。它们喜欢吃盐，山中伐木人的盐时常被它们偷去。但是山鬼对于食物的品味是优雅的，它们偷盐是为了用作佐料。原来山鬼时常从山涧中捕获石蟹，趁着伐木人睡觉时，用他们的火石点燃火堆，将石蟹烤熟，再佐以盐，味道十分好。可以说，此地的山鬼当属山林中的美食家。

伐木人的火石和盐被偷，当然也怀恨在心，于是他们想出了对付山鬼的妙招。伐木人在睡觉前，先将火石加热，再假装入睡。不明真相的山鬼偷了火石，没想到拿到火石的瞬间即被烫伤，于是只好高声叫骂跳着离开。从《太平御览》的记载来看，这些好吃螃蟹的山鬼对人并没有恶意，只不过想分一杯羹罢了，在山林之中，也是一种野趣。

而在宋人的记载中，山鬼变得更加可爱。宋代的洪迈在《夷坚志》中载“宜兴民素以滑稽著”，是说宜兴当地的人能言善辩。有山鬼偷入人家，从房顶的天窗里垂下一只脚，上面长满了黑毛，看起来阴森可怖。而宜兴人并不害怕，反而戏称：“你要是真有神通，就再垂下另一只脚让我看看。”

这句话可算是戳到了山鬼的痛处，只有一只脚的山鬼无言以对，只能默默离开，从此再也不出来吓人了。足见宜兴人的嘴炮确实厉害，连山鬼此等精怪也要甘拜下风。

清代经学家洪亮吉写过一首诗《山斋访冒鸣茹寿衢两秀才》，诗中云：“书声出户虫不鸣，山鬼一足深宵行。人头鱼身惯窥户，见惯不怪心能平。”由此可见，几千年来山鬼的故事早已深入人心，无论它以什么形象出现，人们对它，都已经见惯不怪了。

五

人鱼

古时山中时常有各类精怪出没，水中自然也有，古人说“山不在高，有仙则名；水不在深，有龙则灵”，山水相依，精怪丛生，大概也是这个道理。

东晋隆安年间，丹徒这个地方有一个名叫陈悝的人，他在江边用鱼簄捕鱼。鱼簄是他捞鱼的竹器，每每放入水中，收获甚丰。某一天早上他到江边，将鱼簄放到江水中。等到退潮时他再看，鱼簄中竟然躺着一个女人。这个女子身长六尺，长得极美，身上没有穿任何衣物。这时候潮水已经退去了，女子不能动，只好躺在沙中。陈悝跟她说话，她也不回答。陈悝这下慌了，好端端地捕鱼，竟然捕上了一个妖物，这件事令他措手不及。旁边围观的渔民们见这个女子容貌美丽，有一人便生了不轨之心，趁着旁人不注意之际奸污了那女子。陈悝没有见过这样的怪事，也不知道如何处理，只能任凭那女子躺在他的鱼簄里，自己一个人回到了家。

当天晚上，陈悝睡觉做梦，梦中有一个女子对他说：“我是江黄，今天迷了路，才误入你的鱼簄中，没想到却被小人侮辱，现在我要禀明

人鱼　古人称人鱼为鲛人。传说他们擅长织绡，哭泣时泪水落下会化成珍珠。看这条人鱼的样子，双手似乎真的很灵巧。

人鱼

江神，杀了这个小人。”

陈悝从梦中惊醒，更加惶恐不安。他不敢再移动那个鱼簄，等到第二日再涨潮时，鱼簄被江水淹没，再退潮时，里面已经空空如也。陈悝知道江黄已经回到了江里，他才松了一口气。而没过多久，那个奸污江黄的小人，就莫名一病而亡了。陈悝心里清楚，这就是江黄对那个人的惩罚。

江黄是江水里出现的美女，这并不是什么稀奇的事情，譬如我们熟知的西方童话美人鱼的故事，在江河湖海中，这一类的精怪，才是主角。

《洽闻记》中记载的这个江黄的故事，说江黄是“人鱼”之属。人鱼的故事，在中国古代并不少见。

北宋的使臣查道出使高丽国，在海上也遇到了与陈悝类似的奇事。一日傍晚，查道的使船停泊在一个不知名的海岛，他站在甲板上远望，忽然看见海岛沙滩上有一个女子，按《徂异志》的记载，查道是这样说的：“红裳双袒，髻发纷乱，肘后微有红鬣。”

这女子穿着红色的衣服，鬓发散乱，风情万种，怎么看也不像正常人类。同来的水手不认得这是何物，便问查道。显然查道的阅历远在陈悝之上，随即回答：“此人鱼也。”

查道认识人鱼，但是水手不认识。水手觉得这是妖物，立刻就要杀了女子。查道连忙制止水手，说：“人鱼虽然属于水族，但是极通人性，你们千万不能滥杀生灵。”随即查道命令水手用竹篙将这个人鱼女子扶到水中，人鱼入水后，频频向查道施礼道谢，然后才消失在了大海深处。

同样是遇到人鱼落难，陈悝的同乡遭到了江黄的报复，而查道义救人鱼的故事则成为美谈，两人的人品高下立见。

古人称呼人鱼为鲛人，《搜神记》中记载：“南海之外有鲛人，水居如鱼，不废织绩，其眼泣，则能出珠。”

鲛人擅长织绡，哭泣时泪水落下化成珍珠，这是它们赖以谋生的手段。即使生在水中，鲛人谋生计的本事，也是令人们钦羡的。

传说鲛人织好绡，暂时离开水中，寄居在岸上的人家。过了几天后将鲛绡卖完，回到水里前向主人索要一个盘子，对着盘子哭泣，眼泪便化作整整一盘珍珠，以之赠送给主人以表感谢。所以唐代诗人李颀在《鲛人歌》中赞颂鲛人“泣珠报恩君莫辞，今年相见明年期”，足见鲛人性情中也有恩怨分明的一面。

六 鲛奴

前文提到鲛人性情直爽恩怨分明，在野史传闻中，最著名的鲛人报恩之事，发生在一个叫景生的人身上，这是清代沈起凤所著的《谐铎》中的一个故事。

景生是福建人，他航海归来，看见沙滩上僵卧着一个人，此人一双眼睛呈碧色，皮肤黑如鬼魅，景生起了好奇心，便走上前问他是什么人。那人回答："我是鲛人，本来在水晶宫中为琼华三姑子织紫绡嫁衣，不小心弄断了她的九龙双脊梭，于是被流放到这里。现在我四处漂泊没有依靠，如果您肯收留我，我一定会报您的大恩。"

陈悝和查道遇到的鲛人都是美女，而景生却遇到了一个皮肤黝黑长着胡须的鲛奴，看起来他的"艳遇"不如两位前辈。但是人生的际遇就奇妙在这里，景生收留了鲛奴，没想到日后却成就了自己的姻缘。

这位鲛奴跟随景生回到了家，但是很快，景生就发现他什么也不会干，甚至连话也不说。景生可怜他孤身一人离家，也不忍心多使唤他。

恰逢浴佛日，景生到寺庙礼佛，遇见一位老妇人带着女儿上香。那少女生得窈窕美貌，景生一见钟情，立刻找到少女的家中，想要以重金为聘礼，求娶少女。那少女姓陶，名叫“万珠”，家中只有母女二人相依为命。少女的母亲听说了景生的来意，二话不说便拒绝了他。景生大吃一惊，气愤地说：“您不肯将女儿嫁给我，是想让她一个人孤独终老吗？”谁知老妇人却笑着说：“我女儿名叫‘万珠’，你必须拿一万颗明珠来做聘礼，我才能将她嫁给你。”

景生听后非常失望，心想：明珠万颗，就是他把全部家产变卖了也买不起。无奈之下他只好放弃了这个想法。然而情根深种的景生回去就害起了相思病，卧床数月不起，眼看就病入膏肓了。家人请来治病的大夫见状，纷纷说：“其他的病都好治，可这相思病无药可医啊。”

就在景生心灰意冷一味等死的时候，他收留的那个鲛奴来看望他。都说人之将死其言也善，这时候景生也哭了，对鲛奴说：“你离开海中来到我家，和我相处了半年。现在我就要死了，你又能去哪里呢？”

不得不说景生是个善良忠厚的人，这时候还惦记着鲛奴的出路。鲛奴见到他瘦骨嶙峋的病态，难过地抚床大哭，泪流满面。戏剧性的转机就在这里，都说鲛人泣珠，鲛奴哭得这么伤心，泪水可不就化成颗颗明珠落了满地？景生低头一看，满地的明珠晶莹剔透，心中大喜，顿时从床上一跃而起，兴奋地说：“这下我的病就好了！”鲛奴不明白其中缘故，便问景生，景生讲了来龙去脉，笑说：“我病成这个样子，就是因为少了你的眼泪啊。”

见主人病愈，鲛奴心中也高兴。然而景生数了数明珠数量，发现还不够一万颗。景生问鲛奴能否再哭一回，鲛奴说：“我们鲛人一哭一笑，都发乎于内心的真实情感，不像世间的许多俗人，动不动就以假面目示人。今日已经不能再哭了，明日清晨携酒登上望海楼，我一定替主人筹措明珠。”

第二日清晨，景生果然按鲛奴所说登上了望海楼。站在楼顶望去，只见沧海茫茫，烟波浩渺，与天相连。鲛奴喝醉了酒，就在楼上跳起了海中的鱼龙之舞，边跳边哭：“满目苍凉，故家何在？”一时间思乡情切，泪水滚滚而落，尽数化为明珠。

景生大喜，连连说“够了够了”，欲带着鲛奴回家。鲛奴忽然指向东方，朗声大笑：“赤城山上云霞缭绕，十二座蜃楼也已经大好，今天是琼华三姑子嫁给珊瑚岛钓鳌仙史的日子。我的灾厄已满，这就回去了！”说罢鲛奴纵身一跃，跳入了海中。

景生见状怅然，一个人闷闷地回了家。过了数日景生带着万颗明珠去陶家提亲，陶母笑说：“你还真是痴情，我不过是试试你而已，怎么会真的卖女儿呢？”

陶母拒绝了景生的明珠，将女儿嫁给了他。景生夫妻后来生了一个儿子，给他取名为“梦鲛”，以示不忘记成全他们姻缘的鲛奴。

鲛奴为景生泣珠，乃是真正的穷途之哭，但也只有景生义举在先，才能换得鲛奴报恩，可见是“一饮一啄，莫非前定”。

七 海和尚

水中的精怪，多数具有水族的特征，比如鲛人常见的“人面鱼身无足”，就与鱼相似。而江海之中精怪无数，也有另一类，被人们称作“海和尚”的，就是鳖的亲戚。

明代弘治初年，淮阳人韦彦质被授任为督学，他从广州的徐闻这个地方登船去琼州，没想到船刚出海，就遇到了海和尚。

海和尚的脑袋长得像人，身子却和海中的老鳖一样，四只脚大小不一，身上也没有鳞甲，蹲在海面上一动不动，一副向人示威的样子。水手们看见了惊慌失措，吓得纷纷哭了起来。因为在当地传说中，出海遇到海和尚，乃是不祥之兆，预示着将有灾难降临，这条船恐怕要葬身在海底了。韦彦质人品方正，也不相信这种怪力乱神的传闻，所以没有水手敢告诉他这件事。

船已经出海，没有返港的道理，水手们尽管害怕，也只能继续向目的地航行。船到琼州港后停留了十余日，等到韦彦质办完事再乘船返回时，海面上风平浪静，一路都平安无事。

海和尚和韦彦质的一次正面交锋，以韦彦质的全面胜利而告终。有人说是因为韦彦质的人品端方，即使是妖怪也不敢伤害他。也有人说关于海和尚的传闻根本就是以讹传讹，其实海和尚温良无害，人们无须害怕。而后一种说法，也有佐证。

清代的大才子袁枚讲过一个故事：有一个姓潘的人，是个老渔民，家中有些产业。某一天他和同伴们出海撒网捕鱼，收网时觉得这渔网比平常重了好几倍，便呼唤同伴，几个人合力将渔网从海里拉了出来。几人低头一看，网中并没有鱼，只有六七个小人坐在一起，看见人立刻合起手掌顶礼膜拜，非常有礼貌。只是这些小人浑身上下长满了毛，如同猕猴一般，头顶却没有头发。想来也是因为这个缘故，这一类海中的精怪才被称作“海和尚”。

几个小人叽叽喳喳说话，大概是告诉这些渔民它们的身份。可惜老潘他们听不懂，便将渔网打开，把几个小人都放了。这些人跳出渔网，在海面上走了数十步便消失了，让渔民们啧啧称奇。

渔民们回到岸上，问当地的土著这些是什么人，土著说这些都是“海和尚”，要是抓到它们做成腊肉，人吃了，一年内都不会感到饥饿。老潘他们此时再后悔将“海和尚”放了也已经来不及，只能寄希望于下次出海再有缘抓到它们。这件事便成了出海的一桩奇遇。

所以并不是所有人都害怕遇见海和尚，至少老潘遇到的土著，对这种海怪的滋味念念不忘。在美食面前，这一类的海上“神秘力量”根本不值得一提。

贰 上古神兽

一
患

“患”字从字面来看，就是一个不太美好的字眼。而在古代，这是人们对一种神兽的称呼，这个怪物，也不怎么好对付。

东晋史学家干宝所著的《搜神记》中有个故事，发生在汉武帝东巡的时候。

汉武帝从长安出发，带着大队人马浩浩荡荡向东行去，尚未走出函谷关，就被一个奇怪的东西挡住了步伐。

这是一只长得像牛的怪物，身体有数丈长，两只眼睛闪烁着蓝光，四只脚都深陷在泥土中，站在那里纹丝不动，好像一座小山丘。

来自煌煌帝都的文武百官都吓傻了，他们从未见过这样奇怪的妖物。有胆大的上前看了看，也辨认不出它到底是什么。这个妖怪并不伤人，单单站在那里挡道。如果说它是来拦路抢劫的，也没见它开口说什么话。眼见着皇帝要走的路受阻，官员们都伤透了脑筋，谁也想不出办法。众人打算合力制服它，但是很快他们就发现无论他们怎么用力，这个怪物始终不为所动。随行的官员们没办法了，正准备承接汉武帝的怒火时，东方朔走到他们身边说：“在它身上浇些酒试试看。”

东方朔是当时的奇才，博学多智，受到汉武帝的赏识。既然他这么说了，大家便按照他的吩咐，将酒水洒在这个怪物身上。一直洒了十多斛酒，这个怪物终于消失不见了。

众人都觉得惊奇，便向东方朔询问怪物的底细。东方朔回答说："这个妖物名叫'患'，是人们的忧虑之气累积而形成的。我们现在所在的这个地方，可能是秦朝时的监狱。那时狱中的犯人们服劳役时痛苦不堪，他们心中的忧虑大量累积在此，此地就出现了这种怪物。这怪物不容易对付，只能用酒来制服它。酒能使人忘忧，忧愁没了，怪物自然也就消散了。"

这是汉代的事情，如果时间再向前推，《山海经》中也有这种怪物的记载，不过和汉武帝遇到的，形貌不太一样。

《山海经·南山经》中说洵山上有一种怪兽，样子长得有点像羊，名字叫作"䍺"。这种怪兽没有嘴，永远是一副高傲、不可一世的表情。它是杀不死的，不但山中的猛兽无法伤害它，就算是人类抓到它也没有用，因为不管用什么办法，都无法杀死它。

"䍺"与"患"特性类似，人们无法杀死它，大概是那个时代还没有出现东方朔这样的奇人，知道可以用酒对付它。所以后世的诗人说"何以解忧，唯有杜康"，酒不但是解忧的良药，也是对付"患"这种怪物的利器，何以除患，也唯有杜康。

二 相柳

在中国古代神话传说里，蛇妖实在是太普通的一种妖怪。但是常见的蛇妖都是一首一身幻化成人形，如果一条蛇有九个脑袋，那杀伤力就太可怕了。

相柳就是这样一种妖兽。它又叫相繇，是传说中水神共工氏的臣子。单论身份地位，相柳要比后世的许多蛇妖高贵得多。

倘若论起模样，与后世的蛇妖比，相柳也不遑多让。根据《山海经·大荒北经》的记载，相柳是一条巨蛇，但是有九个脑袋。它身上的花纹像虎斑，九个脑袋上的面孔却和人一样。

这种体形庞大的妖兽，每天都要吃许多东西以维持生存。没有东西吃的时候，相柳就只能吃土了。传说它一个头吃一座山，九个头就能吃掉九座山，这还只是它一顿饭的食量。当然，相柳吃得多吐得也多，但它呕吐出来的是毒液。毒液流到大地上形成恶臭的沼泽，发出的臭味甚至能杀死路过的飞禽走兽。

像相柳这样作为神仙下属的妖怪，如果好好表现，并不难完成从妖怪到神仙的蜕变。可惜的是那时候共工算不上好神仙，相柳自然也不是什么好妖怪。

在共工的时代，洪水肆意泛滥，而共工的无所作为更添加了百姓的苦难。在其中，相柳也充当了共工的帮凶。它到处吃江河堤坝上的土，使河道中的洪水不断溢出，再淹没大片的陆地。

看到这种情况，部落首领大禹开始带着人们治理洪水。在他的领导之下，各方的神仙和人们都参与其中，根据地势引导洪水流向其他地方。深谙治水之道的大禹让应龙导引江河主流的洪水；让伯益焚山点火，驱散猛兽毒蛇；让玄龟驮着息壤填平深沟，加固堤坝。

大家干得热火朝天，治水也渐渐取得成效。但是大禹治水的举动，却深深得罪了共工。共工觉得洪水是天帝让自己施放，用来惩戒百姓的，百姓也因此对自己心存敬畏。现在大禹治水连个招呼都不跟自己打，实在太有损他水神的威严。这个爱面子的神仙决定教训一下大禹，就用神力让已经平静的洪水重新泛滥起来。作为他的得力助手，相柳也在共工的示意下，将大禹建造的堤坝全部吃掉。

大地上洪水再次泛滥。看到前功尽弃，大禹怒不可遏。对于共工这号灵魂低劣的水神，他也忍无可忍。大禹把跟随他治水的百姓聚集在一起，共同对付共工。百姓在连年的洪水中早就对共工不满，于是双方恶战了许久，共工不敌大禹，狼狈逃窜。

按理说，共工逃走了，作为他的先锋官的相柳也该偃旗息鼓。然而它偏要留在人间继续祸害百姓。相柳四处招摇过市，每到一处，那里的陆地便陷下去成为沼泽，令百姓苦不堪言。

俗话说恶有恶报，这个善于给自己加戏的妖兽很快被大禹所杀。但是事情并没有结束。相柳这种猖獗的妖兽，即使是死了，也依旧让人间不得安宁。

相柳死的时候流了许多血，这些血比它喷的毒液更厉害。凡是沾染到鲜血的土地都会变得寸草不生，而相柳被杀死的地方正是一片沼泽，鲜血顺着水流扩散，污染了许多地方。大禹本来想要用泥土将它的血止住，可是让人填了三次泥土三次都塌陷了，真可谓贻害无穷。

无奈之下大禹只好将这片被污染的土地单独辟出来，修葺成一座巨大的水池，并用挖出来的淤泥在旁边堆砌成高台，作为祭祀众神的地方。

相柳的故事到此才算告一段落。不过这种妖兽虽然恶贯满盈，但是它蛇身九首的骇人模样，却很容易引起人们的各种联想。在日本的古代神话中，有一个怪物叫八岐大蛇，传说它长着八个头八条尾巴。和相柳一样，八岐大蛇所到之处皆化为沼泽。因为这个缘故，也有人认为八岐大蛇就是相柳流传到日本之后的变种。但是相柳有九个头，八岐大蛇少的一个头，传说是被轩辕黄帝用剑斩断了。究竟相柳和八岐大蛇是不是亲戚，有待后世继续考证。

三 英招

我们已经知道相柳最终是被大禹杀死的，但是相柳这种穷凶极恶的妖怪,单凭大禹一人之力很难除掉它,其间大禹最得力的帮手,就是英招。

《山海经·西次三经》中记载：“槐江之山，丘时之水出焉，而北流注于泑水。其中多蠃母，其上青雄黄，多藏琅玕、黄金、玉。其阳多丹粟，其阴有多彩黄金银。实惟帝之平圃，神英招司之，其状马身而人面，虎文而鸟翼，徇于四海，其音如榴。”这段话交代了英招的相貌、身份和背景。英招是马身人面的妖怪，身上有老虎的斑纹和鸟的翅膀，它是天帝花园的守护者，大概就是个门卫的角色。但是天帝作为一个最高阶的神，他家的门卫也不是普通妖怪能比的，所以英招勉强也算得上是个神。

英招长了一双翅膀，大大方便它的出行，所以它时常“徇于四海”，就是到处去玩。显然，身为一个门卫，英招的这种爱好有悖于它的职业要求，以至于它被天帝处罚，去看守另一些经常作恶的妖怪。

与英招神比起来，那些被看守的囚徒们要凶恶得多。有一群名叫“土缕”的神兽，它们以吃人为生；还有一群名叫“钦原”的神鸟，它们也

英招

英招　英招是马身人面的妖怪，身上有老虎的斑纹和鸟的翅膀，是天帝花园的守护者。

嗜吃人或者其他动物。

但是有了英招的看管，这些妖怪就再也无法作恶了，谁让它们打不过英招。而很快，英招的本事也被天帝发觉，于是天帝派它参与人间征伐邪神恶神的战争，这才有了英招帮助大禹铲除相柳的丰功伟绩。

在围剿相柳的过程中，有一段小插曲。

大禹和英招合力诛杀相柳后，相柳的尸体渐渐腐烂，尸气经过炽烈的阳光熏蒸，腥臭的气息萦绕在天地间，形成了瘟疫蔓延四方。

为了阻止瘟疫继续蔓延，英招与霜神、雪神等商量，共同降下冰雪，将相柳的尸首冰冻起来。但这样做还不够，冰雪早晚会被阳光融化，到时候相柳的尸体又要危害人们的安全。于是，英招便用尽自己的神力，将足有千丈长的相柳尸身掩埋在几百里之外远离人群的地方。在埋着相柳尸身的地方，后人在上面筑了三个高台，分别是帝喾之台、丹朱台、帝舜之台，上面供奉着他们的牌位，用来镇压相柳，免得它死后作恶。

除去相柳后，大功臣英招就又回到天帝花园去当它的保安了。但是它的威名已经传遍了人间，它被人们看作是守护世间和平的保护神。也有人因为英招守着天帝花园的花花草草，就认为它是百花之神。想象一下英招马身人面的样子，再想象一下花草的鲜艳明媚，怎么都觉得这种说法过于滑稽。

四 陆吾

陆吾是英招的同事，但是职位却在英招之上。如果说英招是天帝花园的保安，那么陆吾就是天帝家的大管家。按照《山海经·西次三经》的记载："西南四百里，曰昆仑之丘，是实惟帝之下都，神陆吾司之。其神状虎身而九尾，人面而虎爪；是神也，司天之九部及帝之囿时。"从这段话就可以看出，陆吾掌管着整个"帝之下都"，也就是天帝的行宫，难怪地位比英招高。

陆吾长得也比英招威武，它有虎身虎爪，却长着人面，并且身后有九条尾巴。都说九尾狐常见，但是陆吾这样的九尾虎却不常见，所以人们也尊称它为陆吾神，地位确实不一般。

作为天帝的管家，陆吾的工作态度和英招一样，就是不敬业。它掌管"帝之下都"，也兼管"天之九部"，本该公平公正，不管哪路神仙或者妖魔鬼怪，谁触犯了天帝的规矩，它就应该秉公执法，但是陆吾没有。

它对它治下的那些生灵和植物包庇纵容，比如天帝行宫中那些有着六个头的树鸟，还有蛟龙、大蛇、豹子等神奇生物和珠树、文玉树、琪树、不死树等神奇植物，这些与它日夜相伴的神兽怪物，不管它们如何折腾捣乱，只要它们不出天之九部去外边没事找事，陆吾便通通不予理睬，陆吾虎身虎爪，却长着人面。它职位在英招之下，是天帝家的大管家。

任由它们违反法纪。

陆吾有个缺点，就是喜欢听奉承话，但凡别人说了几句好话，它耳根一软，便大事化小小事化了。这个天帝的管家，做得实在不够称职。

那它为什么还能安安稳稳做它的大管家，没被撤职处分呢？这就要说它的社会关系了。

陆吾和天帝之子海神禺疆关系很好，和禺疆的九个儿子关系也很好。禺疆的九个儿子就是传说中的“龙生九子”中的九子，九个人性格各不相同，但是陆吾跟它们相处得很好，说明陆吾的社交能力非常强。它有这些强有力的后援，自然坐稳了位子，就算是天帝，也信任它的能力。

但是要说天帝任人唯亲，也不尽然，陆吾也确实有自己的优点。它是一个非常英勇善战的神，就像英招曾经帮助大禹除掉相柳一样，陆吾也帮助过大禹治理洪水。

大禹治水的时候遭遇了种种困难，不得已上昆仑山向天帝求助。洪水本是天帝自己降下来惩罚人类的，但他后来被大禹父子治水的精神感动，就将息壤赠送给大禹，还派陆吾做他治水的助手。

大禹治水，首先要面对的就是共工。那时候共工裹挟着洪水从西方汹涌而来，大水淹没了整个中原。大禹单枪匹马，原本是没有办法对付共工的，但是有了陆吾做帮手就不一样了。

陆吾以自己的神力抵抗水神共工，但是它不是共工的对手。陆吾与共工大战了九场，结果九战九败。陆吾的失败可以说是战略性的失败，毕竟它与共工大战，就为大禹争取了时间。大禹在共工与陆吾对战之际，趁机发出号令，召唤各路神明，聚集到一起共同御敌。

有了天下群神助力，共工自然不会有好结果，很快就被赶跑，大禹治水也成功了。从整个过程来看，陆吾身先士卒勇敌共工，算得上是治水的一大功臣。回头再看它的小缺点，也是瑕不掩瑜。

五 九婴

九婴是上古的妖兽之一，和相柳一样，它也有九个头。

帝王被称为“九五之尊”，在中国古代，九是人们创造出来的最大的数词，在人们心里，“九”是“多”“高”“权力大”的象征。人是这么想的，大概妖怪也是这么想的。所以上古的很多妖怪，体形外貌都呈现出“九”这个特征。这一类妖怪，大概就算是妖界的至尊了。

论资历，九婴要比相柳老得多。在它生活的时代，人间的部落首领还是尧。九婴是蛇身九首的妖兽，叫声如婴儿啼哭，张嘴时能喷出水和火，因此才有了这个名字。

作为资深的上古妖兽，九婴的人生像是开了外挂。传说它的身世跟伏羲有点关系。伏羲在成纪创造八卦，后人为了纪念他，便在那里建造了一座高台，台下还留有伏羲当初所画八卦的痕迹。精诚所致，日久通灵，八卦中的坎、离二卦之气时日久了就慢慢幻化成九婴。据说坎卦有四短画、一长画，离卦有二短画、二长画，合起来一共有九画，所以九婴就长出了九个头。

这个身世说起来比较复杂，但究其根本，九婴是天地初分之时阴阳二气交错化生出的妖兽。一般来说，天地直接孕育出的妖怪，往往实力强大，性格也蛮横，这是这一类妖怪的通病。再加上九婴有九个头九条命，无论是受伤还是生病，只要有一命尚在，只需要在天地间采集灵气就能恢复。因此，九婴作为天生的妖怪，也是一个自命不凡的家伙。

拥有这种打不死的命格，九婴作恶时便更加肆无忌惮。按照《淮南子·本经训》的记载，它居住在北方一条名叫凶水的大河之中，喷水吐火，为害一方。当时的天空中出现了十个太阳，炽烈的阳光晒得凶水也沸腾起来。九婴嫌水中太热，就跳上岸来，九张嘴见人就吃。

它的恶行触怒了当时的部落首领尧，他让勇士羿除掉九婴。九婴虽然有九条命，但是可惜它遇到了羿，这位连九个太阳都射落的勇士天生就是九婴的克星。

羿来到凶水之上，张弓搭箭射向九婴。与羿殊死搏斗的九婴同时张开九张巨口，五张喷出水，四张喷出火，交织成一张凶险的水火网，企图将羿困住。羿知道九婴有九条命，单单射中它一个头是没有用的。要除去九婴，必须同时将它的九个脑袋射中。与射落九个太阳时一样，这位人间的神箭手运用他神乎其技的连环箭法，九支箭例无虚发，几乎同时射到了九婴的九个脑袋上，九婴也因此九命呜呼了。

前文说到九婴是坎、离二卦之气所化，还有一种说法是，在盛世九婴就是祥瑞的象征，在乱世则是灾祸的源头。九婴既然在人间作恶，当时也算不上是太平盛世。与它同时还出现了许多别的妖兽，比如猰貐、凿齿、大风、封豨、修蛇等。当然这些妖兽有共同的下场，那就是都被羿所杀，这么看来，九婴死得也不算冤枉。

六 白泽

在各种上古神兽中，白泽属于难得的“知识分子”。它会说人话，知晓万物，曾经向黄帝描述天下所有的妖怪和鬼神，是当时最著名的搜索引擎。

根据《云笈七签·轩辕本纪》记载：“帝巡狩，东至海，登桓山，于海滨得白泽神兽。能言，达于万物之情。因问天下鬼神之事，自古精气为物、游魂为变者凡万一千五百二十种。白泽言之，帝令以图写之，以示天下。帝乃作祝邪之文以祝之。”

上古时期，白泽被正在巡视四方的黄帝捕获。黄帝对这只会说人话的神兽非常感兴趣，便向它询问天下鬼神的详情。白泽告诉黄帝，天下的妖怪、鬼神合起来，有一万一千五百二十余种，黄帝听了如获至宝，便让人将白泽说的妖怪鬼神种种画成图画，以昭示国人，这就是著名的《白泽精怪图》。此图记录了妖怪、鬼神的名字、相貌和驱除防范之法，因而在后世流传开来，家家户户人手一册，是日常家居必不可少的工具书。

人们还时常念起口号：“家有白泽图，妖怪自消除”“不悬肘后符，

白泽　白泽会说人话，知晓万物，曾经向黄帝描述天下所有的妖怪鬼神，是当时最著名的搜索引擎。

何贴白泽图”“家无白泽图，有如此妖怪”……甚至传说白泽是钟馗的坐骑，一人一兽携手捉鬼，白泽俨然成为民间除妖卫道的急先锋。

因此白泽在神兽中的地位也很崇高，更因为它通晓天下鬼神状貌，被人们认为是其他妖怪的克星；能令人逢凶化吉，被尊为吉祥之兽。

然而遗憾的是，《白泽精怪图》中却没有记录白泽的样貌。可能是因为白泽说得兴起，忘了介绍自己，以至于它作为当时妖兽中的高级知识分子，竟然没有留下关于自己样貌的记载。后人凭借自己的想象，也凭空画出了白泽的样子，比如在《三才图会》中，人们认为白泽的身体如雄狮，头上长着两只角，浑身雪白，有一双翅膀，既能在山林间奔跑，又能翱翔于天上。

这个形象，很符合白泽睿智的特点。

由于白泽颇负智慧之名，它的名声也传到了日本。日本江户时代中期，著名的妖怪绘师鸟山石燕创作出《今昔百鬼拾遗》，里面记录的白泽头上长有三眼两角，身体一侧也有三只眼睛，背脊上还有四只角，脚为蹄状。日本画师眼中的白泽跟中国传说中的完全不同，如果不是妖怪漂洋过海模样变了样，就是鸟山石燕自行想象的。

但是有趣的是，江户时代日本也出现过一种名为“件部”的妖怪，它能说人话，并能预言瘟疫，人们为了避免灾难，就把“件部”的图画贴在自己的家里。这个件部看上去和白泽是同类，但究竟是不是，目前已经无考了。

七

虎神

有一位姓张的老太太，她是房山人，家住在西山深处。她说她的家乡曾发生过这样一个故事。

一个家境贫寒的人离家外出谋生，由于从未出过远门，刚走了半天就迷了路。眼见着面前石路崎岖，空中阴云弥漫，那人一时半会儿不知道往哪里走，索性在一棵树下坐了下来，打算等天放晴认清方向再说。

没想到一个人忽然从树林里走了出来，后面还跟着三四个随从。这些人相貌狰狞、身材高大，和普通人截然不同。那人心中猜测这几个人不是山神就是妖精，他就算躲也躲不掉，还不如以礼待之。于是他向这几人叩拜行礼，哭着说了自己的难处，说自己如何因为家贫而外出，又如何在此处迷了路。

这一番惨状果然打动了这些人，它们没有伤害他，反而很同情他，为首的那位解释说："你不要害怕，我不会伤害你，我是虎神，今天是来给老虎们分配食物的。等老虎吃了人，你把人的衣物收起来，就可以养活自己了。"

虎神把那人带到一个地方，突然纵声长啸，瞬间许多老虎从各处钻了出来。虎神对老虎们说了几句话，那人也没有听懂它在说什么。过了一会儿虎群散去，只有一只老虎留下来藏在草丛里。

不久后有个挑着担子的行人路过，那老虎跳起来要吃他，可是还没等张口就退下了。又过了一会儿走过来一个妇人，老虎捉住她吃了。虎神捡起妇人剩下的衣物，见里面有钱，便将钱递给那人。见那人吓得脸色发白，虎神热心地解释说："其实老虎是不吃人的，只吃禽兽。而被老虎吃掉的人，就是人中的禽兽。如果一个人天良未泯，那么他的头上一定有灵光，老虎见了也会避开。而那些丧尽天良的人，头顶上什么光芒都没有，跟禽兽没什么区别，这种人老虎最喜欢吃。刚才我们遇到的第一个男子，为人凶暴无礼，以抢劫为生，但是他还能用抢来的东西供养他的寡嫂和孤侄，使他们不挨饿受冻。因此他头顶的灵光虽然只有弹丸大小，老虎也不敢吃他。而后来遇到的妇人，她抛弃丈夫与人私奔，又虐待丈夫前妻的孩子，打得他们体无完肤。后来又偷了后夫的钱私逃，就是她衣服里所藏的这些钱。这个妇人坏事做得太多，头顶的灵光消散，在老虎的眼中，她已经不再是人身，所以就吃了她。"

那人听得心惊肉跳，心想幸亏自己不曾作恶，否则今天见这些老虎，哪里还有命在？虎神仿佛察觉到了他心中所想，继续说："你今天遇到我，其实是因为你能善待继母，省下妻子的口粮来侍奉她，所以你头顶的灵光足有一尺多高，我才叫老虎来帮助你，难道你真以为是你向我叩拜哭诉的缘故？你拿着这些钱回去，好好做事，日后还有福运。"

虎神说完，又指了一个方向让他回去。那人走了一天一夜才回到家，到家后将遇到虎神的故事讲给了街坊邻居听。人们听了，心有余悸的同时也对自己的行为检点一番，后来那一带便很少有人作恶了。德全无危，这就是虎神吃人的原则。

这个故事里的虎神是以人的形象出现的，在中国神话传说中，虎神的形象时而是人，时而是虎，是统领山中百兽的神兽。

《咫闻录》中说：“山中虎神也。欲食人，则脱衣变为斑虎，大声哮吼而前。”有时，虎神也以虎面人身的形象与人们交谈，在上古的神兽中，虎神是与人类关系很好的一种。它们如果觉得做人做腻了，想从人形变回老虎时，只要将脱掉的虎皮再穿上，就能恢复原形了。

八 应龙

应龙是远古著名的一条神龙，传说它的名字叫庚辰，身上生有双翼，既能生活在地上，也能飞到天上去，是所有龙的祖先。

按照《山海经·大荒东经》的说法：“大荒东北隅中，有山名曰凶犁土丘。应龙处南极，杀蚩尤与夸父，不得复上，故下数旱，旱而为应龙之状，乃得大雨。”

应龙本来是条逍遥的龙，但是黄帝时期，部落之间时常发生战争，双方都请当时著名的神兽来帮忙，应龙也不例外，被卷进了战争之中。

蚩尤请来风伯雨师相助，天降大雨，洪水席卷了整个中原，而应龙应黄帝之邀，将冀州之野的洪水蓄住，免得百姓遭受水灾。但是光蓄水不够，还得想办法止雨。黄帝又请来了女魃，帮忙止住了大雨。在众神的帮助下，黄帝最终歼灭了蚩尤部落。在此期间，应龙也帮助黄帝杀了蚩尤和夸父。

作为此役的功臣，应龙本来应该回到天界接受封赏。但戏剧性的是，由于在战争中消耗了大量的神力，应龙已经无力再飞回天庭，只好自己悄然来到南方蛰居。

应龙

应龙　应龙生有双翼，既能生活在地上，也能飞到天上去，是后世所有龙的祖先。

应龙的故事还有另一个截然相反的版本。按照《云笈七签》中记载："蚩尤率魑魅魍魉，请风伯雨师，从天大风而来，命应龙蓄水以攻黄帝。黄帝请风伯雨师及天下女妖，以止雨于东荒之地，北隅诸山，黎土羌兵，驱应龙以处南极，杀蚩尤与夸父。"这个说法中，找应龙帮忙的是蚩尤。但是尽管有应龙帮助，蚩尤还是战败了，应龙作为从犯被黄帝流放到了南方。

无论应龙帮的是谁，最后它的归属地都是南方，两种说法也算殊途同归。应龙到了南方的山泽之中，因为龙属水性，它所居之地云气水分自然聚集起来，所以古人认为南方多雨，多半是因为应龙在此的缘故。

应龙在南方闲居，无所事事了若干年，年华荏苒，一转眼就到了大禹的时代。洪水再一次泛滥，大禹为治水，去求应龙相助。如何应付洪水，应龙已经有了充分的经验，再加上它闲来无事，就答应了大禹的请求。它以尾扫地疏导洪水，并且擒获了藏在淮水中的水怪无支祁。应龙为大禹立下了大功，大禹对它十分感激，将东海赐给它做封地。自大禹以后人间进入王朝时代，应龙也成为帝王的象征，在皇家御用的龙纹器皿上，时常出现应龙的形象。

当然应龙也是有后代的，而且还不少，传说应龙生建马，建马生麒麟，麒麟生庶兽。建马、麒麟、庶兽是形态各不一致的怪兽，至于为什么应龙的子子孙孙都跟它长得不一样，就只有应龙自己知道了。

九 天狗

清代康熙年间，钱塘县西北有一户姓孙的人家，家中依靠养蚕为生，家的周围种了许多桑树。一日清晨，孙家人还未起床，门都没有开。邻居采桑叶路过他们家时，突然看见孙家的屋脊上蹲着一个怪物。

这怪物长得像狗，却又能如人一般站立起来，脑袋和嘴都是尖尖的，上半身呈赤红色，腰部以下呈青色，尾巴长数尺。

邻居没见过这种怪物，吓了一跳，连忙去敲孙家的门，告诉他们这件事。孙家人一打开门，就看见这怪物飞上了半空，吼叫声如霹雳，余音不绝。这家伙转瞬就向西南方飞掠而去，尾巴上似乎有火光四溅，如同彗星划过天际，一瞬间就飞远了。孙家周围数十里都能听见怪物的声音，抬头望向空中，也能看见怪物尾巴上的火光。

孙家人和邻居惊叹了许久，事后再询问打听，才知道此物就是传说中的“天狗”。

天狗是上古神兽之一，在《山海经·西山经》中就有关于它的记载：“阴山，有兽焉，其状如狸而白首，名曰天狗，其音如榴榴，可以御凶。”

《山海经》中的天狗跟孙家人见到的不太一样，当然可能是因为在

天狗

天狗　天狗是个不吉利的怪兽，代表灾祸。对于这种凶兽，人们的态度是尊其为神，年年祭祀，只希望它不要逛到自己家门前。

岁月变迁中，天狗的样貌发生了变化。

《汉书·天文志》中说：“天狗，状如大流星，有声，其下止地，类狗。所坠及，望之如火光炎炎中天，其下圜如数顷田处，上锐见则有黄色，千里破军杀将。”可以看出，这个记载中天狗的形象，就跟孙家人见到的十分相像了。

天狗时常在白天出现，有人看到的天狗是独自一人在空中晃荡，也有人看到它骑着一只野猪，样子十分悠闲。

在古代见到天狗可不是什么好兆头，不是要发生大灾，就是将起战祸，总之这是个不吉利的怪兽。由于它代表灾祸，人们只好尊它为凶神，年年祭祀，希望这只狗不要逛到自己家门前。

天狗是个玩性很大的怪兽，人间的狗喜欢吃肉骨头，它就不一样了，传说它喜欢吞食日月。古人看到日食或者月食，便知道是天狗在作怪了，这个时候家家户户都要敲响铜器，据说天狗害怕敲铜器的声音，听见敲击声，便会吓得将太阳、月亮吐出来。

所以，天狗食日月，是人们对天狗最熟悉的看法。

天狗的克星，还有一位叫张仙的仙人。人们将张仙的画像挂在家里供奉，画像上的张仙头戴角巾身穿袍服，是位难得一见的美男子，他手执弹弓，仰头对天做瞄准姿势，据说正是用弹弓来打天狗的。天狗看到张仙和他手中的弹弓，就不敢来此作恶了。

都说狗是人类忠实的朋友，显然天狗不在这个范围内，按照古人的想法，天狗还是越少出现越好。

十 商羊

商羊不是羊，是一种鸟的名字。

春秋时期，有一年夏天，齐景公议政的时候，看见一只怪鸟从天上，飞到他宫殿前的池沼边。怪鸟只长了一只脚，单足蹦蹦跳跳，状似舞蹈。看到它的人惊讶不已，但是齐国的文武百官都不认识此鸟为何物，便有人建议去向当时最博学多才的孔子请教。

恰好这一年孔子来到齐国，他听齐使描述了这只鸟的样貌，立刻说这只鸟名叫商羊。商羊如果出现，就代表着天将降大雨。孔子建议齐使回去禀报齐景公，尽快修筑防雨的沟渠、堤坝等工事：

“民间传说‘天将大雨，商羊鼓舞’，说的就是它。快告诉百姓治理沟渠河道，修好堤坝，预防今年的洪灾。”

孔子心系百姓，也确实博学，才能做出这样的预警。而齐国尸位素餐的官员们不认识此鸟，如果没有及时求教，便要酿成灾祸了。

齐使听后吓了一跳，连忙回去将此事禀报给齐景公。齐景公马上吩咐大臣们按照孔子的话做。没过几天，果然下起了暴雨，与齐国邻近的几个国家都洪水泛滥成灾，只有齐国提前做了准备，所以受灾程度最小。

商羊是生于北海之滨的单足神鸟，昼伏夜出，不吃稻粱，只以虫豸为食。在当时的传说中，但凡神鸟，如橐蜚、毕方、跂踵之流，都只有一足，大概单足是神鸟的标配，所以商羊也没有例外。

传说商羊发出的声音如同人啸，每当大雨来临前，它便长鸣不止，单足翩跹点地起舞，是古代神兽中著名的舞蹈艺术家。

在《三教源流搜神大全》中，对商羊的描述是："雨师神，商羊是也。商羊神鸟一足，能大能小，吸则溟渤可枯，雨师之神也。"

由此可见，古代司雨的神兽，也未必都是龙王之类。

人们对神鸟商羊的感情是复杂的，正常的气候下，商羊出现造成暴雨洪灾，人们恨它恨得咬牙切齿，认定它是不祥之鸟。而当人间大旱时，人们又开始思念商羊。

神鸟毕竟不常现于人间，遇到旱灾时，大家只能绞尽脑汁想办法召唤商羊。

小孩子们单纯出于好奇，模仿商羊起舞的动作，单脚跳跃，互相撞击对方，口中念念有词："商羊来了！下雨了！"

他们并不了解父母在此时对商羊舞的渴望，大人们为了求雨，戴上面具假扮商羊鸟，脚上挂着铃铛，摇头晃脑，单脚跳高，以此吸引商羊的注意。如果能引来真正的商羊鸟，那就大功告成了。

没有人知道当年的人究竟有没有成功召唤出商羊鸟，在后世，模仿商羊却成为民间的一种舞蹈。艺术源于生活，则是这件事所带来的意外之喜。

叁 鬼神之事

一 虚耗

民间俗语说“阎王好见，小鬼难缠”，因为小鬼地位比较低，不像位高权重者有许多顾忌，所以小鬼折腾起人来，更让人哭笑不得。

有这么一个小鬼，连人间的帝王都敢欺负，这鬼名字叫虚耗。

唐代开元年间，唐玄宗李隆基出游骊山，回来后就生起了病。皇帝的病来得莫名其妙，御医们也束手无策。病中的皇帝罢了朝，白天里也躺在寝宫睡觉。某一天唐玄宗在睡梦间见到了一个小鬼。小鬼穿着红色围裙，样子十分滑稽。它一只脚穿着鞋，另一只没穿，却将鞋挂在腰间，手里拿着筠纸扇。

唐玄宗吃了一惊，心想这是哪里来的小鬼。他正要呼唤侍卫上前，忽然又看见小鬼手中还拿着一个香囊和一管玉笛。那香囊和玉笛是唐玄宗和杨贵妃的定情信物，却不想被这小鬼偷了去。小鬼仿佛并不怕被人察觉，奔跑到大殿上嬉戏。也是这小鬼倒霉，偷了东西却被失主抓了个正着。唐玄宗身为一国之君，何曾受过这等委屈，当即便斥责小鬼。

小鬼才不怕他，回答说：“我叫虚耗。”

唐玄宗非常不屑：“从来没有听说过这个名字！”

小鬼向皇帝解释自己的来历：“‘虚’就是说我有神力，偷别人的东西如同游戏一般。‘耗’就是让人们的喜事变成悲事。”

人间的帝王和阴间的小鬼唇枪舌剑，谁也不服谁。虚耗的回答彻底激怒了唐玄宗，他命令殿上的武士上前拿住这个狂妄的小鬼。然而如果武士能抓得住虚耗，就没有“小鬼难缠”这一说了。虚耗偷东西如入无人之境，人间的武士当然也不是它的对手。

正在皇帝犯愁的时候，眼前突然出现了一个大鬼。大鬼穿着蓝色袍子，戴着一顶破帽，看着就比小鬼厉害得多。大鬼没过多久便抓住了小鬼，先是挖了小鬼的眼睛，然后将它劈成两半吞进了自己肚子里。

惊魂不定的唐玄宗看到刚才还不可一世的小鬼被吃了，这才放下心，问起大鬼的来历。大鬼回答说：“我本是终南山人氏，名叫钟馗。武德年间我到长安应举，没想到却落榜了。我羞愤难当，耻于回故乡，愤懑之下就在宫殿的台阶上撞死了。没想到我死后反而出了名，这件事被高祖皇帝知道，特别施恩于我，赐我穿蓝袍下葬。我是知恩图报的人，为了报答高祖皇帝对我的恩义，便发誓要帮皇帝除去天下所有的虚耗和妖孽。”

钟馗的话让唐玄宗感慨万千，世人有好坏之分，阴间的鬼也有区别，譬如虚耗这样的厉鬼和钟馗这样的善鬼，不可同日而语。

唐玄宗从梦中醒来后病就好了，于是他命令当时最有名的画家吴道子把梦中钟馗的形象画下来。吴道子擅画人物，尤其擅画佛道神鬼。即使他没有亲眼见过钟馗，仅听唐玄宗的描述，也能将钟馗的形象画得八九不离十。等他画完钟馗，将图画献给唐玄宗看。唐玄宗看了许久，赞叹说：“太像了，简直是吴卿你和朕一同做的这个梦啊！”于是唐玄宗便赏赐了吴道子百金。

虚耗这个专门偷东西的小鬼被钟馗捉了，算是恶有恶报，也成就了钟馗捉鬼的美名。唐玄宗对钟馗心存感激，又非常相信鬼神之说，他让人在民间大力宣传钟馗捉鬼之名，时间久了，钟馗也就成了驱妖逐邪的代言人，从一个鬼变成了万鬼之神。而当初那个难缠的小鬼，却渐渐被人们遗忘。可见做鬼和做人一样，行事也要遵循法度，不能肆意妄为，否则，自有捉鬼的钟馗在等着你。

二 膏肓

古时的帝王生病时梦见小鬼，大都不是好兆头，比如唐玄宗梦见虚耗盗宝。而比唐玄宗更倒霉的，是春秋时期的晋景公。

晋景公是晋国的国君，有一次他生病十分严重，国内所有医生都束手无策。晋国人听说秦国有名医，便派使者去秦国求医。没想到秦国的医生还没来，晋景公就做梦了。

这一回，晋景公一次梦见了两个小鬼。两个小鬼面有难色，其中一个问另一个："听说秦国的名医就要来了，这下怎么办，我们能逃到哪里？"

原来秦国的名医医术高明，正是这两个小鬼的克星。晋景公听了大喜过望，以为自己的病很快就要药到病除了。

可没等他高兴多久，就听到另一个小鬼回答说："我和你分别躲在膏的上面、肓的下面，就算是神医扁鹊来了，又能把我们怎么样？"

这个小鬼非常自负，自信有办法对付名医。而另一个小鬼又问："膏、肓是什么？"

"心脏的上面是膏，下面是肓。这两个地方是针灸和汤药的疗效都不能到达的，所以就算名医来了，也没有办法。”

听它这么说，另一个小鬼也放心了，两个小鬼喜笑颜开，分别躲到了膏之上、肓之下。听了他们的对话，晋景公原本放松的心又沉了下去，他知道自己的病是治不好了。

过了数日，秦国的名医到了，为晋景公诊脉，过了良久才说：“病在膏肓之处，已经不能治了。”

晋景公听他的话，和梦中两个小鬼说得一模一样，感叹说：“您确实是古今罕有的名医啊！”于是晋景公以厚礼相赠名医，让人送他回秦国。过了不到十日，晋景公便病逝了。

这两个小鬼被后世称为膏肓鬼，也叫二竖子，是一种类似于腹鬼的鬼类，藏身于人体内。膏肓鬼能够使人得重病，并且极难康复，因此有“病入膏肓”的说法。也有人说膏肓鬼是一种复仇鬼，他是利用人做了坏事会心虚的特点，从其心中生出的一种鬼。晋景公就是个典型的例子，那么晋景公心中的“鬼”从何而来呢?

其实梦到膏肓鬼并不是晋景公第一次梦鬼，早在他病前，就曾经梦到过一次恶鬼。

晋景公是一个昏庸无能的君主，当时诸国纷争不断，他宠信佞臣，听信谗言，滥杀无辜，当时晋国有名的大族赵氏全族都被他无情枉杀。赵族灭后三年，晋景公一次梦见一个厉鬼，这个厉鬼身材高大，散发垂在地上，它以手击胸，高高跳起，形状非常恐怖。这个鬼厉声叱骂晋景公：“无道昏君！你枉杀我的子孙，他们又有什么罪！我已经将冤情告诉了天帝，得到准许来向你复仇。”说完这番话，这个厉鬼便掐住了晋景公的脖子。晋景公吓得往内宫奔逃，没想到他逃到哪里恶鬼就追到哪里。晋景公吓得不轻，挣扎之间就醒了过来。

他吓醒后，回想梦中的情景，认为是赵家的人化作恶鬼找他复仇来了。于是他找来一位能占卜鬼神之事的神巫，想要化解此事，神巫卜卦后说：“这个鬼是功臣无辜受害而幻化的，它浑身上下都是愤怒，谁也制服不了。”

晋景公听了，日日夜夜担心恶鬼索命，恐惧之下便一病不起，乃至于后来又梦见了膏肓鬼，继而病逝。也许膏肓二鬼就是恶鬼请来的帮手，最终还是让晋景公命丧黄泉。晋景公两次梦鬼，究其原因还是因为自己有恶行在先，以至于“心中有鬼”丢了性命。如果晋景公励精图治做个好国君，没有杀害忠良，也就没有这一出厉鬼索命、病入膏肓的悲剧了，可见民间所说“平生不做亏心事，半夜不怕鬼敲门”，真是至理名言。

三 黎丘鬼

像虚耗、膏肓这样的小鬼在暗中害人，但是有一类鬼不同，它们堂而皇之地出没于白日里，害人的时候，也丝毫没有顾忌。黎丘鬼就是这样的鬼，它们善于模仿别人，令人防不胜防。

梁国是春秋时期的一个小国，梁国的北边有个叫黎丘的地方，所以出没于那里的鬼被人们称作黎丘鬼。黎丘鬼喜欢变成别人的样子，尤其是模仿别人儿子、兄弟的行为举止。都说鬼神有异能，这黎丘鬼变成别人，简直惟妙惟肖，再亲密的人也辨认不出来。而当地的人伦惨剧，也因此而起。

某一日，有个老人到街市上喝酒，喝得烂醉如泥。这时候见他儿子来了，便让儿子扶他回家。但他不知道眼前的“儿子”是黎丘鬼变幻的，这鬼假装老人的儿子，回家的路上对他又打又骂，折磨了老人一路。等老人回到家，酒醒后斥责儿子：“我是你的父亲，我如何对你不好了？你竟然在我喝醉的时候折磨我！你告诉我为什么要这么做？”

老人的儿子本是孝子，被老父这么一通指责，连忙跪下磕头哭诉：“冤枉啊，我绝对没有做过这样的事！昨日我去了村东向人讨债，那里的人都可以帮我做证。”

见儿子声泪俱下，老人也相信了他。联想到当地黎丘鬼的习性，老人便说：“听说黎丘鬼善于变化人形，那一定就是那个鬼干的！”

这老人当然不愿意平白被黎丘鬼欺侮，便想了一个报复此鬼的主意。第二日他特意又到街市上喝酒，心想如果黎丘鬼再出现，就打死这个害人的鬼。老人又一次喝得大醉，这次他的儿子怕黎丘鬼故技重施折磨父亲，便去街市接他。没想到老人看到儿子，以为黎丘鬼来了，拔出剑刺向他，儿子毫无防备，竟然一下子被父亲刺死了。老人酒醒后知道被自己所杀的是亲生儿子，不由悔恨交加。

这出惨剧的始作俑者正是害人不浅的黎丘鬼，黎丘鬼造成的惨剧，也不止这一桩。

后世安徽望江有个姓李的县令，他任满后携着家眷住在舒州。李公有两个儿子，生得十分聪明。有一天晚上李公喝多了酒回家，距离家门还有几百步时，看见两个儿子来接他。李公心道儿了孝顺，没想到走到跟前，两个儿子却突然抓住他狠揍起来，李公又是愤怒又是惊慌，大声喊起来。但是李家地处偏远，周围一个人都没有。两个儿子一边走一边打他，等到了家门口，两个儿子突然就消失了。

李公踉跄着进门以后，看见两个儿子都好端端在家里，问他们时，才知道两个儿子今天根本没有出门。

不消说，这一定又是专门假扮成儿子来害人的黎丘鬼干的。

一个多月后，李公又到亲友家喝酒。因为担心回家路上再遇到恶鬼，便向亲友说了上次挨打的事情，打算在亲友家住一晚再回家。而此时，他的两个儿子担心他回来时遇见黎丘鬼，就一同出门迎接。走到半路上遇见了父亲，没想到这个父亲见了他们大怒，说：“谁让你们晚上出来的！”

说罢父亲又让身边的随从打两个儿子，两个儿子费了很大劲才逃脱，却受了不轻的伤。

这次黎丘鬼换了花样，假扮成了父亲，这鬼害人的伎俩也是与时俱进。

第二天李公回家后听儿子们说了昨晚的事，父子三人心中更加害怕。过了没几个月，李公父子三人就在恐惧忧思中病逝了。

黎丘鬼变成别人的样子捉弄人，让人们产生误会，甚至造成误杀亲子的惨剧，而此鬼则躲在暗中看热闹，不得不说黎丘鬼害人的手段，要比虚耗、膏肓之流高明得多。

四 腹鬼

前面提到膏肓这对小鬼，是躲在人体内药效无法到达的地方，才逃过一劫。但是别的鬼就不像它们这般幸运了，有一类鬼，尽管躲在人体内，还是被有名的医生药到鬼除。

《搜神后记》中记载了这样一个故事，说晋代时有个叫李子豫的名医，他医术高明，治好了不少疑难杂症，所以有百姓以为他具有通灵的奇术，能从阎王爷手里抢人。当时的豫州刺史许永，他的弟弟身患重病十余年，心腹间疼痛不止，请了无数医生治疗也没有用，眼看着已经奄奄一息了。有一天晚上，夜深人静，许永忽然听到家中屏风后传来窸窸窣窣的说话声，声音不似人声，仿佛是小鬼间的窃窃私语。

一个小鬼问另一个：“你还不快点杀了那个人？等到他家人请来了李子豫，用赤丸对付你，你的死期就到了！”

那个小鬼的声音像是从人腹中传出来的：“我才不怕他。”

许永偷听了它们的对话，心中猜测莫非这就是自己弟弟生病一直无法治愈的原因，难道真有鬼在他体内作怪？

第二日清晨，许永就派人去邀请李子豫。结果李子豫还没到许家来，许永那个患病的弟弟就听到自己肚子里传来几声呻吟。原来是他腹中的小鬼听到了许家要请李子豫来看病，心中害怕，不由自主地叫喊出声。李子豫来了，从药箱中取出八毒赤丸给病人服下。服药后没多久，病人就觉得自己腹胀如鼓，腹中像雷鸣一样砰砰作响，很快病就好了。

许永的弟弟之所以患病，是因为有小鬼在身体内作祟。这一类鬼被称为腹鬼，腹鬼是古代最神秘的鬼类之一，没有人见过它的长相，也没有人知道它是如何进入人的腹中。被腹鬼危害的人，时常能在深夜听见此鬼说话的声音。等到腹鬼在人体内将人的精血吸食干净，这人才会死。所以说，腹鬼是非常可怖的一类鬼。李子豫所用的八毒赤丸是腹鬼唯一的克星，而后世也有人效仿李子豫此法。

元代也有个名医叫罗天益，他写了一本书叫《卫生宝鉴》，里面记录了一段他从医的经历。当时的一个官员许可道请他看病，他替此人诊脉，发现许可道的脉象时大时小时短时长，这是体内气血不足，被邪气所伤的结果。罗天益觉得奇怪，便问许可道最近有没有遇到什么奇怪的事情。许可道回忆说："我曾路过邯郸驿站，晚上梦见了一个青衣妇人，脸上模糊一片，看不见她的面容。这个妇人伸手朝我胁下打了一拳，只有一点疼，我也没在意。等到梦醒后，我才发现被打的地方越来越疼，整个人也恶寒发热，什么都吃不下。敢问神医，我这是撞见鬼了吧？"

许可道一语道破了天机，这类梦中伤人的鬼魅，便是腹鬼的一种。罗天益听了他的话，便仿照李子豫的前例，取出三粒八毒赤丸给他服下，很快便药到病除。

腹鬼伤人不止梦中打人一拳这么简单，有时也变换一些手段。罗天益也记载他曾遇到过一个姓陈的小孩，因为白天睡在水仙庙中，梦中捡到一个饼，他吃后梦醒，便生起病来。先是心中忧思不断，吃不下饭，约莫过了一年多，这个小孩渐渐变得瘦弱，肚子却胀得像个鼓，腹中时常发出声音。这也是腹鬼作祟的结果，腹鬼没有直接现身伤人，反而是借用一个饼来害了孩子。“饼”与“病”谐音，吃了腹鬼的饼，则必然要生病。所以，即使是在梦中，天上掉馅饼也不是什么好事。

孩子的家人换了许多医生诊治，也请了巫卜祝祷，均不见效果。眼见孩子快要不行了，家人听说罗天益曾经医好了不少怪病，立即请他来看诊。罗天益观察到这个孩子的情状，不是外感风寒，也不是受了内伤，这可怎么治呢？问了家人孩子的经历，罗天益恍然大悟，这又是个遇上腹鬼的倒霉蛋。于是他按前例，先用八毒赤丸克制腹鬼，再用别的药给孩子调理身体，如此过了数月，这个孩子便痊愈了，不出两年就变得跟从前一样强壮。

八毒赤丸药到病除，于是民间便给此药取了个名字叫杀鬼丸。但是腹鬼来去无踪，若不想它们害人，只能期待民间多一些名医了。

五 五奇鬼

大部分小鬼自恃有神通，到人间害人时都单兵作战，像膏肓鬼这样两两结伴的，已经是少数。但是也有一类鬼，一定要集体行动，是鬼类中有名的犯罪团伙。

五奇鬼是“五位一体”的鬼组合，顾名思义，这是五个鬼的团体。其中四个鬼没有眼睛，另一个也只有一只眼睛，这五个鬼只能利用这一只眼睛看东西，因而它们总是集体出动，被人称为“一目五先生”。从五个鬼的情状可想而知，那四个没有眼睛的鬼无法任意行动，只能听从一目鬼的号令，一目鬼便当仁不让成了这个小团伙的领导者。

五奇鬼时常在瘟疫发生的时候来到人间，联袂而行，形影不离。它们悄悄潜入人的家里，趁着人睡觉的时候，嗅人身上的味道。当然五奇鬼在害人的时候，也有自己的原则。通常情况下它们不会一拥而上，而是一个接一个按顺序嗅。如果只有其中一个鬼嗅了，那么此人就会生病，接下去第二、三、四个鬼依次嗅了，此人的病就会越来越重，等到第五个鬼也嗅了，此人便必死无疑。

清代袁枚写的《子不语》中讲了这个鬼团体的故事。

浙江一个姓钱的旅人曾经遇到过五奇鬼。有一天晚上他夜宿在一间旅店里，当晚来投宿的客人很多。时值深夜，店中其他旅客都已经睡了，唯独这位钱公没有睡着。既然长夜孤枕难眠，他索性点燃了灯烛。没想到一阵风吹过，烛火忽然变得暗淡，钱公无意间看到有五个小鬼一起跳进了旅店。

当其中一个小鬼正要去嗅店中一位旅客时，一目鬼说："那是个好人，你们不要嗅他。"

于是小鬼们放弃了这个人，选择了一个新的目标。这个时候一目鬼又说："这是个有福气的人，你们也不能嗅他。"

四个小鬼无奈，又换了一个目标。一目鬼看了看，说："这个人坏事做尽，你们也不要嗅他了。"

另外四个小鬼非常不解，问一目鬼："这些人都不能嗅，那么先生您今晚吃什么呢？"

一目鬼环顾了一周，指着店中两个正在睡觉的旅客说："这两个人既不好也不坏，身上无福无禄，这样的平庸之辈，正好等着我们吃。"

说完，那四个小鬼便排队嗅了这两人身上的味道，最后是一目鬼。钱公悄悄看着，发现被五奇鬼嗅过的两个人气息渐渐微弱，而五个小鬼的肚子却都胀了起来，一看就是吃饱了的样子。

五奇鬼靠人的精血为食，对食物挑三拣四，最终选择的却是人中的平庸无能之辈，从人的角度来看，这是一件非常让人唏嘘的事情。

大善大恶之人鬼都不敢惹，只能挑平庸无能之人下口。可见做人不能碌碌无为，否则在鬼类的眼睛里，也就像咸鱼一样，是它们的口粮罢了。人活在世上，多少还是要做出点成绩来的，不然一不小心，就可能步了旅店中那两个倒霉旅客的后尘。

六 狐鬼

人们时常说人死后变成鬼，其实这个说法还是以偏概全了。不只是人，一些生性聪明狡猾的动物，死后也会化成鬼，比如狐狸、黄鼠狼等，便是民间俗话讲的“大仙”，狐鬼就叫“狐大仙”，黄鼠狼鬼就叫“黄大仙”。在这一类鬼中，狐鬼是很常见的。

清代著名的文学家纪昀写了一本志怪小说集《阅微草堂笔记》，里面记载了一个狐鬼的悲惨狐生。

纪昀有位老师，名叫赵衡山。这位赵衡山先生少年时在西湖畔读书，因为湖边的寺院阁楼幽静，便在楼上设了床榻，晚上在此处休息。没想到一天夜里忽然听到室内传来一阵阵脚步声，就像有人来回走动一般。赵衡山厉声问：“你是鬼还是狐？为何到此处骚扰我？”

在赵衡山心中，深夜叨扰人间的，不是鬼类，便是妖精了。过了半天，他听到一个很轻的声音迟疑着回答：“我既是鬼，又是狐。”

“鬼就是鬼，狐就是狐，怎么可能既是鬼又是狐，你到底是什么东西？”

赵衡山此时也有些糊涂了，见这怪物没有伤人的意图，便大着胆子

狐鬼　民间传说中，狐狸是充满灵性的动物。它能幻化成人类，或者狡黠，或者恶毒，或者聪明而美丽。失去内丹的狐狸，也会变为鬼。

继续追问。

一时间室内静寂无声，又过了许久赵衡山才听到那怪物回答他："我本来是修炼了数百年的老狐狸，已经炼成了内丹，不幸被我的同类扼死，内丹被盗走。我死后冤情无处可诉，冤魂留在这里，就变成了狐鬼，所以我既是狐，又是鬼。"

听完这一番话，赵衡山反倒同情起这只命运悲惨的狐鬼来。他问道："你为什么不去阴司地府告状呢？"

那狐鬼说："凡是修炼内丹，如果是用正确的方法，通过吐纳导引炼成的，那么此丹就像人的精血一样，与人体合二为一，不是外来之物，别人无法盗走；相反，如果是用恶劣的手段，通过采补之术炼成的内丹，就像是强盗抢来的财物，本来就不是自己的东西，你可以抢别人的内丹，别人当然也可以抢你的内丹。我修炼的内丹恰恰是后一种，从前也不知道诱惑了多少人，吸取他们的精血害死了他们。杀人者人恒杀之，我的死是罪有应得，即使是向神明告状，神明也不会理我。所以我宁可幽居在这里，一个人夜夜忏悔伤心。"

赵衡山又问："那你住这高楼上，又有什么打算？"

狐鬼回答："我本来打算就此销声匿迹，修炼太阴炼形之法，争取早日回归正道。没想到先生您下榻于此，您身上的阳气太盛，与我们狐鬼的阴气相克，熏烤得我阴魂不宁，所以特地现身向您哀求，求您另选一个合适的地方，放过我吧！"

在他们一人一鬼的对话中，赵衡山始终没有看到狐鬼的身形。不过在狐鬼说完最后一番话后，赵衡山随即听到"砰砰"磕头的声音。他再问时，狐鬼就不再回答了。赵衡山感慨良久，第二天就从阁楼搬了出来，将这个幽静之所留给了狐鬼。

后来他也曾以这件事为例，告诫自己的学生："无论是人是狐，都不要谋取不属于你的东西。一旦这么做了，你想要的东西不但得不到，反而会害了自己。像这只狐鬼这样自食恶果，多可怕啊！”

这只狐鬼虽然认识到自己罪有应得，但是为时已晚，再想补救也来不及了。赵衡山教学生以狐鬼为鉴，也是告诉世人，贪婪之心一旦萌生，最终害了自己不说，就连做鬼都不得安宁。

七 痴鬼

古人说“人无癖不可与交，以其无深情也；人无痴不可与交，以其无真气也”，这是古人对人的看法。一个人可以性格爱好独特，这是他真性情的表现。其实鬼也一样，有些鬼性格中有很痴的一面，或者沉溺于情，或者贪恋酒色财气，也有痴迷于琴棋书画的高雅鬼。这些痴鬼见到自己喜欢的事物时，往往沉浸其中，甚至忘了自己是鬼。

扬州的督同将军梁公曾经遇到过这样一个痴鬼，堪称鬼中奇鬼，其事迹着实令人咋舌。

梁公卸任后返回故乡扬州，充分享受自己的退休生活。每日在江南的青山绿水之间游玩，饮酒赋诗，赏花下棋，日子过得非常安逸。

时逢九月九日重阳佳节，梁公与朋友们登高，在山顶下棋取乐。其间，不知道从哪里来了一个人，在他们的棋局边徘徊观战，过了很久也不离去。那人看似清贫，衣衫褴褛，但是姿态却温文尔雅。都说“观棋不语真君子”，梁公猜测此人必定是落魄文人，便礼貌地请他坐下。那人谦让了一番才坐下，梁公更觉得他不简单。

“先生的棋艺一定不凡，为什么不和人对阵呢？”梁公指着棋盘对这位新来的客人说。

那人非常有礼貌地推让了一会儿，才开始和别人对局。

第一局结束，这位书生完败，梁公看他神情懊恼，悔恨得快要控制不住自己，遂邀请他再下一局。没想到第二局他又输了，书生更加恼怒。梁公见状，便拉住他邀请他喝酒，没想到他也不喝，只是继续邀请人下棋，从清晨一直对弈到黄昏，甚至连大小便都顾不上。

此人痴迷于弈棋的程度令梁公暗暗惊叹，就在梁公打算劝他的时候，正在对弈的双方忽然因为一个棋子争执起来，书生仿佛看见了什么，蓦地离开座位，惊惧不已，神情也变得凄凉沮丧。不一会儿，书生屈膝向梁公跪下，不断磕头求梁公救救他，额头都磕破了。

梁公吃了一惊，扶起他说："弈棋不过是游戏，输就输了，何至于这样呢？"

书生哀求说："求您吩咐监狱的看守，不要捆绑我的脖颈。"

梁公更觉奇怪，便问他："监狱的看守又是谁？"

书生回答："他名叫马成。"

原来马成是监狱的差役，也同时充当阴间的鬼吏，经常十几天进阴曹地府一次，拿着冥府的文书做勾魂捕役。

梁公越发糊涂了，为了搞明白书生究竟在说什么，他派人去找马成。果然马成卧在床上，浑身僵硬，仿佛死了一般，于是梁公便知道马成又被地府请去办公了。梁公命令马成不要对书生无礼，话刚说出口，就见书生倒在地上，瞬间消失。

梁公这才明白，原来书生也是个鬼。

过了一日后马成醒来，梁公问他究竟是怎么回事。马成说："那个书生本是湖襄人，嗜好下棋，因为下棋把家产也败光了。为此他的父亲将他关在房中，但他总是翻墙出去，偷偷躲起来继续和人下棋。父亲听说后责骂他，但他毫不悔改，他的父亲后来也管不住他了，整日忧心忡忡，一病而死。地府的阎王因为书生不孝失德，便减了他的寿数，罚他入饿鬼狱受苦，距今已经整整七年了。前些日子恰逢东岳凤楼落成，东岳帝君从地府征召文人撰写碑记。阎王命令这个书生应召前去，也好给自己赎罪。没想到他途中逃脱，耽误了期限，东岳帝君怪罪于阎王。阎王大怒，命我们抓他回去，前日我听您的吩咐，没敢用绳索捆绑他。”

梁公听了又问：“那他现在情况怎么样？”

马成说：“已经被带回地狱，永远没有回到人间生还的机会了。”

听到书生这样的结局，梁公唏嘘不已：“癖好误人啊！”

人有癖好很正常，怕的就是因为主次不分，反而让癖好耽误了自己。譬如这个棋鬼，活着的时候沉迷下棋不事生产，气死了父亲，是为不孝；死后又因为沉迷下棋耽误了转生的机会，对自己也毫不负责任。看似执着，却还是个臭棋篓子，既可悲又可笑。足见做事一定要有分寸，因为癖好而误人误己，就是因小失大了。

八 拘魂鬼

虽然在人间鬼不常见，但有些鬼人们却很熟悉，比如拘魂鬼。拘魂鬼的相貌与常人无异，通常是两人一起出入，并且身着紫衣。也有人说它们一人穿黑衣一人穿白衣，便是民间说的“黑白无常”。

顾名思义，拘魂鬼来到人间的任务就是“拘魂”。它们身上带着一本名册，上面记录着将死之人死去的时间和地点，并且按照时间到达将死之人的身边，出声呼唤那人的名字。被拘魂鬼念出名字的人，顷刻间魂与身体分离，此人即死。而拘魂鬼则很快用锁链将死人的魂勾住，将其带往地府，交由阎王和判官处置。

生老病死是人之常情，所以谁都难免要跟拘魂鬼打一回交道。有些特别倒霉的，还得跟拘魂鬼多来往几次。

唐代元和初年，长安东市上出了一个叫李和子的地痞流氓。此人性情残忍，经常偷别人的猫和狗，杀后食用，是当地出了名的祸害。

有一天李和子在街上闲逛，忽然看见两个身穿紫衣的人向他走来。

其中一人开口问他：“你就是李努眼的儿子李和子吧？”

李和子一听，心道李努眼的确是我父亲的名字，这两人莫不是来找

拘魂鬼　拘魂鬼便是民间所说的黑白无常。它们身上带着一本名册，上面记录着将死之人死去的时间、地点。它们将定时定点出现，用锁链拘走人的魂魄。

我的？

他便向二人作了个揖，说自己就是李和子。

这两个紫衣人很客气地对他说："我们找你有事，找个偏僻的地方说话吧。"

李和子性子贪婪，只当有什么好事要落到自己头上了，便想也不想地跟着两人去了僻静处。没想到那两人接下来对他说："地府的阎王命我们来捉拿你，你快跟我们去吧！"

这话让李和子大惊失色，他本来以为是天上掉馅饼，没想到是让自己送死，他自大惯了，顿时就对着这两个拘魂鬼发起火来："你们看起来就是普通人，竟然敢来骗我？！"

可怜拘魂鬼拘魂无数，第一次遇到这么蛮横不讲理的。他们只好说："我们真的是鬼。"又拿出一封盖着印鉴的信给李和子看，说："这是被你杀食的猫狗在地府告你的状子，你杀害猫狗四百六十余只，现在它们向阎王告状，要你偿命。"

李和子这才真正害怕起来，低头向拘魂鬼哀求："我的确该死，只求你们多给我一些时间，至少让我请你们喝些水酒吧！"

人言道"酒后好办事"，李和子不想死，就打起了这样的主意，要是能灌醉两个拘魂鬼，求它们放过自己，自己就能逃过此劫了。谁知这两个鬼竟然拒绝了他的请求，催促着他赶紧跟它们回地府。

由于两个拘魂鬼没有限制李和子的行动，他灵机一动，将二鬼带到"毕罗肆"门前。毕罗肆是胡人开的饭馆，热闹非凡。大概是因为阳气过盛的缘故，二鬼并不愿意进去，甚至捂起了鼻子。谁知它们的这一举动倒让这家饭馆出了名，毕罗肆后来改名为"鬼不理"，一时风头无两，而这已经是后话了。李和子当时没办法，又领着两个鬼走到旗亭杜氏店门口，这回二鬼终于跟他进来了。李和子命人摆好酒菜，对着二鬼又是作揖又是哀求。而他能看见二鬼，别人则不能，店里的人看着他对空气说话，只当这个流氓是疯了。

李和子倒了九碗酒，自己喝了三碗，将六碗摆在空座上，请二鬼喝。二鬼互相使个眼色，心中有了数，便说："罢了罢了，既然喝了你的酒，就该帮你想个办法！"

李和子听了，心中暗喜，以为是酒令智昏，鬼也不例外。

这时候一个拘魂鬼站起来说："等我片刻，我去去就回。"

不到一个时辰它就回来了，说："你只要准备好四十万贯钱，就能买三年的寿命。"

李和子立刻就答应了，于是拘魂鬼说第二天午时将钱烧给地府就没事了。李和子大喜过望，连连称是。随后他付了酒钱回家办理这买命的大事。等他走后，店家好奇地端起那六碗摆在空座上的酒尝了尝，发现这酒完全没有味道，像冷水一样冰凉。原来这是拘魂鬼喝过的酒，它们身上没有热气，接触过的东西也都变得冷冰冰的。

到了第二天午时，李和子置办了纸钱按时按量焚烧，当时就看见那两个拘魂鬼出现，拿着纸钱就消失了。

李和子得意扬扬地想，这下应该高枕无忧了，至于三年后怎么办他也想好了，到时候就故技重施，再买一回寿命。然而万万想不到的是，过了三天，李和子就死了，这回是真被拘魂鬼拘了魂去。

原来拘魂鬼说的三年是指地府的三年，折合成人间的时间来看，就只有三天。李和子一顿酒、四十万贯纸钱买来的，只有三天的寿命而已。拘魂鬼对这戏弄人的手法驾轻就熟，看起来在地府也没少做这种一本万利的买卖。李和子这种人坏事做尽，有这样的下场，也属恶有恶报。

九 孟婆

孟婆是在地府奈何桥头卖汤的女子，有人说她是个鬼，也有人说她是地府阴司的神，毫无疑问她和拘魂鬼一样，是个人见人怕的角色。

据说人死以后，魂魄被拘到地府，转世投胎前都要喝一碗孟婆的汤，忘记从前发生的事。一般来说，喝了孟婆汤的人，都会忘记一切，转世投胎后就是一个全新的人，但是也有例外，地府里偶尔也会发生点徇私舞弊的事情。

邯郸城的青楼里有对弹琴卖唱的姐妹，姐姐兰蕊和妹妹玉蕊。玉蕊与同乡的一个年轻人葛生相爱，两人私定了终身。葛生很想给玉蕊赎身，两人好做夫妻，但他家境贫寒，拿不出青楼老鸨要的赎身银子，以至于迟迟不能如愿。

姐姐兰蕊经常和有钱的客人打交道，她将贵客私底下打赏自己的钱都给了葛生，让葛生存着，将来好给自己的妹妹玉蕊赎身，葛生十分感激她。

后来兰蕊患病而死，葛生没了她的资助，一下子就绝望了。他囊中羞涩，别说娶玉蕊回家，就是再见她一面也困难。时间久了，葛生思念成疾，整日自怨自艾，最后终于病倒，没过多久就死了。

葛生死后，魂魄被拘到地府，阎王和判官查了他的履历，觉得此人死得实在窝囊，也有些冤枉，便特别准许他复生。葛生听阎王这般说，自己也不想真死了，就向着人间的方向走去。

世人都知道，从地府到人间，是非要喝一回孟婆汤不可的，葛生也不例外。他走着走着，就看到前面一片空地上，有人用松萝搭起了一个帐篷，帐篷下的炉子上正煮着一锅汤，香气扑鼻，令人食指大动。葛生看到几百个男男女女正在抢着喝汤，自己也觉得有点渴。他快步走了几步，也准备去喝汤。

这葛生也是心无城府，来到了阴曹地府，倒一点也不见外。他好不容易抢到一碗汤，正要喝的时候，忽见一个女子从帐篷后走出来，拦住了他。葛生见了那女子，吃了一惊，原来她竟然是早已死去的兰蕊。

兰蕊问他怎么在这里，葛生便把事情都告诉了她。兰蕊听后，异常感动："你为情而死，我的妹妹玉蕊又如何活得下去呢！"她说着说着，眼泪就落了下来。

葛生安慰她一番，再要喝汤时，兰蕊又拦住了他。葛生很奇怪，问她为什么这么做。兰蕊谨慎地看了看四周，等到喝汤的人群散去后，才说："这汤可不能喝，这里是孟婆庄，这汤就是孟婆汤。这里的主人孟婆为寇夫人祝寿去了，我暂时帮她照看一下。不管是人还是鬼，喝了孟婆汤就会迷失自我，即使回到人间，也什么都不记得了。你趁着自己还没有喝汤，快回到人间和我妹妹团聚吧！"

听了兰蕊的话，葛生出了一身冷汗，庆幸自己没有喝汤，否则他就要忘记自己和玉蕊的深情了。然而葛生又难过起来："就算我回去了，没有赎身的银子，我也无法和她在一起，那回去又有什么意义，求你再帮我一次吧！"

兰蕊心里挂念妹妹，便答应了葛生的请求，带着葛生走到帐篷后面，只见那里放着一排石瓮。兰蕊指着石瓮依次给葛生介绍："这个瓮里盛放的是益智汤，喝了就会变得聪明有才华；这个瓮里盛放的是长命汤，喝了会使人长寿；这个里面装着和气汤，喝了就会变得特别招人喜欢。"

葛生想起刚才那些鬼争着喝的汤，心中好奇，便问："那你不让我喝的那个汤又是什么？"

兰蕊笑着说："那是用焦心火和滴泪泉一起熬成的迷魂汤。"

他们说着走到最后一个瓮前，兰蕊让葛生喝里面的汤。葛生询问原因，兰蕊回答说："这是元宝汤，你宁愿死也不愿意活下去，就是因为少了它。"

说完，兰蕊舀了一勺汤递给葛生，葛生接过来勉强喝了几口，但是明明是液体的汤汁仿佛变作了硬物，堵在喉咙口，怎么也咽不下去。兰蕊叹了一口气，说："这样龌龊俗气的东西，原本就不适合文人雅士。但是有了它却可以让天下的有情人都称心如意，这样看来，它也是不俗的啊！"

葛生更加不解，怎么也不愿意再多喝几口。

兰蕊说："劝君更尽一口汤，西出阳关无故人。"

葛生听着她这样不伦不类地引用前人的诗句，不禁笑了起来，勉强又喝了几口，兰蕊这才送他回到了人间。

葛生在地府待的这段时间，人间已经过了五天了。他的家人因为太穷买不起棺材，只好将葛生的尸体放在床上，只有一个做饭的老婆婆守着。这一天老婆婆正在尸体旁坐着，尸体一下子跳了起来，仿佛诈尸一般，嘴里还嚷着肚子疼，随即不断呕吐，像泉水喷涌似的，吐出来的都是亮晶晶的东西，全部渗到了地下。葛生就这么活了过来，也幸亏是因为家穷，没有将他的尸体入土为安，这才给了他活转的机会。

葛生吐完后，让老婆婆拿来铲子，往地下挖了一米左右，只见地下堆满了银子，一望不知其数，总之是非常多的。这些银子都是自己吐出来的？葛生也不敢相信自己的眼睛，等他缓过神来，便急匆匆带着银子去见老鸨。等他到了青楼才知道，玉蕊自从知道他的死讯后，伤心之下无意独活，已经绝食三天，奄奄一息了。葛生慌忙来到玉蕊床前，将自己平安归来并且天降横财的喜讯告诉了她。玉蕊见葛生还活着，自然也打消了殉情的念头。于是葛生拿着银子为玉蕊赎了身，两人成亲，皆大欢喜。

有情人终成眷属，都要归功于那碗元宝汤。孟婆有这样的汤却不给人喝，只拿迷魂汤来骗人，难怪人间提到孟婆，都人人色变。至于孟婆的形象，有说她是绝世美女的，也有说她是白发老太太的，说到她具体的容貌，见过她的人也都喝了孟婆汤忘记了，又哪里说得清呢。

十 孤独鬼

人间有人失意潦倒、无依无靠时，喜欢用“孤魂野鬼”来形容自己，殊不知地府中真的有这一类鬼，境况也确实可怜。

胶州的某个寺院里有座藏经楼，经楼后面是个菜园子。园子里蔬菜繁茂，绿意盎然，夏天的时候，寺里的僧人们就在此地乘凉。

一个夏日的夜晚，某位僧人刚打开窗户纳凉，抬头看见月华如水，清风袭来。正怡然自得的时候，目光一转，忽然看见不远处的一棵老树下，有个人正独自徘徊。

僧人吃了一惊，心中疑窦丛生，暗道此人不是寺中僧人，难道是来偷窃蔬菜的贼人？他壮着胆子大声呵斥，呼问那人是谁。

没想到那人转过身，身影模糊，看不清晰，但声音却听得真切。那人对僧人鞠了一躬，恭恭敬敬地回答说：“师父不要惊讶，我乃是一个鬼。”

僧人听了更害怕了，但是见这个鬼还算有礼貌，便又问它：“你既然是鬼，为什么不回到坟墓中去，或者留在地府里？”

那鬼回答说：“做鬼和做人差不多，鬼也有朋友，也是要成群结队的。我做人的时候是个书生，不幸死后却被埋在不远处的坟地里，那里埋的都是兽医、农夫之流，我不愿与这些鬼为伍，它们也觉得我跟它们不是一类鬼，因而讨厌我。既然难以相处，我宁愿避开它们，独自流落到这里。”

僧人听了，唏嘘了一番，想要安慰一下这个真正的孤魂野鬼，却见光影闪动，那鬼缓缓消失了。

后来僧人也曾远远看到它，跟它说话时，它却再也不肯回答，也许是觉得僧人也不是自己的同类吧。

这个孤独鬼的境况虽然可怜，也有自己性格孤僻清高的原因。但也可以看出，人间说的“物以类聚，人以群分”的道理，在鬼界也是通用的。想要做鬼做得舒服，还得努力放宽心胸，锻炼好自己的社交能力才行。

十一 真假鬼

“假作真时真亦假”，人深谙这个道理，所以人间时不时会有冒名顶替、诈骗钱财的事情发生。此等风气传到鬼界，就有一些小鬼也照葫芦画瓢，干起了骗财的勾当。

相传有个士人出游，暂住在陈留的一个村子里，天气炎热，他便到村口的野地里散步消暑。

渐渐到了黄昏，暮色苍茫之际，士人忽然看见一个人摇摇晃晃向他走来，并对他拱手作揖。

士人觉得此人有些奇怪，但出于礼貌，仍旧邀请它一同坐在老树下，与它闲话家常，询问它的姓名来历。

那人见士人语气温和，便娓娓道来：“你不要害怕，其实我就是蔡邕蔡中郎。”

蔡邕是东汉末年的名臣，曾任左中郎将，人称“蔡中郎”。

士人一听就更怕了，蔡中郎早已作古多年，眼前这个人，莫非是鬼？但是蔡中郎在世时颇有才名，如果是他所化的鬼，应该不会伤人。士人镇定下来，继续与自称蔡中郎的鬼聊天。

鬼又说："年深日久，我的祠堂和坟墓虽然还在，可已经没有多少人祭祀我了。我生前身属仕宦名流，也不愿意向现在的世俗之辈求取祭品。但是先生你就不一样了，我观察你的人格品性，觉得你和我是同一类人，所以才敢打扰你。不知道明日你能否在这里祭奠我一次？"

这个士人气度宽宏，听此鬼的谈吐也不可怖，便问起它关于汉代末年的故事。

然而鬼回答了几句话，士人却起了疑心。这鬼所讲的故事模棱两可，大部分是《三国演义》中的内容。《三国演义》问世的年代远在蔡邕死后，这鬼如果是真的蔡邕，怎么能知道后世杜撰的内容呢？

士人隐隐猜测自己遇到了鬼中的骗子，就又问它蔡邕的生平始末。而鬼所说的蔡邕的事迹，都与高则诚的《琵琶记》中的内容一致。《琵琶记》也是元末明初的作品，这鬼如此熟悉，难道是个爱听话本爱看戏的鬼？

士人被此鬼拙劣的演技逗笑了，说："我家中没有余钱，实在无力祭祀你，你还是去找有钱人吧。友情建议你，以后多找《后汉书》《三国志》《蔡中郎集》看看，下次再假装蔡邕骗人，说不定还能骗过去。"

被士人毫不留情地戳穿，这鬼一下子脸红到了耳根，一跃而起，现出鬼的原形跑远了。

此鬼假冒蔡邕的名字骗人，却被人一眼识破，只能说此鬼的骗术不精。可见骗人也要有资本，也要讲究专业技能。

鬼骗人固然不常见，但民间俗谓"装神弄鬼"，有些人也借了鬼的名头来骗人，真真假假，难以区分。

有位叫陈耕岩的翰林，时常被鬼魅侵扰。为了躲避他搬过好几次家，没想到鬼魅也跟着他一起搬了。鬼魅时常扔下一些小揭帖，上面记着陈耕岩的隐私，这让他深受其苦。陈耕岩越来越害怕这些鬼，经常虔诚地祭拜它们，希望它们放过自己。

有一天鬼又凭空扔下了揭帖，指责这位陈翰林苛待自己的侄子，揭帖上面说："你如果不多出钱资助你的侄子，你们家就要大祸临头了。"

此言一出，陈翰林反倒怀疑这些鬼不是真鬼，而是有人假扮的。他心中的头号嫌疑人就是他的侄子，于是陈翰林聚集了家人，偷偷商量好暗中观察家中的动静。

一天晚上，陈家的一间房中突然传出敲击硬物的声音，陈家人一起闯了进去，果然看见侄子正在搞鬼。这下水落石出了，原来是个假鬼。家人们指责侄子的所作所为，但陈耕岩是个性情宽厚的人，他尤其看重骨肉亲情，便对侄子说："如果你缺钱，大可以直接告诉我，何必要做这些事呢？"

侄子羞愧得无地自容，向家人承认了自己的错误，后来陈家便安宁了，再也没有鬼魅出没。

鬼界骗术层出不穷，有鬼冒充鬼的，有人冒充鬼的，自然也有鬼冒充人的。

清代有个侍卫喜欢骑射，也因此发生了一件奇事。有一回他骑马追野兔，一直追到了东直门附近，结果没想到有个老人正蹲在一口井边打水，侍卫的马没停住，一下子将老人撞进了井里。

侍卫惊恐之下急忙逃回了家，也没管老人的死活。但是这种不救老人的坏事做出来了，侍卫心里也一直惴惴不安，怕别人知道这件事。

结果当天晚上，他家的门忽然被风推开，那老人的鬼魂就飘了进来，指着侍卫的头破口大骂："你虽然不是故意要害死我，但你为何不下马救我！如果你当时立刻喊人救我的话，我也不会死，你竟然就自顾自地逃走了！"

侍卫满腔羞愧，无地自容。老人的鬼魂骂了一夜还不够，后来几日又不断在他家中作祟。先是打烂他家的碗碟，后来又推翻桌凳，弄得一家不得安宁。侍卫和他的家人没办法，只好摆了斋酒祭拜老人，哀求鬼魂放过他们。

鬼说："想让我放过你们一家，你们必须给我立一个牌位，上面写我的名字，每日用猪蹄祭我，将我当作祖宗来供奉，我才能放过你们。"说罢又将名字告诉了侍卫。

侍卫一家人听后便答应了，日日供奉老人的牌位，从此家中平安无事。只是侍卫吸取教训，再经过东直门的时候，一定会绕道避开那口井。

后来有一次，侍卫跟随皇帝出行，路过东直门的时候，他想绕道走，没想到被自己的上司总管抓了个正着。

总管训斥他说："你现在要溜走，如果皇上问起你，你怎么回答？何况我们有这么多人在，难道你还怕一个鬼？"

侍卫听了无话可说，只能跟着大队人马又一次经过了那口井。没想到他又在井边看到了那个老人。

但奇怪的是，这次所见的老头，行动灵活，竟是个活生生的人。

侍卫吃了一惊，还没等他反应过来，老人已一脸愤慨，抓住他的衣领怒骂："我今天总算逮到你了！你前些年骑马撞了我不说，竟然不救我！你还有没有人性！"

老人边骂边打他，可怜的侍卫吓坏了，又不敢还手，哀求老人说："我的确有罪，可我已经供奉您老人家好几年，您那时候已经原谅了我，怎么现在又翻脸不认呢？"

老人听了更加恼火，怒斥："我还没死呢，要你供奉什么？我那时虽然被你的马撞进了井里，但你逃走后没多久就有人路过救起了我，你现在竟然怀疑我是鬼？"

侍卫害怕极了，立刻带着老人回到自己家中，给老人看牌位上的名字。然而牌位上的名字并不是老人的，老人怒不可遏，挥拳砸了牌位，扔了供品。侍卫一家人惊愕不已，面面相觑，不知道是怎么回事。

这时他们忽然听见空中传来一阵大笑声，渐渐远去。侍卫忽然想起，这个声音就是当年那个冒充老人骗取祭祀的鬼的。

这下真相大白，侍卫一家人被这个鬼欺骗了这么久，也只好自认倒霉。日后侍卫和家人多行善事，纵马伤人这种事再也不曾做过。

说到底，无论是人还是鬼，骗人这种不良风气，都应该严厉打击。

十二 冒失鬼

冒失鬼通常是指举动鲁莽、轻率的人，不过究其本意，它的确是一种鬼。

杭州三元坊石牌楼旁边曾住着一位姓沈的老太太，她上了年纪，瞳孔发白，能看见鬼。提到平日所见到的鬼，老太太说，有一类鬼最是可笑又可气。她说在十多年前，她曾看见一个蓬头鬼，躲在牌楼上面的石绣球中，平日里无事就将收到的纸钱折成飞镖形状，密密麻麻串成一串。每每看到牌楼下有人经过，就暗中将纸飞镖掷到那人头上，被打中的人浑然无觉，但是纸飞镖上沾了阴气，人回家后就生病，必须向空中祈祷，或者在郊野祭祀才能好。蓬头鬼到时再去吃祭祀时的香火祭品，借着这种把戏，它也常常混得酒足饭饱。

老太太又说，这鬼欺负人习惯了，有一次就碰了钉子。某日里一个身材高大的男子从牌楼前经过，身后背着成串的钱。蓬头鬼见状，当然要戏弄他，就扔出了一枚纸飞镖，击在男子头上。没想到这个男子头上忽然喷出一股火焰，点燃了纸飞镖不说，火焰一层层向上冲，竟然沿着纸飞镖的串绳烧到了蓬头鬼的身上。蓬头鬼浑身起火，一下子从楼上掉了下来，摔得十分狼狈。最后蓬头鬼直打喷嚏，化作一股黑烟消散了。老太太非常吃惊，再看那个背钱的男子，他好像一点都不知道此事，继续向前走，回去后身体也没有任何变化。

蓬头鬼却就此消失了，老太太后来再也没有见到过它，而三元坊石牌楼也再没有鬼作怪。

后来别人知道了这件事，就评价说这鬼是个典型的冒失鬼，要知道做鬼害人，也须得看看风向。冒冒失失见人就欺负，早晚要像这个蓬头鬼一样引火烧身。

肆

殊方异民

一 无首民

“刑天舞干戚，猛志固常在。”

这说的是上古时战神刑天的故事。根据《山海经》的记载，刑天和黄帝在常羊山争夺神位，刑天虽然勇猛，却仍然不敌黄帝的神力。最终黄帝砍断了他的头，并把他葬在常羊山。而刑天断头后竟然以两乳为双目，用肚脐作口，操持干戚来舞动，仍要与黄帝奋战。作为中国上古神话中最具反抗精神的人物，刑天虽然身死，但仍有子孙后代流传下来。

王谦光是清代浙江温州府的一个秀才，家中贫穷，单靠他坐馆的微薄收入难以维持一家老小的生计。而温州府靠海，出海做生意的人不少，王谦光见那些生意人赚钱容易，就攒了些本钱随他们一同出海。所以，他有了一些奇特见闻。

海上风浪难以预测，有时遇到飓风，将船只吹到陌生的海域，往往九死一生。有一次，王谦光搭乘的商船就被大风掀翻，幸好他运气好，抓住浮木救了自己一命。

王谦光大难不死，和同伴漂流到了一个海岛上。他们本来笃定自己必有后福，没想到却在岛上看到了更可怕的东西。这个岛他们从未在地图上看到过，但是岛上有人居住，还是一群样貌异常奇特的人。

岛上的男男女女加起来有上千人，人人身材矮胖，没有头颅，以双乳为眼，双乳颤动时仿佛目光闪烁；以肚脐为口，吃东西时就把食物放至肚脐，吸食进体内。这些人的肚脐也能发出嗡嗡的声音，仿佛是他们彼此之间在说话交流，至于说的什么，王谦光等人就一句也听不懂了。王谦光和同伴从来没有见到过这么奇异的景象，就以为这些无头之人是岛上盘踞的妖怪。

当然，这些土生土长的无头民看见王谦光等人有头颅，也以为他们是哪里冒出来的怪物，纷纷拥过来围观。有好奇的无头民，还从肚脐眼中伸出大约长三寸的舌头去舔王谦光。

"妖怪啊！"

王谦光吓得拔腿就跑，他的同伴跟在他身后，一行人争先恐后地逃到了山上，搬起大石头向山下扔去，砸落在那些追过来的无头民身上，无头民才悻悻地散去。

后来，王谦光等人侥幸逃出生天，回到故乡，将这件事讲给别人听。一些有识之士听后说："这些人不是妖怪，恐怕是《山海经》中记载的刑天民。"

《山海经·海外西经》中记载："刑天与帝争神，帝断其首，葬之常羊之山。乃以乳为目，以脐为口，操干戚以舞。"这就是无首民的来历。看来，王谦光遇到的无首民，就是刑天的子孙后代。

在人们的传统认知里，杀人的话，砍头的方式最保险。人没了头，当然就活不了。刑天是个特例，但是除了刑天国的无首民，也有其他的无头之民。

南宋时有个叫刁端礼的文官，因事路过浙江淳安县境内的一个村庄，看见一个没有头的老人在屋旁织草鞋，刁端礼大感惊奇，就上前询问究

无首民

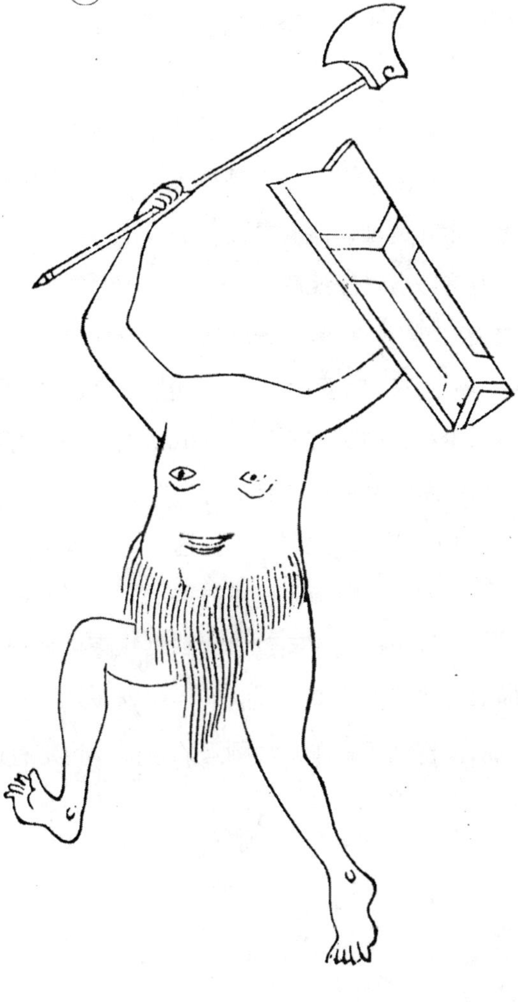

刑天　被黄帝砍掉头的刑天，以双乳为目，以肚脐为口，操持干戚舞动，坚持与黄帝奋战。

竟。屋中走出一个青年解释说："这老人是我的父亲，宣和庚子年时遇到方腊之乱，不幸被斩首。后来我将父亲的尸体抬回家中时，发现他的手和脚还能活动，身体还是热的。我们不忍心将他安葬，只当他没死，把他的头颅埋到屋后，用药敷在他脖颈的伤口上。后来伤口痊愈，中间喉管处就呈现一个孔穴，可以发出声音。我们从这孔穴给他灌粥汤，竟然一直活下来了，至今已经过了三十六年。父亲现在七十多岁了，还能干活。"

刁端礼听了，深感大千世界无奇不有。

如果说这无头老人是古人生命力顽强的表现，汉武帝时代还有一位无头太守贾雍，他的事迹与刑天相仿。

贾雍当时任豫章郡太守，在出外讨伐贼寇的过程中不慎被贼寇所杀，脑袋被割下，只剩下一副残躯跨上战马回营。

他回来后，营中将士都跑出来看望他。贾雍从胸中发出声音说："我出师不利，被贼寇所杀。你们看看是有头好呢，还是没头好呢？"他的部将们纷纷哭喊："有头好！"

谁知贾雍却说："不是这样，没有头也好。"

说完话，贾雍才真正死去。

这位无头太守回营可能就是想跟他的部将告个别，谁知部将们还与他唱起了反调。但是他断头后仍然英勇不屈的精神，确与刑天类似。所以后世将刑天看作精神顽强的象征，也是有道理的。

二　落头蛮

无头民生来无头，却不影响生存。还有一类异民，可以选择性有头或者无头，这就是南方号称“落头蛮”的一个奇怪部族。

这个部族的人夜间身首分离，以耳朵为翅膀，以虫为食，所以又有个名字叫“虫落”，等到天快亮时头颅再飞回身体上，完好如初，看起来与正常人没有两样。但是如果头颅中途遇到变故，不能回到身体上，这个人就会死去。

落头蛮的故事不少，《王子年拾遗》这本书中有记载，汉武帝的时候，曾有因墀国的使者觐见说在他们那里有个部落的人能活着分解自己的身体，先让头飞向南海，左手飞向东海，右手飞向西泽，到了傍晚，头再飞回人的肩膀上。这样，一个人足不出户，也能一日之内周游四海八荒。但是也有倒霉的人，双手在途中遭遇大风，被吹到了海外，再也飞不回来了，人就莫名其妙有了残疾。

到了三国时期，吴国的名将朱桓就亲眼见过这种落头蛮。当时吴国境内多南蛮异族，朱桓家中也有百越之地采买回来的婢女，然而就是这婢女，差点被人当成了妖怪。

这个来自落头氏部落的婢女，每天晚上在旁人入睡后，就让自己的头颅与身体分离，从狗洞或者天窗中飞出去，等到快天亮的时候，头再飞回身体上。

一开始，这件事并没有人知道。直到与她同屋的人半夜起身时，点灯一看，才发现同伴的头颅“不翼而飞”。再去摸她的身子时，依然如正常人一般温热，甚至胸口仍然起伏如常，是有呼吸的。

同伴们吓了一跳，用被子将她此刻骇人的身体盖住。等到拂晓时，婢女的头飞回来了，但是因为身体被被子遮盖，头颅安不上去，急得在空中打转，最后直直摔在了地上。人头不断叹着气，面部表情痛苦异常。再看身体时，起伏变得非常急促，好像快死了。这时候同伴们终于明白了人头的意思，她是要回到身体上，于是她们拿掉被子，人头立刻飞起来，安到了脖颈上，没过多久，婢女就恢复如初，变回了白日里的样子。

这件事传到了朱桓耳朵里，他以为婢女是妖物所化，不敢再留她在家中，就让她走了。后来朱桓派人到百越之地去打听，才知道这婢女原来是落头蛮。当时南征的将士们见到过很多落头蛮，有些人将这些落头蛮视为不祥之物。曾经有人趁落头蛮的头飞走后用铜盘盖住他们的脖子，让头不能安回去，这样落头蛮就死了。

落头蛮的传闻传到日本，就衍生出了日本的一种妖怪，名叫“辘轳首”。传说这是一种女性妖怪，白天过着普通人的生活，晚上头颅可以自由游走，不受拘束，还可以飞进自己心上人的家中，与他共度良宵，作风比在中国时开放得多。

无论是在中国还是在日本，落头蛮的特点都可以用一句话来概括：身体在床上，灵魂在路上。

三　无肠国

无首民生而无首已经令人匪夷所思，而奇中更奇者，还有人生而无肠。众所周知，肠道是人体最大的消化器官和排毒器官，没有肠子的人如何生活?

《山海经·海外北经》中说：“无肠之国在深日东，其为人长而无肠。”这是说了无肠国的地理方位和人的特征，位于深目国东边，人身材高大，没有肠子。《山海经·大荒北经》中又说：“又有无肠之国，是任姓，无继子，食鱼。”这说的是无肠国的人姓任，是无继国人的后代，以鱼为食物。

对于它们如何吃饭、如何生活，《山海经》中并没有交代太多。但是这并不妨碍后世的人对于无肠国的想象，清代文人李汝珍写的《镜花缘》，其中就有一段唐敖等人奇遇无肠国的经历，与《山海经》中描述不一样的是，这里的无肠国民不吃鱼，口味却重得多。

唐敖、多九公等人出海，在海上遇到无肠国，见那里的人生而无肠，异常奇特。

无肠国的人，食物吃下去并不在腹中停留，吃了就通过了，也就饱了。但是因为食物不消化，未吃之前就得找好排泄之处，所以国人吃东西都偷偷摸摸，躲躲藏藏。而无肠国人还有一个特点，就是食物循环利用。因为排泄得极快，所以食物甚至还来不及腐臭，富贵人家都将排泄之物收好，给奴仆食用，奴仆的排泄物再给低一等级的人食用，如此循环往复，不断利用。

这种餐厕合一的特性，乍看时恶心，细想也有深意。唐敖与同伴谈论起来，多九公点评说："你看它腹中虽是空的，但它自己光景却是充足的。这是苦于不自知，却也无足为怪。就只可笑那不曾吃物的，明明晓得腹中一无所有，它偏装作充足样子。此等人未免脸皮厚了。它们国中向来既无极贫之家，也无大富之家。虽有几个富家，也都从饮食打算来的——那宗打算人所不能行的，因此富家也不甚多。"

腹中空空而不以为然，以粪为食却洋洋自得，地位尊卑分明，富人刻薄吝啬，穷人蠢笨又不自知，其中讽刺之意不言而喻。

四　犬封国

《镜花缘》第十四回中写到唐敖和多九公等人经过了无肠国后，又到了另一处奇国，名叫“犬封国”。只看名字，就知道此地与犬有关。唐敖不解其故，多九公就跟他解释说，这里的人又叫“狗头民”，生来就是人身狗头。

唐敖深感惊奇，闻到四面八方都飘来饭菜的香气，又觉得诧异，于是问多九公：“这些犬头民善于烹饪吗？”

多九公点头感叹：“这些人虽然生得狗头狗脑，谁知对‘吃喝’二字却特别讲究。每日伤害无数生灵，想着方儿，变着样儿，只在饮食上用功。除吃喝之外，一无所能，因此海外之人又叫它们‘酒囊饭袋’。”

这般稀奇的人物和地方，让唐敖不禁想走近去看看，却被多九公拦住了，他说：“听说这些狗头民都是有眼无珠之辈，不识好人。万一靠近它们，反被它狂吠乱咬起来，那还了得！”

拦住了满怀好奇心的唐敖，他们又赶紧起程前往下一个地方。

因为唐敖和多九公他们没有走近，所以没有看到犬封国境内具体的景象。犬封国的男人确实都如多九公形容的那样人身狗头，但是女人都是正常人的样子，而且都很漂亮。这里的男人身份地位差不多，没有哈士奇与泰迪之分，男女之间却男尊女卑，等级分明。男人们穿着打扮衣冠楚楚，女人却衣不蔽体，还要跪在地上向男人进献酒饭。

这个奇葩的犬封国也有来历，《山海经》中有记载："犬封国曰犬戎国，状如犬。有一女子，方跪进杯食。有文马，缟身朱鬣，目若黄金，名曰吉量，乘之寿千岁。"

根据《后汉书》和《搜神记》的记载，犬封氏的祖先可以追溯到盘瓠，据说他并不是一个人，而是一只神犬。在盘瓠出生前，曾有一位老妇人得了耳疾，医生从她的耳朵里取出一只大小如同蚕茧的虫子，又将虫子放在盘中，用盛水的瓠瓢盖上。不久后这虫子慢慢长大，竟然长成了一只狗，身上有五色花纹，于是这只狗被取名为盘瓠，以纪念它的来历。

出身神秘的盘瓠当然不可能是一只普通的狗，它身具五色，相传是神明的象征。当时高辛氏部落首领帝喾正带领部族与外族打仗，连年征战境况不利。一次战败后，整个部落都陷入危机之中。为了退敌，帝喾发出悬赏，向全国招募，如果谁能割下敌军将领的首级，他就将自己的女儿嫁给他，并赐给他三百户封邑。

敌军早有防备，所以没人能得手。但是盘瓠就不一样了，没有人会防备一只狗，于是盘瓠几乎没费什么力气就钻进了敌军大营，咬下了敌军将领的人头叼到帝喾面前。

这下帝喾犯难，他既不想食言而肥，又不愿意真将自己的女儿嫁给一只狗。不过他的女儿却很明事理，劝父亲说既然的确是盘瓠咬取敌将人头的，那就是天意要它做成此事，如果出尔反尔就违背了天道。帝喾深知不能失信于民的道理，就真的将女儿嫁给了盘瓠，还给它加官晋爵。

盘瓠后来带着妻子隐居深山，生下六男六女，男子皆为人身狗头，女子则是正常人。盘瓠死后，它的儿女自相繁衍，后来又迁徙到会稽东南的海上建国，这就是犬封国的来历。

世人骂人的时候，常用“人模狗样”来讽刺那些举止不佳反而装出一副正经样子的人，殊不知犬封国的男人，才是真正的“人模狗样”。

五 海上鬼国

五代后梁时，山东青州一个商人坐船在海上遇到了风暴，船漂流到了一个海岛边上。

在中国的志怪故事里，遭遇海难而不死的，此后必有奇遇。这个青州客商也是如此。商人和他的同伴们远远看到岛上有山川城郭，依稀也有人影，却不知道是什么地方。船上的水手说："以前也遇到过风暴，但没来过这里。不过我听人说，这一带海域附近有个鬼国，难道就让我们碰上了？"

过了一刻钟船靠岸，这些人登上岛，向有城墙的地方走去。一路上他们看见岛上的田地房屋，和中土也没什么区别。岛上来来往往有不少人，人和人见了面也相互作揖，很有礼貌。但是这些客商很快发现有一点很诡异，这个岛上的人，好像看不见他们。

他们跟路人打招呼，路人仿佛没看见没听见。他们到了城门前，向守门的人行礼，守门的人也不理他们，表情神态变都不变，似乎眼前什么都没有。等他们进了城以后，发现城中也跟中土一样。街上熙熙攘攘，做各色买卖的都有，车水马龙，非常热闹。他们在市集逛了一会儿，又进了王宫。宫中的守卫们都看不见他们，任由他们大摇大摆地走进宫殿里。

王宫中正在举行宴会，所有人的衣帽穿戴，宫中的乐器摆设，都很像中土。客人们登上王座，坐在国王的身边，观赏起歌舞来。但是没过多久，国王就觉得不舒服，再也坐不住，命人将他扶回去休息。

宫里的巫师来替国王看病，吃惊地说："有阳间的人来了这里，他们身上阳气过重，才威胁到大王。"国王听了，当即就命人赶快将擅自闯入的阳间之人找出来，但是巫师又劝阻了他："他们是偶然来到这里的，并不是存心作怪。大王只要给他们一些食物，让他们吃饱喝足，他们就会走了。"

于是国王命令摆设酒菜，又在另一个厅堂里设座位，巫师和大臣们都来祭祀祝祷。商人们见状，也不客气，大吃大喝起来。但是自始至终，这里的人都没有看见他们，也没有跟他们讲过任何话。吃饱了饭，商人们就回到了船上，国王的病也不治而愈了。

他们返程的途中非常顺利，不久后就回到了青州，并将这件事告诉了别人，人们才知道海上有个鬼国，国内风土人情，都如人间镜像一般。

六 罗刹海市

马骥是商人的儿子，年少时风流倜傥，可惜读书不成，就子承父业做起生意来。一次他跟别人出海经商，在海上遇到飓风，漂流了几天几夜后，漂到了一处海岛上。

这岛上的人个个长得奇丑无比，见到马骥，惊叫一声后都逃走了。马骥一开始很害怕，后来才明白，因为他长相俊俏，这些怪人从未见过这样的人，以为是妖怪，其实他们是惧怕自己。马骥知道这一点后，就仗着自己的长相去欺负岛民。见到有岛民在吃饭时，他就跑过去吓唬人家，岛民吓跑了，他正好吃人家剩下的饭菜。勉强以此糊口了一段时间后，马骥终于熟悉了这里的情况。

原来这里是罗刹国，风俗与中国不同。罗刹国的人并不看重学问才能，只重视长相，将“以貌取人”发挥到了极致。罗刹国人对相貌的看法与中国正好相反，马骥眼中那些长相丑陋的，在此地反而属于美貌；而那些与马骥长相差不多的，就是丑陋不堪。

马骥靠着商人的长袖善舞，在此地也结交了几个朋友。熟悉了当地的风土人情后，马骥就去了罗刹国的都城，见识到了一些罗刹国高官显贵的模样。城中一人两只耳朵朝后长着，脸上有三个鼻孔，睫毛像帘子一样盖住了眼睛，此人正是罗刹国宰相。又有几人骑着马，披头散发，面目狰狞，他们正是此国的高官。长得越丑，官位就越高。

罗刹国的风俗当真颠覆了马骥的认知，见过了城中的风光，他向朋友辞行，说自己准备启程回国了。他的朋友劝他说当地亦有海市，请他游览一番后再回去也不迟。有感于朋友的热情好客，马骥也不在乎人家的面目是美是丑，便与朋友往海市上去。

罗刹海市是四海十二国的人聚集在一起做生意的地方，不但有鲛人卖珠宝，还有许多神人来游玩。马骥和朋友一起出发，走了三天，才到海市。他远远看见水云荡漾之中，楼阁层层叠叠，直至云天。

马骥在海市上见到一个骑着骏马的少年，人人都说他是“东洋三世子”。这少年一看马骥就断定他不是偏远小国之人，果然一听说马骥来自中华上国后，立刻与他攀谈起来，并邀请他同行。世子带着马骥到了海中龙宫，马骥吃惊不已。龙王说自己仰慕中华文化已久，请求马骥写一篇文章描述海市。马骥虽然没什么文采，不过应付海中龙族还是绰绰有余的。他洋洋洒洒写了一大篇，龙王非常喜欢，不但看中了马骥的文章，还看中了马骥这个人。龙王表示愿意将自己的女儿许配给马骥，马骥此时沉溺于龙宫的富丽繁华，自然而然就答应了。

自此落难罗刹国的马骥就成了龙宫的驸马，与龙女恩爱非常。三年后的某一日马骥忽然想起了久违的故乡和父母，决定回去探亲。在他走之前，龙女告诉马骥自己怀孕了，并约定好三年后的四月初八将所生儿女送还给马骥。

自从遭遇海难后，家乡的人都以为马骥已经死了。他这一回到家，家里人无不又惊又喜。幸亏他父母尚在，只是原来的妻子已经改嫁。

马骥感慨自己与龙女的情意，决心不再娶妻。马骥牢记龙女的叮嘱，三年后他乘船到海中，果然看见两个孩子浮在水面上，不动也不下沉。这两个孩子正是龙女为他生的一儿一女。马骥望着茫茫大海，却看不见龙女的影子；波浪翻腾，也没有去龙宫的道路。

这个时候，马骥终于认清凡海有别，此生无缘再与龙女相见了，只好抱着孩子回家，独自抚养儿女。此后的一生中，马骥一直对龙女念念不忘，虽有儿女在侧，却谈不上圆满。

七　周遇游六国

陵州刺史周遇是一个不吃荤腥的人，有人问过他原因，他就讲了一段自己在海外的经历。原来几年前他出海时遇到飓风，在海上漂浮了五天五夜，经过了六个奇怪的国家。

第一个国家是狗国。周遇本来不知道那是什么地方，与他同船的有新罗人，告诉他说那里是狗国。上岸后没过多久，他们果然看见一个长得像人，但是浑身赤裸的怪物，怀中还抱着一只狗。这怪物看见周遇他们就跑了，周遇甚至来不及问个究竟。

离开狗国后，因为在海上迷失了方向，他们的船又经过了一个毛人国。那里的人体形很小，也不束发，任由头发遮住脸，最奇怪的是身上长满了毛，身后还拖着一条和长尾猴一样的尾巴。周遇他们没敢在那里多逗留，看了几眼后就返回到船上。

然而再航行时他们的船不留神触了暗礁，船体受损，他们不得不在一处登岸，等候落潮船搁浅时修理。

登岸的地方不知是哪里，只见树林茂密，周遇就和同伴进林中采野果。刚走了几步，就被一群土著包围了。周遇他们以为是野叉（野叉是梵文中恶鬼的意思），看见这群长得跟恶鬼一样的怪物，吓得四散奔逃，但是有个跑得慢的被抓住了。跑远的人再回头看时，那几个野叉正在一同吃那抓住的人。他们想去搭救同伴，又不敢上前。

不一会儿，有一百多个野叉闻讯赶过来，都长着一头怪异的红发，光着身子，张着大口，怒目而视。这些野叉有的拿着木枪，有几个看上去是雌性的还抱着孩子，可能是来看热闹的。

一下子来了这么多怪物，周遇和其他船员、商人共五十多人，齐齐拿出弓箭和枪、剑等武器，与野叉们厮打起来。这些野叉虽有蛮力，但是从未见过周遇他们手中这般锋利的锐器，两个野叉被弓箭射倒后，这些野叉果然害怕了，抓起受伤的同伴呼啸着逃走。

野叉走了以后，船上的人赶紧砍树修栅栏，防备它们再来。野叉们吃了亏，又害怕弓弩，就不敢再来了。过了两天，船终于修好了，周遇他们赶紧起航，片刻也不敢多留。

他们后来又经过了一个大人国，那里的人全都身材高大魁梧，但是胆子极小，只要看见船上的人向它们大声叫嚷，就立即惊慌失措地逃走。

过了大人国，是一个叫流虬国的地方。与大人国相反，流虬国的人体形很小，全都穿着麻布衣服，非常有礼貌。看见有海船过来，争先恐后地拿着食物要求跟船上的人换钉子和铁器。船上的新罗客人也不懂当地话，只能勉强理解流虬人的意思，让船上的华人先避一避。因为流虬人有个风俗，如果遇到漂流过来的华人，就忧虑会有灾祸出现。所以流虬人可能会对周遇他们不利，周遇听了，便让船快点开走。

流虬人的身形已经很小了，但是让周遇吃惊的是，接下来的航行中，他们竟然到了真正的小人国。那里的人都光着身子，成年人的身材就像五六岁的小孩一样，小孩子就更小了。这时候船上的食物已经吃尽了，上岸后也没有找到能吃的东西。不得已周遇他们去抓了三四十个小人回来，煮了充饥，这才有力气继续开船。

此后又走了两天，周遇等人登上海中一个岛取淡水。忽然看见有一群山羊在山坡上吃草，见了人也只是高高地耸起脖子看着，丝毫不怕人。这些山羊又肥又大，看着像是家养的，但是岛上又没有人的踪迹，于是船员们就抓了百来只羊吃了。

后来周遇回到中原，回想起海上的经历，仍然觉得不可思议。大概是因为在海外异国吃了很多奇怪的东西，回去后他就不再吃荤腥了。

八 夜叉国

周遇在海上遇到的野叉国，也被称作“夜叉国”，在中国志怪故事中是一处恐怖的所在。后世野史传闻中亦有人曾涉足夜叉国，还在那里娶妻生子。

交州有一个姓徐的人，也是出海去远方做买卖，也遭遇了风暴，被吹到了一个陌生的地方。这就意味着必然要有一段不同寻常的经历，或者遇到神仙，或者遇到妖怪，或者遇到异国奇民，这就全看他的造化了。

这个姓徐的上了岛，只见眼前是一片山林，树木苍苍，遮天蔽日。山两边的悬崖上，密密麻麻地排列着很多洞口，里面隐约有人声。徐某走近一看，里面赫然有两个夜叉一样的人，双眼大如灯笼，白森森的利齿如同剑戟，正用爪子撕扯着生鹿肉吃。

徐某吓得魂飞魄散，急忙转身要逃，然而夜叉已经看见了他，爪子一伸就将他抓进了洞里。徐某惊恐万分，为了不让自己成为夜叉的盘中餐，他慌忙取出身上的干粮和熟牛肉干送给夜叉。这夜叉来者不拒，倒是吃得畅快。吃完了又不住打量徐某，似乎是问他还有没有这般美味的食物。

原来这是夜叉第一次吃熟食，觉得比茹毛饮血的滋味好多了。徐某身上已经没有食物了，为了保命，他战战兢兢地打着手势，意思是说可以帮夜叉们做饭。这两个贪吃的夜叉竟然相信了他，就此将他留在洞中。每日里夜叉出去打猎，抓回来鹿、狼等动物，再由徐某做成熟食。

徐某迫不得已栖身在夜叉洞中做了一名厨子，就这样过了一段时间，他与这些夜叉熟悉起来，也学着它们的腔调，说些“夜叉话”。他发觉这些夜叉并不是完全没有开化的野人，家族部落之间也有自己的风俗规矩。

夜叉们渐渐看重徐某，甚至还带回来一个母夜叉给他当老婆。徐某没办法，与母夜叉结成了夫妻，内心却苦涩不已，暗叹自己从前取笑别人娶妻不贤是娶了个“母夜叉”，谁能想到自己真的娶了一个母夜叉呢?

某一日，夜叉们早早起来，每个夜叉脖子上都挂着一串明珠，轮番走出洞外，又吩咐徐某多准备好肉好菜，仿佛要迎接贵客。

徐某问母夜叉，母夜叉说：“今天是天寿节。”

原来夜叉国也过节。徐某强打精神，也挂上了夜叉们拿给他的明珠，以示礼节。他准备好了饭菜，母夜叉又来叫他说：“跟我们一起去迎接天王。”

徐某不知所以，跟着夜叉们来到一个大洞中。洞中有石桌石椅，没过一会儿，只听风声大作，一个巨大的怪物奔进洞中，其他夜叉们分东西两列站好，双臂交叉成十字状，向它行礼膜拜。徐某一看，这个夜叉威风十足，想必就是他们所说的天王。

大夜叉看洞中多了一人，就问徐某是哪里来的。母夜叉连忙介绍了徐某，大家又夸起他的烹调技术来。大夜叉尝了徐某烤的肉后赞不绝口，也赏赐给他明珠，还命它以后给自己做饭。徐某万万没想到，自己还有当夜叉国御厨的一天。

又过了四年多，母夜叉给徐某生下了两男一女，都是人样，完全不像他们的母亲。但是几个孩子毕竟有夜叉的血统，登山如走平地一般，与父亲之间的感情也很好。

一天，母夜叉跟小儿子和女儿外出，半天没回来。正好北风大作，徐某想起故乡，便领着大儿子来到海岸边，见原来的船还在，他就和儿子商量着返回老家。儿子想告诉母亲，被徐某劝阻住了。父子二人登上船，顺风行驶，只用了一天一夜，便回到了交州。

后来徐某拿出随身携带的两颗明珠置换金银，重置了家业。而夜叉国的往事如一场噩梦般被渐渐忘却。他给自己的长子取名为徐彪。这个孩子生性勇猛好斗，后来参军作战所向披靡，十八岁就做了副将。

徐某忘了自己在夜叉国的妻子儿女，但不代表徐彪就忘了自己的母亲和弟妹。说来也奇，徐彪有个朋友出海经商，在一片陌生的海域中见到了一个会说中国话的少年，自称是交州人。他回来后将此事讲给徐彪听，徐彪听了又悲又喜，说那就是自己的弟弟，说着就要出海去寻找母亲和弟妹。徐彪将此事禀报给自己的上司后，就带人乘船出海。

海水茫茫，无边无际，徐彪在海上颠簸了半个月，到了一个陌生的海岛上。这岛上也住着一个夜叉，徐彪便用夜叉话跟它交流。听说徐彪要找自己的亲人，这个夜叉就答应带他去。于是夜叉在海水里推船疾行，像箭一样快，瞬间已跑了一千多里。过了一夜，徐彪终于来到了童年时居住的卧眉山，找到了自己的母亲和弟妹。

徐彪决意带着亲人返回交州，回程时北风很急，只用了三天，他们便到家了。一开始母夜叉不肯与徐某住在一起，痛斥徐某不辞而别的负心薄义，孩子们苦劝后，母夜叉才与徐某和好。此后一家人在一起，生活稳定有序。

夜叉国的故事传出去后，人人都道离奇不肯相信，直到他们见到了母夜叉本人，始知海外亦有奇国奇人。

九 小人国

周遇经过的小人国，在中国的志怪传说中也是大有名气的，不止是他，《镜花缘》中的唐敖、多九公一行人也曾经到过那里。

《山海经·大荒东经》中说："有小人国，名靖人。"

唐敖他们经历的靖人国，人身高不满一尺，国内民风更是虚伪狡诈。那里的人生性薄情寡义，说的话与实情处处相反。如果有一物是甜的，靖人国的人就一定会说是苦的，这是他们的风气。

因为靖人国的人身材矮小，走在路上唯恐自己被天上飞过的大鸟啄食，所以不管男女老少，但凡出门都必须三五成群一起走，手中拿着武器保护自己。靖人国的人与外邦之人交流时，也从不说实话。所以称呼此地为"小人国"，更有一语双关之意。

《穷神秘苑》中有关于小人国的另一种记载，说的是西北海戌亥之地，有一个鹤民国，国中人身高仅三寸，但是行动迅速，能日行千里，步履如飞。和《镜花缘》中的靖人国一样，这个海上的鹤民国人经常遭到海鸟的袭击，被海鸟吞食。但是鹤民国的民风与靖人国又不一样，鹤民国的人并非全是骗子，他们当中也有君子和小人之分。

君子应对海鸟的办法是用木头刻成自己的样子，然后将成百上千个木人放置在荒郊野外的水边，等着海鸟来啄食。海鸟不辨真假，看见木头人以为是鹤民，就吞了下去，结果被木人卡在喉咙处，往往断气而死。海鸟上了无数次当后，就不敢再吞食木人，见到了真正的鹤民，也以为是木人，不敢飞落下来。这样，大部分的鹤民也能保得平安。

鹤民大多生活在山中的溪水岸边，他们在山林中凿洞修筑城池。因为人小，城市也不大，有的时候正常人走三五十步的距离，对他们来说就是一座大城了。鹤民国中，这样的城池成千上万。

说到生活，鹤民的生活也过得简单。春天和夏天物产丰盈，他们吃路边的草籽，秋冬萧条之时就吃草根。每逢夏日炎炎他们就裸露着身体，遇到冬天就用小草编衣服穿，这里的人也懂得修炼气功的养生之法，凡事遵循天时。

不同的典籍中对小人国的记载都不一样，《神异录》中对小人国的称呼又换了一种，称为“鹄国”。

鹄国位于四海之外，国中男女都只有七寸高。鹄国的人性情更加平和自然，对人非常有礼貌。他们喜欢经书，懂得跪拜之礼，并不是一个不曾开化的国度。神奇的是，这个鹄国的人都能活三百岁，能走千里路，不管是什么妖魔鬼怪，都不敢轻易侵犯他们。

但是与靖人国、鹤民国的人相同的是，鹄国也遭受着海鹄的威胁。所以，这些小人国的克星，定然是鸟类无疑。鹄国的人出门，要想方设法躲避海鹄。如果实在避不过，被海鹄吞食，他们也就认了。这是因为鹄国的人实在命大，即使被海鹄吞进肚子里，此人也能再活三百年，而海鹄更能一飞千里。所以无论是否被海鹄吞食，结果都差不多，被吞掉的话不过是过程曲折了点罢了。

这些小人国的地理位置基本都处在东海或者西海之外，而另一处与

小人国　小人国的人，身高一般三寸到七寸，常会被鸟儿吞食。他们的人生，也是充满重重磨难。

众不同的小人国却远在西北荒。《博物志》中载，西北边远的地方有种小人，身高只有一寸，这身形比海上的小人国更小。他们的国君喜欢身着红衣，头戴黑帽，平时乘坐着马拉的大车，所住的宫殿也庄严讲究。据说西北荒小人的体质与常人不同，如果能抓到他们的国王吃了，味道辛辣，但是吃后人就可以避免百毒侵袭，还能一下子识别各种东西，甚至可以得道成仙。所以不少人想抓西北荒小人给自己做补药，可惜都没有成功过。

十 大人国

有小人国，自然也有与之相对的大人国。

《镜花缘》中的唐敖一行人经过大人国时，看到国人不仅身高过于常人“二三尺不等”，脚下都有云雾护足。且这云雾的颜色也有讲究，是根据一个人的品性而定。如果一个人行事光明正大，出门行走自然抬头挺胸高视阔步，那么他足下的云雾就是彩云；相反的是，如果一个人内心藏奸，行走时低眉敛目不敢见人，那么他足下就是一团黑云。

这种堂而皇之的人性标签，让唐敖等人大开眼界。当他们再看到有的巨人足下的云雾被彩绸遮盖时，当即就明白此人定然暗中做了亏心事，瞒住了别人，却瞒不住足下生出的黑云。不过用绸缎遮盖的办法，却是掩耳盗铃。

当然，如果坏人改过自新，足下的云雾颜色也随着人品而改变，所以，这个有趣的大人国是个实实在在劝人向善的地方。

《山海经》中有三个地方提到过大人国，其中《海外东经》中说：“大人国在其北，为人大，坐而削船。一曰在丘北。”《大荒东经》中说：“东海之外，有波谷山者，有大人之国。有大人之市，名曰大人之堂。有一大人踆其上，张其两臂。”而《大荒北经》中则记载：“有人名曰大人。有大人之国，釐姓，黍食。有大青蛇黄头，食尘。”

看起来这个大人国究竟位于哪里尚无定论，而国中人除了长得高大外，也没有异于常人的特点。但是到了后世，随着世人对大人国的了解越来越多，认识也发生了改变。

晋代《博物志》中记载的大人国就是另一番景象了，里面提道：“大人国，其人孕三十六年，生白头，其儿则长大，能乘云雨而不能走，盖龙类。去会稽四万六千里。”

这里说的大人国据说人怀孕要三十六年才生产，长大后不能走路，但是能腾云驾雾，与唐敖他们经过的大人国有些类似。因为这些“大人”能腾云驾雾，就有人怀疑他们是龙族。但是从外形上看，这些人跟龙一点关系都没有。

后世也有人说大人国位于新罗一带的海域，也就是今天的朝鲜附近，甚至有记载说曾有人从新罗到日本时曾经过大人国，经历颇为可怕。

《纪闻》记述了一个故事，唐高宗永徽年间，唐朝派遣使者出使新罗和日本，没想到在海中遇到了大风，漂流了数十天后不知道漂到了什么地方，好不容易才看到一处陆地。这时候已经是傍晚了，船队一百多个人像看见救星一般匆匆上了岸。

岸上没什么特别，仿佛是一座普通的海岛。他们远远地看到了屋子，便争先恐后地跑过去。然而等他们看见这里的主人时，忽然就停住了脚步，惊愕不已。这里的人身高足有二丈，说的话他们都听不懂，穿的衣服式样却与他们差不多，于是就有人猜测这里可能是传说中的大人国。

看见唐朝人到来，这些巨人兴高采烈地将他们迎入了屋内，然后用石头堵住了大门，不让他们出去。不一会儿就来了一百多个巨人，原来这些巨人要吃人。他们挑选了五十多个皮肤好身体肥胖的唐朝人，煮熟了聚在一起吃。又拿出好酒，一同宴饮取乐。到了深夜，这些巨人全都喝醉了，剩下的唐朝人才能偷偷逃出来。他们发现后院里有三十位妇女，都是先后被风刮到此地，被巨人抓来的。这些妇女的丈夫和孩子都被巨人们吃了，留下她们织布制衣。唐朝人听了非常愤慨，都说要为同伴报仇，女人们拿来刀，他们趁着巨人喝醉睡熟，一起用力将这些巨大的脑袋都割了下来。

趁着夜色大家逃回了船上，很快岛上的其他巨人都追了出来，足有一千多个。看着已经上了船扬帆起航的唐朝人，这些巨人都气得像虎那样吼叫，又咆哮又蹦跳。然而他们怕水，不敢追入海中。劫后余生的唐朝使者和那些妇女加速行船，终于逃离了这个可怕的大人国，最后都平安回到了家。

卷二

草木器物篇

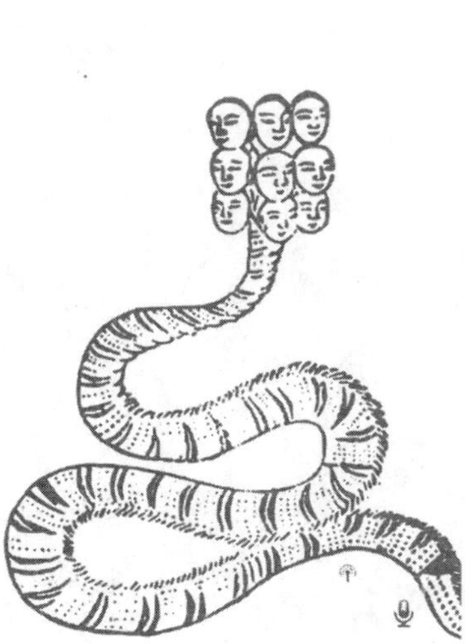

壹 草木

一 人参果

民间传说中人参果是仅次于王母蟠桃的仙果，据说凡人只要闻一闻它的气味就能活三百六十岁；如果吃一个，就能活四万七千年。 有这样的妙用，不愧是各路仙、佛、人、妖都艳羡的珍果。

但也有人不这么想，明代吴承恩写的《西游记》中，一开始唐僧就拒绝了道童给他奉上的人参果。只因这果子长得太像未满三岁的幼儿，四肢俱全，五官皆备，作为虔诚的佛教信徒，唐僧不忍心下口。

草木集天地精华，久而久之也就修成了人的模样，才令人觉得神奇。唐僧虽然没有吃，但不妨碍他的三个徒弟窃取珍果，甚至与人参果的主人镇元子闹出一场风波来。

这是《西游记》中描述的像小儿的人参果，有延年益寿之效。

唐僧与人参果的故事还有另一个版本。《大唐三藏法师取经记》成书远比《西游记》早得多，有说是在宋代，也有说是在元代。虽然同样讲的是唐三藏取经的故事，人物的行事与《西游记》却大不相同。

在其中的“入王母之池第十一”篇里，三藏法师与其弟子猴行者西行，路经西王母天池，猴行者向法师讲述他幼年时在此偷吃蟠桃的经历。

这里的三藏法师没有拒绝猴行者的好意，他吃人参果的方式也十分有趣。猴行者应法师之邀摘了三颗蟠桃扔进天池，随后拿起金镮杖在池边敲了三下，三颗蟠桃化作三个小儿从池中走出来。

猴行者问第一个小儿今年几岁，小儿说三千岁，猴行者嫌太小。再问第二个时，说五千岁，猴行者仍嫌太小。到第三个时，说七千岁，此岁数已高，猴行者将其化成一枚乳枣，奉给法师吃下。

这里的蟠桃化小儿仍然是人参果的一种，传说吃一颗能增寿三千年。猴行者挑挑拣拣选中最好的一颗，但是法师也未必见得延年益寿。后来三藏法师东归唐国，途经西川时，一不小心又将吃下去的人参果吐了出来，于是那个地方此后盛产人参，大家都说这是法师的功劳。

由此可以知道，人参果之奇，早有流传，不独是镇元子的私藏珍果。

对于人参果的来历，民间的传说无法考据明确的出处。按照《述异记》中的记载，似乎来自遥远的大食国。

“大食王国，在西海中。有一方石，石上多树。干赤叶青，树上总生小儿，长六七寸，见人皆笑，动其手脚，头着树枝。其使摘取一枝，小儿便死，收在大食王宫。”

大食国中有棵奇树，树干呈赤色，树叶呈青色，乍看与普通树木并无区别。但是奇就奇在树上结出的不是果子，竟然是有手有脚的小儿，会笑会动。树生小儿，这比长得像小儿的人参果还要稀奇。也有人认为人参果之说，就发源于大食国中的这棵奇树。

人参果之说自西向东而传，传到日本后，又是另一番面目。鸟山石燕画的《今昔百鬼拾遗》中，也画有“人面树”，画的是一棵粗树长出茂盛的枝叶，叶片中的果实每个都露出孩童般的笑脸，也不说话，就只微笑，等到笑得久了，花落果实自然枯萎。至于这“人面树”的果子有没有使人长寿的功效，就没有人知道了。

二 人参翁

人参果是异果，与人参不是同一物种。人参被视为百草之王，是一味良药。传说中人参长到一定的年数就会成精，有时变作小娃娃，有时变作老翁。

唐代的《宣室志》中收录了一个人参翁的故事。

唐代天宝年间，有一户姓赵的人家，家中数代读书传家，兄弟几人都科举中第，以进士或明经资格进入仕途。唯有一个儿子，且称为赵生，此人天资平庸，虽然也刻苦攻读，却屡屡落第。因此岁数不小了，还未能出仕。

有一回他与家中兄弟们的朋友一起吃饭，满座都是官员，红衣绿袍相连，只有赵生穿着庶人的白衣。此情此景让人非常气闷。等到众人喝醉了，就有人以此嘲笑他，赵生大怒，拂袖而去。次日，赵生竟然离开家，在晋阳山中搭建了一所茅屋居住。

此后，赵生不理红尘俗事，一心在山中读书。他白天攻读，夜晚休息。山中清苦，暑热冬寒，吃的是粗粮，穿的是麻衣，但是赵生毫不畏惧，亦不动摇。

然而他的资质实在普通，用力越勤功效越少。在山中住了一段日子后，突然有一个穿短褐衣服的老翁来拜访他。

老翁见他埋头苦读，就问他："你在山中苦读古人之书，难道心中仍然想着高官厚禄？即便如此，你这样读书，也只是囫囵吞枣，不解书中大义，这样怎么能有进益呢？"

赵生知道老翁是好意劝解他，先向老翁表示谢意，然后才解释说："我生性并不聪敏，亦不想做个醉生梦死的无用之人，所以来到深山，读书自娱。尽管不能通晓先贤书中的精深微妙之处，但是我也愿意为此努力，至死不渝，不给先人带来耻辱，并不是为了您所说的高官厚禄。"

老翁听了，内心感慨他是个通透之人，便说："你的意志如此坚定，老夫没有什么仙术异能帮助你，只希望你能来我家一趟。"

赵生欣然同意，问老翁家住在哪里。

老翁说："老夫是段氏之人，家在西山大树底下。"

话刚落地，老翁人就不见了。

赵生吃了一惊，只当是什么山中精怪。想起老翁的话，他心中忐忑不安，最终决定去西山看看。

到了那边，赵生果然看见一棵枝繁叶茂的椴树。赵生心想："这就是所谓的段氏吗？"

于是他拿来铁锹挖那树下，结果在树荫下挖出一棵一尺多长的人参。这人参不知长了多少年，已长成了人形，参须浓密，样子很像他见过的老翁。

赵生明白了，那老翁必定是人参所化，专程来点化他的。他将人参带回去，当作药材服下。一夜之间他就变得头脑清醒，聪明颖悟，凡是看过的书，不但过目不忘，且都能通晓其中奥妙。一年之后，赵生考中了"明经"科，做了好几任官才死。

这个故事中，赵生的好运令天下举子艳羡。但是如果不是他的刻苦用功感动了人参翁，也不会有后来的福报。

三　不死树

死亡是人类最大的恐惧，于是就有千方百计想长生不死的人，也就有人绞尽脑汁追求让自己不死的办法。古时很多奇花异草，在人们心里，都是不死的灵药。

“昆仑开明北有不死树”，按照《山海经》的记载，这棵不死树是炼制不死药的原材料。

《山海经·海内西经》中说：“开明东有巫彭、巫抵、巫阳、巫履、巫凡、巫相，夹窫窳之尸，皆操不死之药以距之。”这就是后世人们熟知的灵山六巫，为了复活死去的窫窳，用不死树来炼制不死药。

另一种不死树被称为甘木，不但树不死，吃了甘木的人也不死，所以衍生出一个名叫不死国的部落，不死国记载在《大荒南经》中，据说国人姓阿，只要吃了甘木就长生不死。

还有人说不死树是寿木。晋代王嘉的《拾遗记》中讲到一个叫“祈沦之国”的地方，那里的人都能活三百岁。国中有寿木林，只要人在树下停留休息，都能不死不病。如果有人越过山海天险来到祈沦之国，摘下寿木的叶子带回去，这个人就可以长生不老，永葆青春。

不死树　长生不死是人类恒久的追求。很多奇花异草，在古人心里，都是不死灵药。在传说中，这棵不死树是炼制不死药的原材料。

无论不死树被人们冠以什么样的称呼，古时的人对于死亡的畏惧，对于长生的渴望，都包含在这些不同的典籍与故事中。

四 不死草

战国时代百家争鸣，其中有一派被称作纵横家。纵横家的创始人鬼谷子，传说他活了好几百年。

鬼谷子俗家姓王，因为隐居在一座名叫鬼谷的山中，所以后世都称他为鬼谷先生。鬼谷先生从春秋时活到了战国，而战国著名的两位谋士苏秦和张仪都曾拜入他门下学习。鬼谷先生教授他们“合纵连横”之术，二人学成后入世，传说他们临走前，鬼谷先生送了他们一只自己的鞋。

下山后，那只鞋忽然变成了一只狗，带着两人向北奔去，当天就到了秦国。所以在人们心中，鬼谷先生是近乎神明的人物。按照《仙传拾遗》的说法，秦始皇统一六国后，与周边国家来往渐渐紧密，当时通往西域大宛国的路上，过往的客商也多了起来。有很多人因为水土不服或盗匪灾患，横死在路上。这些客死异乡的人没有人替他们收尸，尸体堆积在路旁。但是没过多久，天上就飞来一只异鸟，口中衔着一株奇草，它将此草覆在那些死人脸上，片刻后死人就复活了，与原来没有什么两样。

这种令人起死回生的草被人献给了秦始皇，秦始皇又派人去请教鬼谷先生这到底是什么草。

鬼谷先生解释说：“传说巨海之中有十座仙山福地，被称作祖洲、瀛洲、玄洲、炎洲、长洲、元洲、流洲、光生洲、凤麟洲、聚窟洲，这种不死草长在祖洲。它生于琼田中，又叫养神芝。这种草的叶子像菰，单单一株不死草，便能让上千人复活。”

大概这株不死草的药效已经过期了，所以得到它的秦始皇并没能长生不死，但是这也足以在秦始皇心中埋下渴求长生的种子。不知道鬼谷子活了几百年，是不是也因为用过不死草的缘故。

西汉《括地图》中也有不死草的记载。大禹平定天下后，号令各个部落首领在会稽山聚集，可是防风氏却没有来，大禹一怒之下将防风氏诛杀。后来大禹乘龙飞行，经过南方时遇到了死后成神的防风氏。这下冤家路窄，防风氏为了报复大禹，就让自己的两个臣子射落大禹所乘的神龙。

没想到两人动手时，空中突然电闪雷鸣，神龙飞天而去。这两人自知得罪了神明，十分害怕，唯有自杀谢罪，就用刀戳进了自己的心脏。大禹看到后，觉得这两人是受防风氏指使，并非主谋，死得实属冤枉，于是就拔去了他们身上的刀，取出不死草给他们疗伤。

两人的伤口敷上了不死草，很快就起死回生。不过两个人复活后胸前伤口的洞是怎么也愈合不上了，这两人的子子孙孙也是这个模样，于是就有了一个叫穿胸国的国度。

看起来不死草固然神奇，却在美容祛疤的疗效上差了些。

五

木精

东汉时陇西有个道士名叫封君达，日常修行时以黄连为食。有一日他到家附近的鸟举山上采药，结果一去就再没有回来。等到一百多年后他回到家乡时，故乡早已人物皆非，但封君达却还是当年离开时二十多岁的样子，唯一不同的是，他的身后多了一头青牛。

故乡的人们已经不认识这位百年前的前辈了，于是便称呼他为“青牛道士”。但是也有修道的人认出他的这头青牛，是千年木精所变的。

“嵩高丘有大松，或百岁千岁，其精变为青牛。”

按照《嵩高记》的记载，山中大松变为青牛。树木日深月久修成精怪并不稀奇，但修成动物的样子就少见了。《玄中记》中说“千年木精为青羊，万岁木精为青牛，多出游人间”，至于为什么木精能修成牛羊的样子，大约是因为牛羊常在山间以树木枝叶为食，木精见的次数多了，就自然而然化成牛羊的样子。

封君达骑的那头青牛，并不是第一头木精化成的青牛。

春秋时秦国境内雍南的一座山上长了一棵大梓树，秦文公命人砍了它，没想斧子只要落到树干上，立时漫天风雨大作，而这棵树却怎么砍也砍不断。砍了几天无果后，奉命而来的士兵只好暂时放弃。没想到有人晚上走在山间时，忽然听到树下传来窸窸窣窣的声音，仿佛是有鬼对着树说话，那声音说："秦国士兵如果披头散发，将发丝缠在树上再来砍树，你可怎么办？"梓树却没有回应。

第二日，听到这段秘闻的人将此事报告给了秦文公，秦文公果然令人照做，于是顺利地砍倒了梓树。梓树倒下后，从树干中走出来一头青牛，秦国的士兵以为这是妖物，便一起围攻它，青牛夺路而逃，仓皇之间落到了水里，从此消失在了人们眼前。

至于这头青牛有没有出来过，当时的秦人就不知道了。

不过到了东汉的时候，又发生了一件怪事。

汉桓帝率领百官出游，乘船在河上游览时，河中突然冒出来一头青牛，扑向了汉桓帝。桓帝身边的随从们吓得纷纷逃散，只有太尉何公英勇救主，抽刀砍断牛头救下汉桓帝。

这头青牛也是木精所化，也许就是当年被秦文公逼入水中的那头。它攻击汉桓帝，很可能是不知道人间的帝王早就换了人，而把汉桓帝当成了秦文公，想要打击报复。

树木精怪化作动物的时候，也不止变成牛羊，毕竟世界上草食动物太多了，木精偶尔也会讲究一下外形，换个花样。

"千岁松树，四边披越，上杪不长。望而视之，有如偃盖。其中有物，如青犬，或如人。皆寿万岁。"

按照《玉策记》的说法，木精也可能化为犬或者人，或者其他动物。

《搜神记》中有个聂友射猎的故事，讲的是有一天夜里，聂友在灯火照耀下看见一只白鹿，远远地用箭射中了它。等到天亮后聂友去取自己的战利品，没想到沿着血迹一路寻找，血迹已经看不见了，却仍然没有看到箭和白鹿的影子。聂友又累又饿，索性坐在附近一棵梓树下休息，没想到他一仰头，就看见树上插着的，赫然就是自己射向白鹿的那支箭。聂友起了好奇心，用斧头砍梓树，没想到树皮上竟然有鲜血渗出，聂友这才知道，那头白鹿就是眼前的梓树所化。梓树精受伤后化为原型，本以为能逃过一劫，没想到还是被聂友识破。聂友砍断了梓树，做成木板带回家中，从此便可以在家中预言吉凶祸福。对比前文的青牛，这棵化为白鹿的梓树，命运堪称悲惨。

六 白鹤松

木精当然也能修炼成人的样子。

北宋范致明的《岳阳风土记》里记述了一个故事。

李观守贺州的时候，曾与一个自称有一百三十六岁的陈道人聊天。两人谈及号称八仙之一的吕洞宾时，那道人说自己最近在南岳见过上仙。

吕洞宾则给他讲了自己的一段经历。

原来前几日吕洞宾行经岳阳时，偶然在城南的一棵古松树荫下休息。忽见有一人从树梢上下来，见到吕洞宾便作揖行礼，吕洞宾好奇，便问来者是何人。

来人回答说：“我不是山精木魅，有缘识得先生，希望先生垂怜我一片向道之心。”

吕洞宾心中想此番遇到他，确实是机缘巧合，于是送给他一粒仙丹，还附赠了一首诗。

故事讲到这里已到尾声，李观又问陈道人：“上仙赠了那人什么诗？”

陈道人说：“那日上仙虽然念给我听了，但我只记得最后两句是‘唯有城南老树精，分明知道神仙过’。”

李观听了哑然失笑，那人说自己并非山精木魅，但是上仙分明看出了他就是老松树精，诗中也不忘调侃一番。只是仙人所作之诗少了前半首，李观心中颇感遗憾。

后来过了一年多，李观改到岳阳任职。他想起之前陈道人的话，到城南查看，果然看到一棵老松树，与平常树木无异，也不知是如何成精的。李观问起附近寺院里的僧人，僧人也记得有位仙风道骨的先生曾在此地留诗一首，不过后来寺院的墙壁坍塌，那位先生的手迹也就没有了。万幸的是僧人还记得他所题的那首诗，全文是："独自行来独自坐，无限世人不识我。唯有城南老树精，分明知道神仙过。"自此，李观的一桩心事终于了了。

城南的老松树，此后年年葱郁繁茂，不见枯萎之状，大约也是服过仙丹的缘故。

七

牡丹女

牡丹成精，自古有之。

谢翱是陈郡的一个书生，少年风流，从前寓居长安时，院中种满了牡丹花。一天傍晚雨后，谢翱走出家门散步，忽然看见一人骑马从西奔来。马上之人穿戴华丽，风姿绰约，近看才发现是个双鬟高髻的美貌女子。

女子来到谢翱跟前，对他莞尔一笑：“公子是在等我吗？”

这一笑宛若花开，风情万种。谢翱看呆了，过了半天才反应过来：“我只是走到这里，一时眺望终南山罢了！”

那女子就劝他快些回家，谢翱不知为何，竟然听从她的话回去了。回到家里，只见自己家门口，不知何时站了三四个婢女，谢翱惊讶不已。等他进门后，赫然发现自己家中竟然变了一番模样。只见地上铺了一层锦毯，床前挂着幔帐，满堂锦绣辉映，异香缭绕。

进了门，几位婢女都上前拜见他。

谢翱满脸愕然，不敢多问。这时候有一人上前说：“公子不必怕，我们不会害您。”

过了一会儿，一辆金色马车停在谢家门前，里面走下来一位十六七岁、姿容美艳的女子。她与谢翱相见后，坐到西窗下对他说："听说此地有名花，我特来与您饮酒共赏。"

谢翱再害怕，看着眼前这些风姿绰约的美人们，心中的恐惧也都荡然无存了。谢翱喝了几杯酒，终于问道："诸位姑娘是什么人？难道是妖怪或者仙女不成？"

他不算笨，知道这些人必定不是凡人。

美人笑而不答，谢翱却执意追问，于是美人说："公子只要知道我不是人就行了，何必要追问我的来历呢？"

谢翱点头答应，两人继续喝酒。到了夜深酒酣情热之际，美人忽然起身说："我家住得远，不能在这里久留，现在就要回去了。听说您善作七言诗，还请您题诗一首赠我，以纪今夜你我相会之情。"

这个消息对于谢翱来说，无异于晴天霹雳。谁能想春宵一刻，竟然如此短暂？谢翱苦留女子而不得，只好取出纸笔，挥毫赋诗一首："阳台后会杳无期，碧树烟深玉漏迟。半夜香风满庭月，花前竟发楚王时。"

美人读罢，潸然泪下，哽咽着说："妾身也学过作诗，这便作一首赠您，望您不要见笑。"

说罢美人让谢翱取绛色纸笺给她，谢翱看了看自己的书箱，只有一副碧色的，便拿给她。美人在上面题诗道："相思无路莫相思，风里花开只片时。惆怅金闺却归处，晓莺啼断绿杨枝。"

随后美人与谢翱挥泪告别，她上车后没走几步，车马和人就全都消失不见了。这件事儿透着古怪，谢翱也不敢告诉别人，就把美人的题诗藏在书箱里，只当这是一场梦了。

第二年春天，他科举不中，落第东归。走到新丰时，晚上住在一间客栈。饭后他趁着月色在院中散步，想起与那女子饮酒赋诗的往事，怅然叹道："一纸华笺丽碧云，余香犹在墨犹新。空添满目凄凉事，不见三山缥缈人。斜月照衣今夜梦，落花啼雨去年春。红闺更有堪愁处，窗上虫丝镜上尘。”

一片相思，都在诗中。

就在他念完这首诗的时候，忽然听到几百步外有车马的声音从西边传来。顷刻之间，一辆马车经过客栈前，后面跟着几个随从。谢翱慌忙走到院外，抬头望去，那几个随从之中，竟有一人是他昔年见过的双鬟女子。再看车中，可不就是他朝思暮想的美人？

谢翱请她们进客栈一叙，她们坚决不肯。他又问几个女子要去哪里，她们说要连夜赶往弘农。谢翱听了，当下也不打算住宿了，就说：“我要回洛阳，能否和你们一道走？”

几个女子仍然拒绝了他的好意。谢翱忙问原因，车中的美人说：“我们走得急，不敢劳累您。感谢您对妾身一片真心，所以今日专程来见上一面。”

说此话时，美人早已泪流满面。谢翱也含泪悲泣，又念了一遍他思念美人时所作的诗。

“我无法报答您的深情，只能以诗相酬。”美人轻声吟道，“惆怅佳期一梦中，五陵春色尽成空。欲知离别偏堪恨，只为音尘两不通。愁态上眉凝浅绿，泪痕侵脸落轻红。双轮暂与王孙驻，明日西驰又向东。”

两人就此分别后，再也不曾见过。谢翱虽然知道她是异类，却仍牵肠挂肚。后来他去了弘农，在那里逗留了几天，到处寻找那个美人的踪迹，却未曾寻到。回到洛阳后，谢翱将此事讲给一位友人听，还把美人所写的两首诗拿给他看。他日夜思念美人，相思入骨，悲怨郁结，没过几个月就病死了。

谢翱到死都不知道，他遇到的美人，正是他从前在长安时院中所种的牡丹花所化。唐时长安牡丹兴盛，有“国色朝酣酒，天香夜染衣”的美誉，因此化作美人才楚楚动人，国色天香。

八 帝女桑

帝女桑是上古时的一株神树，说它神，不是因为它修炼成精，而是因为这株树，完全就是一段家庭伦理悲剧的代名词。

《广异记》中记载："南方赤帝女学道得仙，居南阳崿山桑树上，正月一日衔柴作巢，至十五日成，或作白鹊，或女人。赤帝见之悲恸，诱之不得，以火焚之，女即升天，因名帝女桑。"

南方赤帝，也有人说就是炎帝，他的二女儿是这出悲剧的主角。不同于她妹妹精卫的斗志，这个没有留下名字的二女儿似乎是一个离经叛道的人，她喜好跟随赤松子修行学道。

赤松子是《列仙传》中的头牌，也是当时著名的神仙之一，但是他教出来的学生却行为古怪，令赤帝十分不满。

赤帝女学成道法后，便正式搬到南阳居住。她找来许多树枝，在一棵大桑树顶上做巢，半个月后，巢筑好，她从此就住在树上，再也不肯下来。

赤帝是当时的部落首领之一，地位崇高，看见自己的女儿放着好好的房屋不住，非要住到树上，心里十分不满。还没等他想好如何教育这个问题儿童，他就发现女儿越来越过分了。

赤帝女不但模仿鸟类巢居生活，甚至将自己的形貌也变成白鹊，只是偶尔才变回少女的样子。

她古怪的样子令部落的人纷纷侧目，渐渐有消息传出赤帝之女竟然修成了妖怪。赤帝听后心中也悲恸万分，又不敢去找赤松子算账，只好先劝说女儿从树顶下来。

赤帝劝了无数次，奈何自认已经成仙的女儿不肯听父亲的话。无论赤帝如何威逼利诱，女儿就是不肯改变自己的行为。失望至极的父亲一怒之下叫人在树下点了一堆火，企图逼她下树。没想到烈火熊熊燃烧了这棵桑树，女儿不但没下来，反而在火光烟雾中蜕化了血肉身躯，飞上了天，此后再没有见过她的父亲。

赤帝也不知道自己的女儿是死了还是真的羽化登仙了，总之这把火一烧，父女间的亲情就荡然无存。他不愿意背负烧死亲女的罪名，于是部落间纷纷流传赤帝之女是真的成仙，追随赤松子而去了。

悲剧以这样惨淡的结局收场，而唯一无碍的，就是那棵桑树。被火烧过的桑树不但没有枯萎，反而如有神助般长得欣欣向荣，被后世之人称为“帝女桑”。

《山海经·中次十经》中说：“又东五十五里，曰宣山，沦水出焉，东南流注于溉水，其中多蛟。其上有桑焉，大五十尺，其枝四衢，其叶大尺余，赤理黄华青柎，名曰帝女之桑。”

根据描述，这棵围抱起来足有五丈的帝女桑，枝干交叉四出，叶片有一尺多大，能开出青黄色的花来，堪称一株奇树。

经历火焚而无恙后，人们都说赤帝女的精魂附在了这棵树上。于是每年的正月十五，人们就将树上的鸟巢取下，用火焚烧成灰，再将灰烬以水调和，将蚕卵在灰水里浸一浸，这样来年孵化成长的蚕，吐出的丝又多又好。这样做没有什么科学道理，可能在人们心中，也只想祈求帝女和桑神的庇佑罢了。

九 系鬼槐

只看槐树的名字，也知道它与鬼有点关系。槐树被称为系鬼之木，是因为在中国的志怪故事里，槐树属阴，常作为精怪或鬼怪的面目出现。

一个典型的故事是《南柯太守传》，这是唐代传奇，讲的是广陵郡一个叫淳于棼的游侠，宅邸南边有一棵古槐树，已有数百年历史。淳于棼性格爽朗，常与朋友在槐树下饮酒。一天喝醉了，两个朋友将他扶回家睡觉。淳于棼在半梦半醒之间，忽然看见两个穿着紫色衣袍的使者，自称他们奉槐安国国王的命令，邀请他去做客。淳于棼见来人文质彬彬，真心相邀，不疑有他，就跟着他们去了。

他们出门登上一辆车，向着古槐树的方向驶去。等驶入一个树洞中，淳于棼看见外面的山川道路与他常见的不同，竟然别有一番天地。

等到进了槐安国拜见了国王，国王见淳于棼年轻勇武相貌堂堂，便招他为驸马，将公主许配给他为妻，又封他为南柯郡太守。淳于棼既得高官显爵，又娶如花美眷，自此安心留在此地。他在南柯郡做了二十年太守，颇有政绩，十分受国王宠信。

后来檀萝国军队大举入侵槐安国，国王命令淳于棼领军迎敌。没想到淳于棼毫无领兵作战的经验，大败而归。不久后公主病逝，淳于棼护送公主的灵柩返回国都。因为他在槐安国也没有改掉从前广交天下之友的性子，上至贵族，下至平民，他都与他们称兄道弟，他的威望和权势也一天比一天高。

但是淳于棼这种做人做事的方式，却招来了国王的猜忌。国王觉得淳于棼与人相交，是有意夺他的权。于是国王决定先下手为强，削去淳于棼的侍卫，禁止他和别人交往，还将他软禁在私宅里。淳于棼自认为镇守大郡多年，从未有过失职的地方，现在国王这么对他，令他心寒。

淳于棼心里郁郁不乐，国王知道后，就对他说："你离家多年，不如回去看看吧！"

此话一出，淳于棼才想起他并非槐安国人，乃是从人间来此做客的。淳于棼自觉妻子已经逝世，儿女交由国王抚养也无牵挂，是该回家乡去看看了。于是国王命令当初那两个紫衣使者将他送回去。淳于棼坐上马车，沿着原路返回家中。

等进了门，淳于棼猛然睁开眼睛，发觉自己正躺在榻上好端端地睡觉，又哪有什么使者、国土呢？槐安国种种，不过是他做的一个梦。

淳于棼见两个朋友尚没有离开，就连日头都还没有落下，笑了笑自己的痴梦，将梦中所见讲给朋友听。他的朋友听到"槐安国"，便认为是槐树作怪，拉着他去树下查看。

他们沿着树根挖了数丈，发现树根不远处有个大洞，洞底的地面上堆满了泥土，做成了城墙、楼台、宫殿的样子，里面聚集了许多蚂蚁。土堆中间有个小台，颜色是朱红的，台上有两个大蚂蚁，别的蚂蚁护卫着它们，却不敢走近。淳于棼这才明白，这个巨型的蚂蚁洞就是他梦中所见的槐安国，这两个大蚂蚁当然就是国王和王后了，这里应该就是所谓的国都。他在附近又挖到一个洞穴，里面也有土城和小楼，看样子，是他治理多年的南柯郡。

回想梦中经历，淳于棼心中万分感慨，人生际遇无常，荣华富贵，原是虚幻。此后他一心一意信奉道教，也戒掉了酒色。

淳于棼槐下饮酒，引出南柯一梦，已经称得上怪异。关于槐树，还有更可怕的故事。

唐人段成式的笔记小说集《酉阳杂俎》中记载，唐代元和年间，有个叫陈朴的人，家住在崇贤里北街大门外。他家不远处有一棵生长了多年的大槐树，一日黄昏，他看见一个妇人，跟着一只老狐狸，还有一只长得奇怪的鸟，都飞入了槐树中。陈朴心生好奇，就将大槐树砍倒，想看看到底是怎么一回事。结果他吃惊地发现，这棵大槐树一共有三个杈，中间都是空的，其中一个杈中装着一百二十一个栗子，而栗子的中间竟然有一襁褓，里面包裹着一个死去多时的婴儿，只有一尺多长。莫名在槐树中出现的死婴，恰恰说明这棵槐树是人间与冥界之间的通道。槐乃鬼木，名不虚传。

十 风声木

风声木也是上古的奇树之一。这种树并不长在中原境内，人们第一次见识这种奇木，还要追溯到西汉的东方朔。

东方朔是西汉时一位智者，也爱好游历。汉武帝太初二年的时候，东方朔从西方的那邪国回到当时的都城长安，带回来十枝“风声木”进献给汉武帝。

风声木的树枝足有九尺长，像人的手指一般粗。汉武帝看得好奇，问起了此木的来历。东方朔则回答说风声木在上古时长在洹水畔，但是今天已经没有了，《尚书·禹贡》中还记载着它的来历。

汉武帝听了觉得有些可惜，又问东方朔这树有何神奇之处。

“此树依河水而生，且河中水必须甘甜才行，因此树上聚满了紫燕、黄鹄等鸟。”

东方朔本是如实相告，但是听在汉武帝耳中，却仿佛有深意。紫燕、黄鹄都象征着高才贤士，东方朔将此等奇木献给自己，岂不是说明大汉人才济济？汉武帝心里颇为高兴，面上也不自觉露出得意之色。

东方朔浑然不觉汉武帝过度歪曲了自己话中的意思，继续解释说：

东方朔　东方朔这位汉武帝的朝臣，给后世的印象，似乎是一个能沟通天人的智者。

“这种奇树所结的果实如同珍珠大小，风吹过树梢发出珠玉撞击的声音，煞是好听。春夏时花繁叶茂馨香一片，秋冬时风过叮咚作响，所以被称为‘风声木’。”

汉武帝大喜，将东方朔带来的风声木赏赐给朝中那些年过百岁的大臣，以彰显他们的功德。等到赐木之后，汉武帝才见识到这种奇木真正的神奇之处。

原来那日东方朔的话还没有讲完，这些风声木到了人手中，就发生了变化：如果此人生了病，那么树枝上就会自己渗出水珠；如果此人病入膏肓无药可治，或者遭遇飞来横祸命不久矣，那么树枝就会自己折断。

汉武帝问了那些得赐风声木的臣子，都说的确如此。汉武帝后来也知道了，据说先贤老子也曾得到过一枝风声木，可是从春秋到战国，再到后世，老子活了两千七百岁，那树枝也从来没有渗出过水珠。更早的时候，曾为黄帝作律的洪崖先生在尧帝时已经三千岁了，风声木也没有折断过。

“难道这奇木只对普通人有效，对先贤或者仙人无效？”

汉武帝索性也赐了一枝给东方朔，想看看他的反应。

东方朔对皇帝的促狭之心十分无奈，苦笑着说：“我带着此木返回大汉境内，一路周游天下，已经看见这树枝枯死过三次，却都死而复活，如此玄妙，渗水与折断又算什么呢？俗话说‘年未半，枝不汗’，一个人的寿命不到一半时，风声木的树枝也不会渗水出汗。其实，此木五千年才渗一次水，一万年才枯一次。”

看来这风声木能判断人的寿命，也是信则有不信则无，汉武帝虽然没有全信，但也觉得东方朔说得有些道理。

这个故事传到后世，却引申出一句俗语“生年未半枝不汗”，意思是人不到五十岁时就算不得年老，也无须用拐杖。这个意思，可与当年东方朔献风声木时的本意差得有些远。

十一 怀梦草

东方朔向汉武帝进献的奇花异草，不止风声木一种。

汉武帝有个宠妃李夫人，擅长歌舞，容貌倾城，深得汉武帝宠幸。后来李夫人病重，因为病中容颜憔悴，不愿将自己丑陋的一面暴露在帝王面前，从此拒绝见汉武帝，不久便撒手人寰。李夫人病逝后，汉武帝心痛不已，时常睹物思人。为了再见李夫人一面，他想尽了办法，直到善解人意的东方朔又为他献上了一种奇草。

《洞冥记》中记载："有梦草，似蒲，色红，昼缩入地，夜则出，亦名怀莫。怀其叶，则知梦之吉凶，立验也。"

这种梦草，叶子长得如同蒲叶，不过颜色却是赤红的。白天里梦草缩入地下，夜晚才伸出来，名字也叫"怀莫"。只听名字，就知道这是一种玄之又玄的奇草。据说将这种梦草揣在怀中，就能知道晚上做的梦的好坏。

汉武帝得到梦草，当晚就揣着此草入睡，没想到立即就梦见了李夫人，音容笑貌宛在，俨然就是当年倾城又倾国的佳人。

汉武帝醒后，知道自己能在梦中见到李夫人，都是此草的功劳，便将此草改了个名字叫“怀梦草”。

但是单单在梦中见面并不能解帝王的思念，汉武帝思来想去，接受东方朔的建议，招来方士设坛作法。也不知道方士们用了什么办法，武帝在帐帷里看到灯火烛影摇晃，李夫人的身影翩然而至，却又转瞬离去，似真似幻。

面对此情此景，汉武帝含泪写下“是邪？非邪？立而望之，偏何姗姗其来迟”的诗句，以抒发他心中的相思之恨。

面对帝王深情，怀梦草的功效，也只能算沧海一粟。

十二 洞冥草

洞冥草又是东方朔献的仙草，所以他不但是智者，还是当时首屈一指的植物学家，这个故事仍见于《洞冥记》。

天汉二年（前 99），汉武帝在苍龙阁设宴招待文武百官，其间他又想起了仙术。众所周知汉武帝是一个迷信鬼神的人，对于仙术与长生，亦有自己的渴求。汉武帝召集了许多方士，让他们讲讲边远之地属国异族的事情。

皇帝摆明了要听故事，可是在座的方士们却谁也不敢开口。天汉年间武帝已经是晚年，这位英明精干的皇帝开始变得多疑，所以方士们生怕自己哪句话说得不当得罪了皇帝，以至于大家一起装哑巴。眼见要冷场了，皇帝心生不快，这时候出来救场的又是东方朔。

东方朔向汉武帝跪拜行礼，汉武帝说：“东方大夫是有什么异闻要说给朕听吗？”

“回禀陛下，臣曾经游览北极，到过一个叫钟火之山的地方，那里日光月华都照射不到，只有一条青龙衔着烛火照明。”

“世上竟然有日月不至的地方？”

汉武帝很是好奇东方朔所说的钟火之山究竟在哪里，根据后世推断，那里地处北极，没有日月，说的可能是北极圈内的极夜现象。不过东方朔是否真的去过极地，就有待考证了。

只听东方朔又说：“钟火之山的四周也有亭台楼阁，其间种满了奇花异草。其中有一种明茎草，夜晚如明灯一般，折下它的枝叶就可以当火把照明了。据说此草可以照见鬼物。仙人宁风经常服用此草，等到晚上时，他的身体就会发光，所以此草又叫洞冥草。”

汉武帝听得神往不已，心想若是有了此草，必然能鬼神不侵。他看着东方朔，暗示东方朔为他寻来这仙草。

东方朔果然是急皇帝之所急、想皇帝之所想的贴心臣子，又为汉武帝献上了洞冥草。

汉武帝大喜过望，命人将此草铡成泥，涂在云明之馆的墙壁上，此后夜坐馆内，都不需要再点灯了。因为洞冥草能照见鬼物，又有个名字叫照魅草。它还有一个神奇之处，就是将此草缠在脚上，踩在水面上便如履平地，不会沉下去。

十三 吉云草

东方朔不但总有门路弄来奇花异草献给汉武帝，甚至还自己种了许多，这样汉武帝随时问，他随时有。

有一次东方朔和汉武帝谈起他曾在吉云之地游历，得到了一匹高九尺的神马。此马高大威武，神骏异常，是仙人所有。

汉武帝不禁问他："既然是仙人所有，又怎么会到了你的手里？"

东方朔回答说："此马本是西王母驾车的马，当初西王母坐着云光宝车去拜访东王公，这马乱跑，闯到了东王公种植灵芝的园子里，踩坏了不少灵芝。东王公一怒之下，就将此马扔在了天河边。那时我正好也去看望东王公，就捡了这匹马回来。"

出门游历捡回来一匹神马，汉武帝也不得不感慨东方朔的运气真好。东方朔得意扬扬地说："臣骑着马绕着太阳转了三圈，踏入汉关后在马上睡了一觉，醒来时已经回到了家。"

听起来的确是一匹神马，汉武帝钦羡不已，忽然又想到一事，说："这神马如何养在人间？你平日里给它吃什么？如果是寻常草料，岂不是不匹配此马的身份？”

东方朔频频点头，汉武帝的话真是说到了他的心坎里，于是他回答说：“正是，这马随臣来到人间后，就变得和人间的劣马蠢驴一般又慢又迟钝了，臣猜测是草料寻常的缘故。因此臣在九景山的东边种了一千顷吉云草，这草两千年开一次花，臣已经种了一千九百九十九年，明年就开花了。到时臣将吉云草割回来喂马，想必此马就能恢复神力了。”

汉武帝听了才知道原来世上还有这种神草，忙问其究竟。东方朔说这也是他从吉云之地带回来的神草，只吃少许就能果腹。

到了吉云草开花的时候，汉武帝果然命东方朔去割草。只见东方朔清晨出门，傍晚就从九景山带回了吉云草。汉武帝仔细一看，那草的叶子像小麦，呈穗状，也是金黄色。东方朔用吉云草喂马，果然马只吃了几棵就饱了，又恢复了神采奕奕的样子。

汉武帝一边感慨吉云草的神奇，一边令东方朔将其他吉云草都奉上，他也要用来喂马。

两千年一开花的神草被汉武帝和东方朔用来喂马，简直是暴殄天物。

十四 指佞草

洞冥草能照见鬼物，防止妖鬼害人，但是人如果心怀不轨怎么办？汉武帝以洞冥草涂墙，是可以做到鬼神不侵，但是他却没有想到，如果朝中奸佞当道，洞冥草可一点办法也没有。世上有另一种草，能够辨认忠佞，就是指佞草。

指佞草又叫屈轶草，唐代进士薛令之曾奉唐玄宗之命为它写过一首诗：

托荫生枫宸，曾惊破胆人。头昂朝圣主，心正效忠臣。

节义归城下，奸雄遁海滨。纶言为草芥，臣谓国家珍。

这里薛令之对屈轶草大为赞扬。关于屈轶草的记载，最早见于《田俅子》：“黄帝时有草生于庭阶。有佞人入朝，则草指之，名曰屈轶。是以佞人不敢进也。”

黄帝战胜蚩尤之后平定天下，有识之士纷纷来投，人多难免鱼龙混杂，于是庭前自然而然长出了屈轶草。据说这种草的功能就是辨别忠佞，只要是忠良之人靠近它，此草昂然挺立；如果是奸佞小人走到它身边，它便向此人垂下枝叶，无论此人走到哪个方向，此草就跟着转到哪个方向，指向这个人。

《博物志》中说：“尧时有屈轶草生于庭，佞人入朝，则屈而指之。”

无论这种神草生于哪个时代，都让当时的奸邪小人无所遁形，所以黄帝、尧帝能成为上古时代的明君。到了唐玄宗的时候，虽然指佞草不再现世，但是薛令之以其自比，仍然是希望唐玄宗能效仿上古明君，从谏如流辨别忠奸的意思。

十五 蹑空草

《镜花缘》中有段故事，是说唐敖等人在海外见到一种奇草，其叶如松，青翠欲滴。叶子上长有一颗草籽，大小如同芥子一般。唐敖看到此草就笑了，将草籽取下，却将草叶吞到了肚子里。而后他又将取下的草籽放在手中，吹了一口气，顿时从草籽中又生出一棵状如松叶的草来，约长一尺；唐敖再吹一口气，这草又长长了一尺；他一连吹了三口气，这草一共长到了三尺长。唐敖将这长长的奇草又吞了下去，看得他的同伴林之洋心惊胆战，追问他究竟吃的是什么。

他们的另一个同伴多九公则解释说："这是'蹑空草'，又叫'掌中芥'。你将它的籽放在手掌中，吹一口气长一尺，直到长到三尺为止。人如果吃了这草，就能立在空中，行走动作都如在平地上一般。"

林之洋这才明白为什么唐敖要吃这种草，这蹑空草果然大有益处，他因此开玩笑说："这草有这么多好处，那我也吃几棵，等以后回到家里，若是家中来了贼人，我就可以凌空捉贼了。"

他的如意算盘打得好，可惜再找时，已经不见了蹑空草的踪影，敢情唐敖吃的，竟然是此处唯一一棵。林之洋气馁不已，多九公说："算了，你不要找了，这草不吹气不生长，这山中人迹罕至，哪里有人会来吹它呢？唐兄刚才吃的，恐怕是因鸟类啄食无意中吹过气，落在地上长成的。此草并不常见，你现在再想找到一棵，怕也难了。"

林之洋对着唐敖叹气说："既然是仙草，难寻就算了。不过你们刚才说的蹑空而行，没有看到过我可不信，你既然吃了草，不如表演一个给我看看？"

唐敖为了证明此草的神效，当真飞身一跃，立在了空中。林之洋见他凌空而立，不落地身形却十分稳当，终于相信了蹑空草的神奇，只恨自己不如唐敖见多识广占得先机，这才失去了口福。

《镜花缘》中描述的蹑空草，最早见于《洞冥记》，其中记载："有掌中芥，叶如松子。取其子置掌中，吹之而生。一吹长一尺，至三尺而止，然后可移于地上。若不经掌中吹者，则不生也。食之能空中孤立，足不蹑地，亦名蹑空草。"

蹑空草是传说中的仙草，食之可腾空而行。不独林之洋和唐敖等人，历代以来想要寻找蹑空草的人有许多，因为他们对平步青云总有期待。

十六 金橙草

晋武帝司马炎做抚军将军的时候，他府中一堵墙下，忽然间长出三棵奇怪的草来。这草茎黄叶绿，开出的花的形状有如金橙。无端生出异草，又没有人认识这到底是什么草，当时尚未做皇帝的司马炎不敢妄称这是祥瑞之兆，就将三棵草藏了起来，不让外人知道。

但是当时有个姓姚名馥的羌人，虽然本职是个马夫，却精通阴阳之术，他不知怎么知道了这件事，就说这三棵草意味着其主人身具大功德。他这么说了出去，自然而然也就传到了司马炎的耳朵里，司马炎就让人去打听，看这个姚馥究竟是何方神圣。

这个姚馥已经九十岁了，他虽然声名不显，但是他的祖父姚襄却大大有名，是后秦的魏武王。不过传到姚馥这一代，家业早已衰败。姚馥喜欢读书，也好喝酒，往往喝多了酒，一个月都醉生梦死。他酒后醉语，喜欢说些别人不知道的朝代更迭、帝王家事，也常跟人开玩笑，是个幽默滑稽的人。

说起性嗜酒，姚馥坚持认为，人生天地间，应汇聚万物之精华，不会喝酒的，就只是有一口气的行尸走肉罢了，自己又何必要做一个没有思想意识的木偶石像呢？他还有个怪癖，喜欢喝浓浊的烈酒，咀嚼里面的沉渣，但嘴上却总说渴望喝美酒。朋友们笑话他，称呼他为“渴羌”，姚馥也不以为意。

等到司马炎终于坐上了皇位，想起姚馥这个奇人，请他出仕做官，命他担任朝歌郡的郡守。

姚馥却推辞了，并说：“我本是羌人，生在边远之境，远离华夏文化，能来中原定居已属幸运。官是做不来的，我还是喜欢喂马，请您时不时赐我一点好酒，让我好好打发晚年就行！”

晋武帝大笑：“朝歌是商纣的故都，酒池肉林应有尽有，所以才让你去，你也就用不着天天喊着要美酒了。”

姚馥站在阶下，回答说：“我一个喂马的羌人，如今也渐渐懂得皇家的礼教了，这正说明天下各族百姓，都是帝王的臣子。不过今天您让我去朝歌享受酒池之乐，难道是觉得我可以与商纣王相提并论吗？”

晋武帝转念一想：如果在百姓眼中，自己任命的官员和商纣王一样贪图享乐，岂不是说明自己也是个昏君了？因此打消了让姚馥做朝歌郡守的想法，改派他为酒泉太守。

酒泉这个地方有一眼清泉，泉水的味道醇美如酒。姚馥非常高兴地接受了新的任命，带着他的酒葫芦就去上任了。

姚馥虽然是羌人，却久居汉地，心系百姓，在酒泉当地实行善政，深受百姓爱戴，对于他对金橙草的预言，人们也深信不疑。

后来晋武帝将自己的府邸赐给了张华，那三棵草也还在，民间都说这预示着张华也是一代人杰。后来张华为西晋立下不少功劳，谋略文才皆非一般人能比，验证了姚馥当初的话。

到了晋惠帝永熙元年（290）的时候，三棵金橙草忽然变成树，枝条叶子像杨树一般，树高五尺，枝繁叶茂。三棵金橙草变作三株杨树，意味着国家大权归于“三杨”，果不其然，当时杨骏、杨珧、杨济三兄弟分掌军政大权，势倾天下，时人有“西晋三杨”之称。金橙草之兆，无不灵验。

十七 黄金果

《酉阳杂俎》里有个故事，讲的不是成精的草木，而是西域的一种奇果。

西域的赡披国有个牧羊人，家有羊上千只。有一日他外出放羊，发现少了一只，牧羊人以为这只羊跑到了别的草滩，就耐心地等它回来。直到太阳落下，走失的这只羊才慢悠悠地回到了羊群中。但是羊的样子却变了不少，叫出的声音也与其他羊不一样，不但群羊害怕，连牧羊人也觉得诡异。到了第二日放羊时，牧羊人惊讶地发现，这只羊竟然如同昨日一般，鬼鬼祟祟地跑走了。牧羊人悄悄跟在羊后面，到日落时，走到了一座山前。山中植物枝叶繁茂，奇花异草随处可见。牧羊人大吃一惊，原来这只羊发现了如此好地方，怪不得要溜出来。

他一直跟着羊，直到羊钻进了一个被藤蔓掩盖的山洞。牧羊人侧身跟了进去，刚进洞时，里面漆黑一片，什么也看不清。牧羊人一路跌跌撞撞，摸索着走了五六里后，四周豁然明朗。牧羊人看向四周，眼前的花草树木芳香奇异，绝非人间所有。

那只羊躲在一处吃草，看它足下的青草种类，牧羊人也从未见过。牧羊人在这别有洞天之地流连了一阵，忽然发现不远处金光闪闪，竟然长着一棵奇异的果树。

树上所结的果子颜色呈金黄色，光芒耀眼。牧羊人上前摘下一枚黄金果，刚想放到口袋里，一转身就发现身边多了一个面目狰狞的恶鬼，劈手将他手中的黄金果抢走。牧羊人惊慌失措，吓得一路奔回地面，也没心思再管那只羊了。

往后数日，牧羊人心中一直惦记着那个洞穴和异果，尤其是唾手可得的黄金果，他以为是天上奇珍。于是牧羊人决定再去一次，他顺着原路走进洞穴摘取黄金果，没想到又和先前一样，他刚摘下果子，恶鬼就冒了出来，要抢他手中的果子。牧羊人慌忙之间将果子吞了下去，没想到令人惊骇的一幕出现了：那牧羊人片刻之间身体暴长，头才刚伸出洞口，暴长大的身体躯干却塞在了洞内，怎么也挣扎不出来。又过了几日，卡在洞口的牧羊人变成了一块石头。

恶鬼夺果其实是为了救牧羊人的性命，可惜牧羊人坚持己见，最终还是吞下异果送了性命。至于那只羊，显然没有人知道在牧羊人化为石头的事件里，它究竟扮演了什么样的角色。

十八 仙桃

唐代时有个叫史论的人在齐州做官，某一日他出行打猎，不慎迷了路。史论见附近俱是荒山野岭，只有一座寺院，便进寺院里休息，顺便问路。

在寺院中，史论无意中闻到一股非常香甜的桃子气味，他就问寺中僧人此处是否种有桃子树。

他突然提出这个问题，僧人措手不及，就说是他外出化缘时，附近的村民施舍给他两个桃子。史论看到两个大如碗状的桃子垂涎欲滴，僧人便将桃子送给了他。史论吃后觉得此桃滋味甜美异常，不似人间凡种。他不相信僧人刚才的话，又问起桃子的来历。

僧人笑了笑说：“我刚才说的其实是假话。这桃子是从十几里外的桃树上摘下来的。这里距桃树很远，路上又危险，很少有人能找到，我也是偶然间走到了那里，看到桃子奇特，就摘了几个。”

史论听完就要僧人带他去，僧人不得已，只好答应带路。路上果然如僧人所说艰险异常，他们好不容易穿过荆棘丛，又遇到一条大河拦路。僧人面带愁色，说：“河水颇深，又没有船，中丞大人您恐怕渡不过去。”

“你能过，我自然也能。”史论坚决要过河，他仿照僧人的样子脱掉衣服，顶在头上游了过去。

僧人与史论上岸后，又往西北方向行去，跋山涉水走了好几里后，终于到了目的地。史论放眼望去，这里到处都是奇泉怪石，草木花朵都与人间大不一样。藤蔓之间长着数百棵桃树，树高都只有二三尺，枝叶垂到地上，树上果实累累，散发着迷人的桃子香味。

“这难道是天上的仙桃不成？！”史论惊叹了一番，与僧人各摘了几个桃子吃了。等到临走时，史论脱下衣服，想多包几个桃子带回去。眼见他这种吃不了兜着走的行径，僧人哭笑不得，劝他说：“此处是仙境，千万不可造次，不可过贪。贫僧曾经听方丈说过，过去也曾有人到过这处桃林，只因贪心多拿了几个桃子，结果就迷路出不去了。”

史论为人颇有见识，听僧人这么说，也认为有几分道理。他怀疑僧人并不是寻常人，于是听了他的建议，只拿了两个桃子回去。僧人又极力劝史论，回去后不要将此事跟任何人提起，史论一一答应。等回到齐州后，史论想起此事，欲找僧人再来详谈时，却听说僧人已经找不到了，不知道是消失了还是病逝了。史论再派人查时，也没能查到仙桃的来历，至于吃了究竟有何功效，一时间也看不出来，这件事，竟然成了一个谜。

十九 肉芝

逸人，隐士也。兰陵有个姓萧的隐士，名字已经没有人知道了，后世且称他为萧逸人。这位萧逸人的生平十分有趣，他年轻时考进士屡屡落第，一怒之下就把书全都烧了，隐居到潭水边，跟着道士学成仙之道。

道家修行讲究辟谷，就是一种不食五谷的养生之法。于是萧逸人不吃任何东西，每日吸风饮露，早起吐纳修炼，希望能延年益寿。他按照道家的法门修炼了十几年之后，头发已然全白，身材消瘦，形容枯槁，背也驼了，牙齿也松了，看上去是个老叟，没有半分壮年人的样子。

一天早上萧逸人照镜子看清楚自己的面容，猛地醒悟过来，勃然大怒道："这么多年我放弃名利栖身山野，餐风饮露，为的就是长生不老！谁知竟然越来越老，实在违背当初所愿！"

于是他又一次走了极端，当即不做道士了，还俗回到郸下，跟着商人做起生意来。从书生到道士，再到商贩，这位萧逸人已经换了三次生计。好在这一次，他尚算事业小成。萧逸人在经商方面颇有天赋，生意做得顺风顺水，没过几年，家境就富足起来。

萧逸人赚足了钱后要扩建家中的宅院，没想到挖地时竟然挖出一个奇怪的东西，呈人手状，颜色微红，触感肥润。家人都很吃惊，不知道这是什么。萧逸人到底曾在山野中修道，颇有见识，便猜测说："这东西莫不就是太岁？难道是祸事的先兆？人都说'太岁头上不能动土'，现在我们怎么办呢？"

这种东西甚少出现，他的家人也不知道该如何是好。萧逸人又想起曾听人说，要是挖出太岁把它吃了，或许可以避祸。于是他索性将这东西吃了，觉得味道确实鲜美。

没想到吃了太岁以后，他一改先前老态龙钟的样子，不但变得耳聪目明，就连已经秃了的头发都长了回来，掉了的牙齿也都长出了新的，力气更大，模样更年轻。萧逸人内心无限感慨，他苦修多年都做不到长生不老，没想到无意中挖出个太岁吃了，竟然成就了自己的初衷。真是踏破铁鞋无觅处，得来全不费工夫。但是这件事也有些匪夷所思，他不敢轻易告诉别人。

后来某一日，一个道士途经郸下，见到萧逸人便问他："看先生气色如此之好，是否服用过仙药？"萧逸人一听，想起自己吃了太岁的事情，就原原本本跟道士说了。道士又替他诊脉，过了良久才说："恭喜先生，你吃的那东西是肉芝，吃后如龟鹤一般长寿。但是先生既有奇遇，就更不能居住在尘俗之间了。你还是要放弃世俗纷扰，回到山林中去，若机缘巧合，也能修炼成仙。"

萧逸人听了很高兴，便将生意交付给了家人，自己像几十年前那样，又隐居在了山林里，家人也没有再见过他。

肉芝不是肉，李时珍在《本草纲目》中将其收入"菜"部"芝"类，可食用、入药，是罕见的灵药。萧逸人有缘服食这么一枚肉芝，就不枉做一回隐士逸人了。

二十 异菌

郭震，字元振，是唐朝赫赫有名的将军、宰相，也有诗名，他曾遇到过一件怪事。有一次郭元振住在山里，半夜时分，不知为何，他的房间中突然出现了一个脸如圆盘的人，站在灯下，向他眨着眼睛。

他是带兵杀敌的人，所以一点也不害怕，反而起了促狭之心，慢慢地拿起笔蘸了墨，在那人的面颊上写下一句诗："久戍人偏老，长征马不肥。"这正是他的名句。郭元振写完这句诗，又读了一遍，那人忽然就消失了，此后再也没有出来过。

郭元振知道山中物老成精日久为魅，以为是哪里路过的精怪，不以为意。后来某一日，他跟着樵夫随意在山间散步时，忽然发现一棵大树上长着白木耳，有几斗那么大，那上面有一片黑漆漆的字迹，正是他题写的那句诗。原来是木耳成精，郭元振心中的谜团也就解了。

还有另一个故事，则和长安宣平坊一位官人有关。这位官人夜里归家，走到僻静之处，猛地看见迎面走来一个卖油的人。这卖油郎戴着草帽，牵着驮着油桶的驴，见官人来了，也不知避让。

官人皱起眉头，觉得这行动鬼祟的卖油郎甚是无礼。他身边的随从明白主人的心意，就上前去教训那卖油郎。没想到卖油郎不言不语，仍不让路。随从急了，挥手往卖油郎头上打了一下，没想到就这简简单单一下，就打出了事故。卖油郎的脑袋应声而落，身体的其余部分、身后的驴和油桶都像成了精一般，迅速跑进了路旁一座大宅院的门里。

官人觉得奇怪，连忙追了进去，只见那人和驴跑到一棵大槐树下就不见了。于是官人唤来这家主人，将实情告诉他。这家主人也说不清楚，立即命人挖开槐树。

挖到几尺深的时候，他们看见树的枯根旁边蹲着一只大蛤蟆。蛤蟆样子可怖，身上还夹着两只笔套，其中流满了树的津液。此外还有一个挺大的白菌，长得像殿门上的浮沤钉，不过菌盖已经脱落不见了。

这时官人才明白，蛤蟆就是驴，笔套就是油桶，白菌自然就是那个卖油郎了，他被打掉了头，所以菌盖不见了。

这件事很快传了出去，许多人才想起，这个卖油郎出现已经有一个多月的时间了。他的油质量又好，价格又便宜，非常受欢迎。这时候真相传出，卖油郎实为菌怪，他的油也不会是什么好东西，吃过他的油的人，纷纷呕吐起来。

二十一 黄精

黄精，号称太阳之草，是道家修炼长生之术必不可缺的一味药，服黄精之法很早就有了，到唐、宋时，服黄精之事更加常见。

江西临川有一个士人唐遇，生性残暴，虐待家中的一位婢女。婢女不堪忍受，就鼓足勇气逃到了山中，不料在山里迷了路，随身带的干粮很快便吃光了。

婢女饿得头晕眼花，再也走不动路，呆呆坐在水边休息。她低头看见水边的野草颜色鲜艳，叶片肥美可爱，就摘了几株，洗干净后连根带叶全部吃下。婢女饿极了，也不在乎这草叶是否有毒，不过吃到嘴里，味道却甘甜可口，吃后饥渴全消，神清气爽。婢女深以为奇，从此之后就总吃这种草充饥，时间一长，她的身体也变得更加轻盈有力。

一天晚上，这个婢女在大树下休息，忽然听到草中有野兽奔跑的声音。她认为是山中的猛虎，惊恐之下想要上树避难。谁承想她不过刚刚有了这个念头，身子就不知不觉地上了树梢。到了第二日清晨，她觉得该下树了，立刻，她的身子就飘飘然落在了地上。从此，婢女有了惊人的变化。只要她心里想到哪里去，身体就飘然向哪里去。有时候从这座山到另一座山，她如同一只飞鸟，自由往还。

几年以后，唐家有人上山砍柴发现了这个逃跑的婢女，就向唐遇报告。唐遇派人来抓捕她，却怎么也抓不到。有一天，唐家的人看见她在一座绝壁之下，就三面围住她，想逼她就范。没想到婢女一下子就腾空飞上山顶，看得他们瞠目结舌。

唐遇更加惊异，下决心非捉住她不可。于是家中就有仆人献计说，区区一个婢女，哪能有什么仙骨呢，肯定是在山中吃了灵药。想来她在山中过了几年，都不曾吃过像样的饭食，必定嘴馋，只要多做点好吃的饭菜，诱惑她吃了，必定能捉住她。

于是唐遇就照他的话做了，婢女果然上当，吃了人间的饭菜无法再施展凌空之术，当即就被抓了回去。婢女受不住唐遇的刑讯，将实情讲了出来。说到她在山中服食仙草的经过时，有人说那就是黄精。唐遇让婢女再次上山去找黄精，却没有找到。没过几年，婢女就死了，唐遇想找黄精的愿望，也没能实现。

贰 器物

一 不死药

世上有不死树和不死草，就有人想方设法炼制不死药。最著名的不死药，是后羿向西王母求来的那颗不死药。

《淮南子·外八篇》中说："羿请不死之药于西王母，托与姮娥。逢蒙往而窃之，窃之不成，欲加害姮娥。娥无以为计，吞不死药以升天。然不忍离羿而去，滞留月宫。广寒寂寥，怅然有丧，无以继之，遂催吴刚伐桂，玉兔捣药，欲配飞升之药，重回人间焉。羿闻娥奔月而去，痛不欲生。月母感念其诚，允娥于月圆之日与羿会于月桂之下。民间有闻其窃窃私语者众焉。"

大意是后羿向西王母求来不死药，却被逢蒙觊觎，后羿的妻子姮娥为了保护不死药将之吞下，独自飞升到了月宫。至此夫妻分离，唯有月圆之夜才能相见。

不死药的名声传到人间，上到帝王，下到平民，追求灵药的人趋之若鹜，甚至还引发了各种风波。

《战国策》中有个故事，说的是楚王和不死药之间的一段公案。

楚王想要长生不老，就有人给他献上了不死之药。送药来的人走进宫中，恰好迎面而来一个中射士，也就是楚王的近身侍卫。

侍卫看见灵药便问："这药可以吃吗？"

来人自然是回答能吃的，那侍卫大概也想长生不死想疯了，竟然不顾楚王的威严，自己抢了药吞了下去。

敢跟楚王抢东西，这个侍卫的举动彻底惹怒了楚王，楚王当即下令要诛杀这个侍卫。

侍卫托人向楚王解释说："我问过献药之人，他说可以吃，我才吃的。这件事我并没有罪过，有罪的是献药的人。"

献药的人觉得自己也委屈，明明是侍卫语意含糊，曲解了自己的话。

侍卫又说："献药之人称这是不死药，但是现在我吃了药大王就要杀我，如果我真死了，这不死药岂不是变成死药？那这献药之人就有欺君之罪了。大王杀了我这样的无罪之人，反而证明是有人在欺骗大王，您得不偿失，还不如放了我。"

这一番解释真可谓巧舌如簧，楚王最终被说动，放了这个胆大包天的侍卫。不死药的真假自然也无从验证，不过这个中射士的能言善辩却在历史上留下了不小的名声。

二 焦湖枕

唐代开元七年（719），一个郁郁不得志的书生卢生进京赶考，结果名落孙山。卢生返程途中经过邯郸，在一间客店里偶遇会仙术的道士吕翁，也有人说其实他遇到的就是上仙吕洞宾。卢生感慨自己的境遇，无意间被吕翁听到。吕翁就拿出一个枕头让他枕上，卢生便枕着此枕睡了过去。梦中他娶了一个美丽温柔、出身名门的妻子，中了进士，做了高官，儿孙满堂，享尽人间富贵。等到八十高寿时卢生一病不起，终于阖眼长逝。等到再睁眼时，卢生梦醒，左右一看，还是那间客店，还是那个吕翁，还是那个枕头，就连店主刚蒸的黄粱饭都还没熟。

黄粱一梦由此而来，而梦的关键助攻是这个枕头。

枕头的助攻也不独这一次，在此之前就有焦湖玉枕的故事了。

这个故事记载在《幽明录》中，《搜神记》里也有记述。

南朝宋的时候，某地有座焦湖庙，庙里供奉着一个玉枕，枕上有一小孔。这个枕头究竟有什么用，当地人也说不清楚。当时单父县有个名叫杨林的人，以经商为生，生意不太好，自己也老大年纪没有成亲。

杨林整日愁容满面的，一日贩货途中经过焦湖庙，进来歇脚时，就在佛像前祈祷，求神佛赐他好运。

庙里的巫祝听到他祈祷的话，就问他说：“你可有成婚？”杨林老实回答说自己还在打光棍。巫祝又说：“那你想娶亲吗？”杨林当然回答想。

于是巫祝对他说：“那我就帮你一次，让你体会一下你想要的生活吧！”杨林不知道巫祝要做什么，但还是爽快地答应了。

巫祝当下拿出庙中锁藏的玉枕给杨林，说：“你枕着它睡一觉吧！”

杨林就枕在那个玉枕的孔上，不一会儿就闭上了眼睛。梦中他晃晃悠悠来到一处豪门之中，眼前的亭台楼阁富贵华丽。此宅的主人是当时的权贵赵太尉，杨林与他相谈甚欢，没过多久赵太尉就把自己的女儿许配给了杨林。

随后杨林一路平步青云，做了大官，与妻子生了六个儿子，儿子们也都做了朝廷的秘书郎。人人都钦羡杨林门第显赫，子孙出息。如此过了十几年，杨林也都快要忘了自己的来历，也不再想起自己的家乡。

忽然之间一阵风吹过，杨林打了个寒战醒了过来，睁眼时发现自己还在庙里，眼前只有巫祝和玉枕，而妻子儿女、万贯家财，都是梦中虚无缥缈的幻境罢了。

原来玉枕的功效只是让人进入心中所想的梦境，杨林十分怅然。不过经此梦后，焦湖枕的功效也终于为世人所知了。

三 通灵镜

江苏宜兴西北乡新芳桥曾发生过一件怪事，几个农夫在耕地时，从地里挖出一件奇怪的东西。此物呈圆形，状如罗盘，周长有一尺多，外圈是天青色，材质看上去似玉非玉，中间镶嵌着一块白色石头，通体透明，一眼可以看到底，像水晶却又不是水晶，呈凸起状，如盖子一般。

没人说得清这东西的来历，农夫们拿着也无用，就以八百文的价格将它卖给了镇上的药店。后来塘西有个客商经过此地，看见这东西，觉得稀奇，就以十千钱的高价将之收购，带到了崇明。

崇明临海，常有海上船只在此停泊。一位海商看见了客商手中的东西，竟然又以一千七百两白银的高价买走了。海商说："这是照海镜，海水深黑浑浊，用照海镜照着，可以看见里面的情况，鱼虾礁石一览无余，这样航船在百里以外就可以躲避礁石险滩了。"

这个照海镜，大概就是古代版的水下探测器。

照海镜镜如其名，当然是用在海上。而冥界地府，也有自己专用的镜子——业镜。

业镜是地府中照摄众生善恶业的镜子。人死成鬼，入地府轮回转世前总要被判官审一遭，问出你生前的经历，判断你是否该有福报。如果有人不肯据实以报，那就要被业镜照一照，于是镜中人是善是恶，生前所作所为一一现出，可谓原形毕露。民间常说举头三尺有神明，其实有业镜在，低头三尺，也一样逃不过。

不过业镜也有缺点，就是有些恶人掩藏得太好，看似做的是好事，其实包藏了祸心，这一类人，业镜就照不出来。所以地府在工作的时候，也推出了业镜的升级版。

《阅微草堂笔记》中有个故事：清代道光年间，有个士人夜里经过岳庙，看见朱红色的大门紧闭着，却有人轻飘飘从庙里出来。士人以为是神仙，赶紧长跪叩拜。

那人扶起他说："我不是神仙，只不过是右台司镜的胥吏，来此公干。"士人忙问："司镜是什么意思？执掌业镜？"他是读书人，所以知道业镜一说。

胥吏说："与你说的相近，却不是业镜。业镜所照，只是人做事的善恶罢了。至于那些人内心真实的想法，往往无迹可以窥看，就连业镜也照不出。南北宋以后，这种道貌岸然的人越来越多，所以众位护法天神合议，将业镜安置于地府左台，照真小人；又增设心镜于右台，照伪君子。我就是负责管理右台心镜的人。"

从业镜到心镜，地府的业务能力果然与时俱进。

无论是照海镜，还是业镜、心镜，这一类都是神鬼所司的器物。还有一类，是在日深月久的生活中染上了人间烟火，以至于成精作怪的。

上饶徐氏有两个女儿，姐姐有一面镜子，做工精致，妹妹向姐姐求了许多次，姐姐都不肯将镜子借给她，但姐妹二人的感情始终很好。后来姐姐不幸病逝，死前将镜子送给了妹妹。妹妹听闻姐姐的噩耗悲痛不已，伏案大哭。等拿到姐姐的遗物后，她对镜自照，忽然开始梳妆打扮，搽脂抹粉，并开箱取出新衣服换上，没过多久就变得神采奕奕，像是换了一个人。

家人惊讶，问她要做什么。妹妹说：“我在镜中看见姐姐了，她唤我跟她去呢！”

话音落下，顷刻之间，妹妹便亡故了，家人始终查不出她身亡的原因。而其他人再看镜中时，除了自己的影像，却又什么都没有。但是他们心中明白，妹妹的亡故肯定和这面镜子脱不了关系，后来他们如何处置这面镜子的，就没有人知道了。

徐家的这面镜子，能沟通阴阳、摄人魂魄，作起怪来，尤其令人心生恐惧。

四 口袋精

古人认为镜子是通阴阳之物，成精作怪尚且不算稀奇，年岁久了，家居用的皮囊口袋，也能变成精怪。

唐代牛僧孺所撰的《玄怪录》中有个口袋精的故事。

周静帝初年，北方居延部落有个首领叫勃都骨低，为人残暴嗜杀，又骄奢淫逸喜好享乐，所住的地方非常华丽。他身边的人为了奉承他，也经常送来好玩的事物供他享乐。

有一次他部落里忽然来了几十个人，其中一人递上名帖拜见部落首领说：“我是省名部落主成多受，特来拜见居延首领大人。”

勃都骨低第一次听说这个省名部落，颇觉得奇怪，就问他：“你这个部落为何叫‘省名部落’？”

成多受回答说：“我们小部落只有几十个人，习俗与别处不同，姓氏都不一样，有姓马的、姓皮的、姓鹿的、姓熊的、姓獐的、姓卫的、姓班的，但是名字都叫作‘受’，只有我这个做主人的，名叫‘多受’。”

勃都骨低听了这些奇奇怪怪的姓氏，再看它们的行止，更觉得奇怪，说：“看你们就像一群唱戏的伶人，你们能否解释一下？”

成多受说：“我们也懂一些摆弄碗、珠等器物的手段，不过生性不喜欢世俗，说的也都是合乎经典要义的事情。”

勃都骨低却很高兴，他从未见过这样有趣的人物，就说：“倒是从未见过。”

于是立即有一个唱戏的人上前说：“我们现在饥肠辘辘的，主人家的饭食如果不够，想必我们开口要，也是不会给我们的。”言下之意是想看表演可以，先让我们吃饱。

勃都骨低来了兴致，命人拿饭菜给它们。

这群人吃饱喝足，终于肯答应表演。其中一个人说：“我为大家表演一个‘大小相成，终始相生’吧！”

于是，勃都骨低看见它们中的一个胖子吞了一个瘦子，高个子又吞了胖子。

勃都骨低大吃一惊，正要发问，又听高个子喝了一声：“终始相生！”

于是它吐出一个人，吐出来的人又吐出一个人，相递吐出来，一个都没少。

勃都骨低几乎不敢相信自己的眼睛，惊喜之下重重地赏赐了它们。

第二天这群人又来了，表演的把戏和昨日一样。第三日也是如此。这样一连表演了半个月，勃都骨低看腻了，便不再给它们准备饭菜。

这些省名部落的伶人都很生气，说：“此间的主人难道把我们的表演当成幻术？想看别的，烦请将你家亲眷借我们一用！”

看它们不服气的样子，勃都骨低也想看看它们还有什么别的花样，便请出了自己的妻儿、弟妹、甥侄等亲眷，没想到一下子全被这群人吞到了肚子里。

听着肚子里的人哭哭啼啼的声音，勃都骨低慌了，慌忙爬到阶下向这群人磕头，求它们将自己的亲眷放回来。

伶人们见他服软，都笑着说："既然如此，放回来就是了。"于是就把人吐了出来。

亲眷们毫发无伤，勃都骨低松了一口气，然而怒火怎么也消不下去，他发誓要除掉这群怪人。这些人手段诡异，勃都骨低猜测它们是精怪所化，就想用杀牲的血杀死它们。于是他派人秘密查访，发现它们离开后，走到一座古宅的墙边就消失了。

勃都骨低命人拆毁那堵墙，挖地三尺，在墙基之下挖出一个大木箱，里面装着几千只皮制口袋。旁边还有谷粒麦粒，用手轻轻一碰就变成灰烬。木箱中有一份简书，因为时间久了上面的文字已经磨灭，难以辨识，只能隐约认出有几个"陵"字。勃都骨低想起那群省名部落人的自我介绍，什么姓马的姓皮的姓鹿的，恐怕就是这些皮口袋了。

他既然知道了是这些口袋作怪，当下就要烧了它们。没想到口袋们在木箱里拼命哭喊求饶："我们原本没有生命，早该泯灭成灰。因为李都尉在这里留了水银，所以能够保存这么久。我们本是都尉李少卿家装粮食的口袋，没想到他家房屋倒塌，我们就被压在了地下。后来过了很长时间，我们渐渐有了生命，被居延山神收为唱戏的。求您看在山神的面子上别杀我们，以后我们再也不敢骚扰您了。"

口袋精们说得可怜，但是勃都骨低本来就是个暴虐残忍的人，又深恨这些口袋当日戏弄羞辱他，便一把火将这些皮口袋全烧了，自己则取走了有用的水银。

口袋们在熊熊火焰中化为灰烬，痛楚哀吟之声从火中传来，听得勃都骨低心中发瘆。他没想到的是，自己烧死了口袋精，自家的房屋却也发出了哀鸣之声，和口袋精临死前的哀号一模一样。整整一个月，这种声音都没有停止。

就在那一年中，勃都骨低全家都病死了。一年以后，勃都骨低的家和那座古宅都消失了，被他拿走的水银也不知所踪，再也没有人知道这里曾发生过什么。

这些口袋精们为人行事也有意思，因为没有名字，索性编造了一个“省名部落”出来，所谓的姓氏，也是以自身的材质为姓。可惜它们非要招惹残暴的勃都骨低，白白送掉了性命。

五　偶成人

清代旌德县有个官员，生性喜好看戏，甚至到了痴迷的程度。他让工匠制作了一个女子的人偶，高矮胖瘦都和真人差不多，甚至五官形态及隐秘部位，也和真人一样。这个人偶的手脚、眼睛、舌头等都设置有机关，能弯曲活动，衣袑首饰也都按季节更换。

这种古代的高级手办，堪称巧夺天工，在当时造价极贵，制作一个几乎要花费上百两银子。这个官员对人偶非常喜爱，有时将其立在桌案旁边，有时让它坐在床上或者椅子上，用来取乐。不过在旁人眼中，他这个癖好，未免有些惊世骇俗，但此人却乐在其中，时间久了，家人和朋友也就习惯了。

过了一些年，有一天夜里，家中仆人听到书房里发出咯咯的声响，觉得奇怪，就悄悄捅破窗户纸往里偷看。当时月光洒在窗户上，看得尤为清楚。而这一看仆人就吓了一跳，他竟然看见那个人偶在房中地面上走来走去，活像真的人。

仆人急忙将这件怪事告诉主人，主人看了，确实是这样。这官员再喜欢人偶，也不敢放任家中有这个怪物。不得已忍痛割爱，一把火将人偶烧了。人偶被烧时，火中嗞嗞啦啦传出它痛苦的嚎叫声。

这是一则偶成人的故事，还有一个故事。

张蝶庄先生家有几间空房，用来储存杂物。家中的婢女、仆妇有时夜里巡查，常看见院中莫名出现一个女子，身段窈窕，容貌美丽。但是这女子的下巴上却长着一大把胡子，两边脸颊也生有刺猬一般的硬胡茬。

女子带着四五个小孩玩闹，这些小孩有的跛足，有的眼瞎，有的头破，有的没有鼻子耳朵，情景甚是诡异。家中的仆人见了欲上前捉拿它们，可是只要有人来了，女子和小孩瞬间就消失了，也不知都是什么精怪。张先生的家人想找人来除掉它们，又觉得这些精怪既不害人，也不往外面去，不曾作恶。也有的人说是仆人们夜里看花眼的，或者干脆有人说是为了逗趣瞎编的。

总之在很长一段时间里，这个生胡子的女人和小孩子，都是张家的无头公案。

后来一次很偶然的机会，张家人清理房中杂物时，发现床上散落着一些破损开裂的虎丘泥人，形状样貌和人们看见的女人、孩子一模一样。那女人脸上的胡须，原来是当初孩子们玩耍时用笔墨画在泥人脸上的。

无论是偶成人还是泥人成精，在古人看来都是万物皆有灵性的表现。尤其是一些人造器物，如果长得像人形，年代久了，就容易幻化。

六 鞋化鸟

普通的鞋被人穿得久了，就可能生出灵性，继而幻化为精怪。

据《宣室志》载，唐代时汧阳郡有个张女郎庙，也不知供奉的是何方人士，只知道姓张。

唐高宗上元年间，有个姓韦的年轻男子到汧阳郡做客，旅途中正好经过这座张女郎庙。他见庙中景色清幽，一时心生倦怠，就解鞍下马，打算进去休息一会儿。没想到走进庙中不见人，只看见两只木底鞋放在地上。

这位韦生拿起这双鞋仔细看，发现是用草编成的，呈白色，条纹细密精致。这种编制草鞋的方法巧妙又少见，不知为何会出现在这小庙中。韦生顺手就把这双鞋放在了自己的口袋里，休息了一阵就离开了张女郎庙。

进了汧阳郡，韦生先去拜访郡守，交谈一番后郡守让韦生先住进驿馆里。当天晚上，韦生把草鞋放在身边后沉沉睡去。没想到天亮醒来，其他行李都在，唯独草鞋不见了。韦生在驿馆中找了一遍，什么也没找到。他有些惊讶，心想草鞋再精致，也不过是寻常物件，总不能是被贼人偷了去，于是让仆人跟着他一起找。

众人合力，终于在驿馆房顶的瓦片上找到了草鞋。仆人将这个好消息禀报给韦生，韦生叫人上房取下来，又在身边收好，睡觉时也未曾离身。然而奇怪的是，到第二日他再醒来时，草鞋又不见了，再找时，仍是在房顶上找到。如此重复了好几次，韦生和仆人都觉得此事有异，这草鞋是个死物，难道还能不翼而飞?

韦生私下里对仆人说，这件事可能是有人暗中作怪，或者是精怪所为也说不定，可暗中观察一下。于是这天晚上，韦生照常入睡，他的仆人则躲在暗处观察，快半夜时，仆人忽然看见韦生身边的一双草鞋变成了两只白鸟，扑腾着翅膀飞到了房顶上。

这下真相大白，韦生总算明白了草鞋失踪的秘密。这双草鞋还真的不是“不翼而飞”，而是“有翼而飞”。韦生唯恐成了怪的草鞋祸及自己，就打算烧了它们。没想到他刚把草鞋扔进火堆里，草鞋就变成白鸟飞走了。

韦生无论如何也想不到会有这样的事情发生，不过吃一堑长一智，以后他应该不会再随便捡东西回家了。

鞋成精了，不但能化成鸟，也能变化成别的形态。

《集异记》中记述广平有个人叫游先朝，是个鳏夫，丧妻后自己独自生活。有一日他看见家中莫名多了一个人，穿着红色的裤子，好似鬼魅。游先朝只当是精怪，抽出佩刀就向它砍去，那人缓缓地倒下了。过了一会儿游先朝再看时，被砍倒的竟然是自己经常穿的红鞋，由此可见鞋精亦能变化成人，只不过容易被人识破而已。

七 曲秀才

曲秀才是酒的别名，这是一段酒化成精怪而引出的故事，记载于唐代郑綮的笔记《开天传信记》中。

唐代有个著名的道士叶法善，号称罗浮真人，对使用符箓的法术极有研究，就连当时的皇帝也佩服他，拜他为鸿胪卿，并给他丰厚的待遇。

叶法善住在玄真观，时常有人来观中找他讲经论道，他也愿意与各色学子书生交往。有一次，玄真观中聚集了十几个人，大家高谈阔论，气氛热烈。文人谈天说地讲到高兴处，总要喝酒助兴，正要拿酒时，忽然听见一阵敲门声。

于是就有人问门外是谁，门外人自称曲秀才。

叶法善并不认识这个人，便命人跟他说："今日有朝中的大人们在此处，没有时间与你会晤，望你改日再来。"

话音尚未落地，众人就看见一个衣着简朴、面露傲色的年轻书生径直闯了进来。

叶法善心里有点不高兴，明明自己已经婉拒了他，这人竟然毫无礼数，还敢闯进来。

此人二十岁左右，生得又白又胖，看上去很文雅。他进来后完全没有在意众人脸上或憎恶或鄙薄的神色，反而笑着向各位作揖，然后坐到了末席。

俗话说进门都是客，叶法善也不能将这个不速之客赶出去，只好默许他参加众人论道。但是很快他们就发现这个曲秀才的不同凡响之处。曲秀才高谈阔论，援古引今，所说的观点都是在座诸人不曾想到的，他只讲了片刻，大家便收回了对他的成见，反而高看他一等。

他讲了一段时间后终于停下来，忽然站起来，原地转了一会儿，随后离开了玄真观。

叶法善觉得此人行为诡异，不像是人间寻常的书生，就对大家说："这个曲秀才突然进来，词辩能力又如此厉害，一定不是寻常之人。我担心他是妖怪所变，来迷惑人心的，下次他若再来，大家暗中备剑防范。"他是精通道法之人，听他这么说，大家也都相信曲秀才不是常人。

等到曲秀才再来时，还是如之前一样与众人论道说法。只见他时不时握住手腕，偶尔也击掌，提出一些尖锐精深的问题，向旁人发难，一副势不可当的样子。

叶法善看着他，一言不发，悄悄抽出自己的佩剑，猛地一剑砍上曲秀才的脖颈。正在说话的曲秀才没想到叶法善突然动手，毫无防备地倒了下去。他的脑袋被叶法善的剑砍断，骨碌碌掉在了地上，落到阶下变成一个瓶塞。

众人又惊又怕，再看曲秀才的尸身，竟然变成了满满一瓶好酒。原来这秀才竟然是一瓶酒变化的，怪不得他称自己为"曲秀才"，曲者，酒也。

众人都笑起来，围坐一起将那瓶酒分了。这能化为精怪的酒，味道自然不一般。叶法善等人喝醉了，抚摸着那瓶子说："曲生，曲生，你的风味不能忘啊！”

都说人喝了酒以后容易变得狂傲，这曲秀才是酒所化，性格狂放更胜于人，估计就是酒的本性。单看他不听劝阻强闯进门，后来又大出风头的样子，这瓶酒是烈酒无疑了。

八 酒瓮精

既然酒都能成精了，那么装酒的酒瓮自然也能。

唐代小说集《潇湘录》中有一个酒瓮作怪的故事。

并州有个卖酒的人，名叫姜修，他生性不拘小节，尤其爱喝酒，常常饮得烂醉如泥，少有清醒的时候。在喝酒的时候，姜修也喜欢与人对饮，不但自己醉，还要拉着别人一起醉。因此并州的人都怕与他一起喝酒，每每他邀请别人举杯共酌时，大多数人都躲着他，或者想个借口推脱掉，以至于姜修在当地没什么朋友。

有一天他的铺子中忽然来了一位客人，此人身穿皂衣乌帽，身高不足三尺，腰围反倒粗达数尺，整个人身材奇特，活像一个罐子，令人发笑。他是特意来拜访姜修讨酒喝的，姜修见有人愿意与他一起喝酒，非常高兴，不但给客人端上了好酒，还和他促膝共酌。

这位客人大笑说："我生平最喜欢喝酒，常常遗憾腹内的酒不够满。倘若肚子满了，我才觉得日子过得舒服。如果不满，我活着就太无聊了。先生你能让我留在你这里吗？我仰慕先生高义，希望你给我一个报答你的机会。"

姜修听不懂他在说什么，以为他已经醉了，但是酒逢知己千杯少，他满口答应，又说："你和我都好酒，我们本该这样亲密无间才是。"于是又与他喝了起来。

这位客人喝了整整三石的酒都没有醉倒，姜修非常惊讶，他本以为自己酒量已经足够好，没想到真正的高人今日才见识到。姜修认为来客是异人，就起来参拜他，问他的姓氏来历，又询问他这么好的酒量是如何练成的。

客人回答说："我姓成，名叫德器。我家先人多住在郊野，一辈子碌碌无为，只有我偶然承蒙老天爷恩德，有了用武之地。我现在年纪大了，自己也修成了道行，常常喝酒自娱。若要这腹中喝满了酒，得五石才够。"

姜修听了成德器的话，越发佩服他，不断摆上酒陪他喝。

等到喝够了五石的时候，此人大醉，狂歌狂舞起来，自己叹息说："开心啊开心！"说罢没过多久，他就醉倒在地了。

姜修看他醉得不醒，令仆人将他扶进了房内。没想到刚进门，此人就一跃而起，慌慌张张跑了出来。姜家人连忙去追，只见他慌不择路，奔走之间误撞到一块石头上，"哐当"一声，人就不见了。

当时天色已晚，姜家的人找不见成德器，也就回去了。等到天亮再来找时，石头旁只有一个积年的旧酒瓮，且已经磕破了。

这酒瓮就是好酒的怪客，瓮上的缺口，自然就是昨晚那人撞在石头上磕出来的。其实酒瓮精早已自报家门，成德器者，盛酒之器也。

九 千日酒

有的酒不能幻化成人，却另有一番风味。

中山人狄希，传说他能酿一种千日酒，人喝了之后要醉足足一千天，他因为这手酿酒技术而小有名气。

当时有个人姓刘，名玄石，喜欢喝酒，听说了狄希的名气，就去狄希那里向他求千日酒。

狄希知道自己酿的酒厉害，不敢让他喝，就推脱说："我的酒还没酿好，不敢给你喝。"

哪知刘玄石是个不折不扣的酒鬼，根本不听狄希的解释，一定要赖上他："就算没有酿好，给我一杯总行了吧？我只求一杯。"

狄希听他这么说，又见他大有赖着不走的架势，只好倒了一杯酒给他喝了。

刘玄石喝了还想要，说："真是好酒啊！再给我一杯吧！"

这回狄希说什么也不肯给了，断然拒绝了刘玄石的要求。刘玄石索酒不得，只好打道回府。可是谁也没有想到，他到家后没多久，突然倒地不起，任凭家人怎么呼喊都没有醒来。

刘家的人一开始以为刘玄石是喝醉了，毕竟这个人嗜酒成瘾，喝醉是常有的事。但是过了两三天，家人渐渐觉出不对来，就算喝得酩酊大醉，这么长时间也该酒醒了，可刘玄石不但没有醒来，连呼吸都没有，就跟死了一样。

这下家人慌了，请了医生来看也没用，都说刘玄石已经死了。刘家人束手无策，哭着将他埋葬了。

后来过了整整三年，狄希想起曾在他这里讨过一杯酒的刘玄石，自言自语说："玄石如今肯定酒醒了，我也应该去看看他。"

于是狄希就到了刘家，问家人："玄石在吗？"

刘家人觉得奇怪，刘玄石已经死了三年，竟然还有人来找他！便据实以告："玄石死了三年，你看我们家连丧服都已经脱掉了。"

这下轮到狄希吃惊了，但他听刘家人说了刘玄石死前的情状，心想这家伙一定是醉了，却被不明就里的家人当成一命呜呼。他解释了一下缘故，说："喝了我的酒，能让人醉倒整整一千天，玄石现在估计已经醒了。"他让刘家人凿开刘玄石的坟墓，打开棺材看看。

刘家人并不相信会有这种怪事，但是抱着一丝希望，还是按照狄希说的做了。到了墓前，大家看见坟墓上汗气冲天，说明墓中还有阳气。等他们打开刘玄石的棺材时，就看见刘玄石睁开眼睛，张开嘴巴，大声说："醉了这一场太高兴了！"

他一转头看见狄希，立刻来了兴致，问他："你到底酿的什么酒，让我喝了一杯就醉了这么久？现在是什么时候了？"

墓前的人看见这"死人"复活后，别的不问，开口就问酒，都笑了起来。然而更好笑的是，他们在言语之间吸入了刘玄石身上残存的酒气，竟然也都醉倒，睡了足足三个月才醒。

十 饭怪

饭臿，其实就是舂米用的舂棒。这种物件常被人拿在手中使用，沾了人的精气，就容易精变。

《搜神记》中有个小故事，讲的是饭臿怪。

魏明帝景初年间，咸阳县一个小官员王臣家里莫名其妙出了怪物，家人时常听见家中角落里传出拍手互相呼唤的声音。王家人请了巫祝上门作法祷告，却不见效果，甚至连怪象来源都找不到。此后家中依旧时不时有奇怪的声音发出，王家人心急如焚，但也没有好办法。

直到有一天，王臣的母亲晚上做完家务感到疲倦，就靠在枕头上休息。没过一会儿，她就听见台下有低低的声音传出，像是在呼唤别人。

“文约，你为什么不过来？”

王臣母亲头下的枕头回答：“我被枕住了，过不去呀，你可以过来跟我一起吃喝。”

于是王家人终于知道是怎么回事了，天亮后他们仔细查看，不但枕头成了精，家中的饭臿也成了怪。这两个精怪相亲相爱，把王家搅得鸡犬不宁。

王臣让家人一把火将枕头和饭臿都烧了，家中的怪象也从此绝迹。

十一 扫帚精

民间骂人时有“扫把星”一说，是嫌弃女子命中犯凶，要给家中带来厄运。扫把也即扫帚，在家中常用来扫地除尘，这种与污秽相伴相生的物件，难免被人们视作不祥之兆。中国古人认为夜空中拖曳长尾的彗星是“扫把星”，会带来灾祸。在西方，扫帚干脆就成了女巫的坐骑，更蒙上了一层神秘的色彩。中国的志怪故事里，也有偶尔成精的扫帚，与人分庭抗礼。

《异苑》中有个扫帚精的故事。晋朝义熙年间，东海一户徐姓人家中有个名叫兰的婢女，专门负责洒扫。不知从什么时候起她染上了莫名其妙的病，打扫灰尘时神态不自然，动作也与平常不同，像是被人控制了一样。徐家人以为她中了邪，找人驱邪却无用。后来大家偷偷观察她的一举一动，却在无意中看见这个婢女常用的扫帚从壁角出来，自己快步走到了婢女的床下。于是徐家人恍然大悟，原来是扫帚成了精附到了婢女身上，才使她一举一动变得怪异。既然知道了缘故，徐家人就把这个成了精的扫帚拿出来烧了，婢女的病也就好了。

《幽明录》中也有一个故事，说的是江淮一个妇人，为人性情贪婪，有各种欲望。但她又不愿意面对现实，不肯放弃自己的想象，整日沉浸在幻想之中。一日清晨起来，她看见屋后有两个小孩，穿着干净华丽，就像宫中的官吏一般。妇人心生喜爱，想把他们抱起来，没想到还没等她走近，两个小孩忽然变成扫帚，正是她原本放置在后院的两把扫帚。妇人的幻想又一次落空，一怒之下也把扫帚烧了。

古人对付成了精怪的器物，最直截了当的办法就是一把火烧了，尤其是扫帚怪，本体大部分是竹子和草做的，火烧最为一劳永逸，不过也有逃过一劫的。

唐朝时上都有一个能讲解《仁王经》的僧人，法号太琮。他小有名气，不少地方都请他去讲经说法。开元初年，太琮僧人到奉先县京遥村去讲经，就住在村寺里，在那里住了整整两年。两年后的一日，他拿着化缘用的钵子出门，没想到关门之后，竟然听见一阵咕咚咚的响声，有个东西掉到了屋檐下。当时刚刚拂晓，天色晦暗不明，僧人靠近一看，掉下来的居然是一个初生的孩子。那包孩子的襁褓很新，不像寻常人家所用。僧人非常惊异，又不知是谁家丢了孩子，心生慈悲，抱着孩子走进村里，想招呼人家暂时照顾。他走了五六里地，忽然觉得怀中的襁褓变得越来越轻，打开一看，哪里还有什么孩子，原来是一把破扫帚。

扫帚故意变成孩子，可能只是想戏弄僧人。僧人慈悲为怀，并没有跟它计较，这个扫帚怪，也就此逃过了葬身火海的命运。

十二　衣服精

日本的妖怪故事中有襟立衣成精之说。襟立衣是佛教大长老的和服变成的一个妖怪，长得仍然像袈裟，但是已经有了鼻子、眼睛和胡须。当然，中国古时也有衣物成精的，精怪形态也高级得多。

姚司马是邠州的一个官员，家中府邸紧临着一条小溪。他家有两个女儿，经常在溪水中垂钓，不过没有钓上过鱼。姚司马以为孩子游戏，不曾放在心上。

不过有一次，两个女儿钓鱼时，竟然各自钓上了一件异物，一个像鳣而有毛，一个像鳖却长着腮。姚家的人觉得这两个东西稀奇，就养在了家中的水盆里。没想到过了一夜，两个女儿就像中了邪一样，变得精神恍惚，神态诡异。此后每到晚上，两个女儿就彻夜点燃蜡烛，对坐嬉戏，或者穿针引线，染布织衣，从不休息，可也没见她们真的做出什么东西来。

家里人拿她们一点办法都没有，都快急疯了。过了半年，两个女孩子的病越来越严重。一大晚上，家人正坐在灯下数钱，忽然看见两只小手从灯影下伸出来，大声说："请给我一个钱！"

姚家人吓了一大跳，以为是妖物作祟。有胆子大的，当即就开口叱骂妖孽，但是他们随后又听见那声音说：“我是你家女婿，你们竟然对我无礼？！”

家人再问时，得知所谓的“女婿”有两个：一个自称乌郎，一个自称黄郎。此后这两个“女婿”的声音和影子经常出现在家中，和家人玩笑，姚家人被迫接受了这个诡异的现实。

巧合的是，姚司马有位故交好友名叫杨元卿，他此时恰好也来到了邠州。杨元卿得知了姚家的怪事后，主动请缨替他们解决。杨元卿为他们请来了上都一个名讳“瞻”的高僧。高僧法力高强，能通鬼神，他常念经驱除邪魅，多有成效。

来到姚家后，高僧以灯作为标记，用绳画出界限，又结了佛印，召唤出飞剑。这一番做法下来，看得其他人目瞪口呆。随后高僧又在界外摆设了血食祭酒，就等着妖物上门。

当天晚上，有一个像牛一样的怪物悄然出现在姚家，将鼻子放在了酒上。还没等它享用盆中美酒，高僧就举着剑大叱一声，极力刺向怪物。这怪物被剑刺中居然没死，匆忙逃走，但是身上的血已经流了一地。高僧带人循着血迹寻找怪物的踪迹，一路追到了后屋的墙角下，众人看见有一个像黑色皮囊的东西，大小可以包住一个筐子，此刻正不停喘息，显然受伤不轻，这怪物，应该就是乌郎。

高僧让人把它烧了，燃烧时散发出的臭气足足飘出了十余里，不过烧了这东西后，姚家的一个女儿就痊愈了。但是从此以后，每逢风雨之夜，姚家人总能听到门外传来啾啾的声音，不知道是不是乌郎身死心不死的缘故。

至于另一个女儿，还是像从前一般病着。高僧站在她面前，举起伐折罗神像怒斥妖孽。这个女儿吓得连连叩首求饶，高僧看见她的衣襟上有个黑色袋子不同寻常，就让婢女解下来查看，发现这是一个叫作“龠”的乐器。高僧又让人搜查了她的衣物用品，发现了一个筐，里面全是死人治丧时所穿的衣服，颜色只有黄色与黑色两种。

高僧瞻于是判定，姚家的怪事，都是这些丧衣成精做出来的。姚家两个女儿当日垂钓带回来的怪物，也是丧衣所变。

这些衣物成精，险些害了姚家女儿的性命，姚司马又恨又怒，当下就烧了它们。然而烧死了衣物精后，姚家女儿手臂上竟然肿起了一个大包，高僧用针刺破了肿起之处，放了几次血后，姚家女儿也就痊愈了。姚家人从此对高僧瞻感激不尽，对于丧衣，就更加没有好感了。

十三 盟器精

盟器是古代随葬品的统称，这些埋在地下的器物，更容易成精作怪。盟器精各式各样，遇到盟器作怪的人也不少。

南阳有个人叫张不疑，唐文宗开成四年的时候，他参加科举考试，因为文才出众被录取，被任命为秘书官。做官以后，他遍访京城的大臣，求他们照应。这样挨家挨户拜访过去，张不疑不禁感慨豪门阔富，而自己家中人丁凋零，于是萌生了买一个婢女的念头。

张不疑要买婢女的消息传出去后，很快就有不少人上门来推荐人选给他，张不疑挨个看过去，嫌弃这些人容貌不美。过了约一个月，有专做奴仆买卖的牙行中人来跟他说，有人卖婢女，面貌姣好，请他去看看。张不疑欣然答应，第二天就去了。

到了对方家里，主人是个身穿红袍手拿牙笏的人，自称是前浙西胡司马。这位胡司马请张不疑坐下，与他交谈起来。两人聊了一会儿，觉得彼此性情相投，均有相识恨晚之感。

胡司马说：“我年轻时本欲在考场上成名，只因一个本家出使南海，承蒙他提携了几年。记得当时在南岭，偶然间得了三十几名婢仆，一路从浙东到南荆，或卖或送，如今只剩下六七人了。听说您新入官场，欲买婢女照顾起居，就冒昧请您来看看。”

说罢就有一个婢女捧酒上来摆在宾主二人面前，顿时酒香扑鼻。张不疑信奉道教，平时戒酒戒荤，但是今日与胡司马谈笑甚欢，不忍驳他盛情，就破例喝了几杯。

胡司马将家中的六七个婢女叫来，让她们并排站在厅上，对张不疑说：“请您随便选。”

张不疑家底不丰，望着这些千娇百媚的婢女，有些羞赧地说：“我囊中羞涩，如今只有六七万贯钱用来买人，您就按此价钱挑一个给我吧！”

“我家卖婢女价格确实有差异，”胡司马点了点头，指着一个戴着两只耳环的婢女说：“您看这个如何？她叫春条，正值你所说的价钱。”

张不疑一看，正是自己一眼相中的那个，当即就付钱签了契约。

春条识文断字，说话时声音清脆婉转，对张不疑温柔体贴。她还聪明好学，短短一个月就可以作几首小诗，并将自己的诗作题在窗上：“幽室锁妖艳，无人兰蕙芳。春风三十载，不尽罗衣香。”

张不疑被春条的才貌深深倾倒，不过两个月，两人便已缱绻情深。

因为张不疑信道，常去道观中礼拜。有一日他去旻天观拜见自己的师父，没想到师父一见到他就说：“你身上有很多邪气啊！”

邪气？张不疑丈二和尚摸不着头脑，不知道怎样回答。

于是道长又问他：“你最近是否有娶妻纳妾？”

张不疑想了想，回答说：“娶妻纳妾倒没有，家中不过采买了一个婢女。”

道长点头感叹：“这就是了，你的灾祸也因此而起。”

张不疑害怕起来，问师父有没有解决的办法。道长说：“明天早上我去你们家，不要让新来的婢女知道。”

张不疑答应了，却仍然不觉得这件事和春条有关。

第二日清晨，道长果然来了张不疑家，对他说：“你且将那个妖物叫出来。”

张不疑没办法，只能让春条出来。没想到春条却不肯出来见道长，躲在屏风后哭泣不已。张不疑心疼春条，又怀疑道长说的话，两难之间不知怎样才好。屋外的道长似乎已经算到了这一切，冷笑着说：“果然是妖物！”

道长也不管张不疑怎么做了，自己走进屋焚香施法，向东喷水三次，然后对正在发愣的张不疑说：“你现在去看看她究竟是什么样子。”

张不疑看了春条一眼，纳闷地说：“还是原来的模样，不过身材短小了几寸。”

道长心知自己施法没有完全奏效，又向门上喷水三次，然后对张不疑说：“你再去看看她怎么样了。”

张不疑掀开屏风一看，春条只剩一尺多高，站在那里僵立不动。他再上前走近，只见春条扑的一声倒在地上，变成一个已经腐朽了的陪葬器皿，背后刻着两个字“春条”。而她身上原本穿的衣服，也已脱落在一旁。张不疑非常吃惊，抬头望着道长说不出话来。

道长说：“这妖物的腰部已经长合但有异处，你拿刀砍一下试试。”

张不疑一刀砍下去，果然看见腰部浸出血来。

他十分后怕，按道长的吩咐将妖物烧了。道长又说：“倘若她使血遍布全身，那你们一家人就注定被她害了！”

此事过后，张不疑深悔自己贪图女色而给家人招致灾祸，又深恨自己有眼无珠，认不出眼前女子是陪葬器物所变。每次想到这件事，他就怅然若失。郁郁寡欢了很久之后，张不疑终于生了病，只能告假回家。

但是随后不久，他们家果然接二连三地倒霉。先是第二年张不疑被征召到江南，出使淮南的途中又被免职，隔年八月他就病逝了。随后，他的母亲也逝世。道长的话果然一一应验。

以上是记载在《博异志》中的一个故事，在《玄怪录》中，另一个遇到过盟器作怪的人是岑顺。

唐代宝应元年，汝南人岑顺博学多才，亦精通兵法韬略。奈何他家境清贫，旅居陕州时，穷得没有房子住。当时他的外祖父吕氏有座宅院，已经荒废多年，岑顺想要搬进去住，却遭到旁人劝阻，说是此宅中有妖怪作乱，人住进去必定有性命之忧。但是岑顺却毫无顾忌，坚持住了进去。

过了一年多，岑顺发觉此宅的怪异之处是夜间时常有怪声传出，就像是战场上战鼓轰鸣作响那样激烈。岑顺并没有想到精怪身上，反而觉得是个好兆头。他暗中祈祷说："如果真有神明助我，请告诉我何时我才能发达。"

几日之后，岑顺夜晚梦见身披甲胄的人对他说："金象将军派我告诉岑先生，军队守城难免喧哗吵闹，您不以为忤反而赞美我等，我们怎敢不听您的命令呢？现在敌国犯境，不知您是否愿意屈尊率领我等？"

岑顺苦于久学兵法而无用武之地，见有人求他，也不管三七二十一就答应了。那人离开后，岑顺忽然就醒了，得知适才所见都是梦境，却若有所思地坐在那里，仔细想着这个梦的征兆。

忽然间鼓角声四起，岑顺一惊，低头看地面，不知何时地上忽然出现了几百名骑兵，飞奔往左右两边布阵。这些人全都只有几寸高，却穿着铠甲手拿武器，如同真人一般。岑顺现在知道是真有精怪作乱了，不过他生性胆大，见它们并无恶意，倒是真的在打仗，于是像看戏一样，气定神闲地看起来。

没过一会儿就有小卒来送战书说："这是金象将军传下的作战檄文。"

岑顺接过来，看见檄文中大肆赞颂自己的能力，求自己领兵征战。岑顺答应了，竟然真的筹谋起御敌的策略。到了后半夜，四面八方都响起了鼓角争鸣的声音，两方人马一方自称天那军，一方自称金象军，打得如火如荼，炮石箭矢混杂交锋。岑顺指挥金象军作战，不一会儿，天那军大败，士卒溃逃四散，金象军军威大振，收集了战场上的甲兵、车辆等。

后来双方又交战了几次，各有胜负。金象军的大王十分厚道，说这几次金象军得胜，全仰仗岑先生的指挥，于是送给了岑顺无数金银珠宝，又摆出山珍海味请他吃酒。

岑顺得意扬扬，感觉自己在此到达了人生的巅峰，索性也不再与宅外的亲戚朋友来往，闲暇时间也不出门。

他家中的人认为他很奇怪，行为诡异不说，整个人都变得面色憔悴，像是被鬼气迷住了。家人问他缘故，他也不说。家人只得想了一个主意：灌醉了他以后再问。果然岑顺酒后吐真言，将宅中一番经历如实讲了出来。

家人听后，求教了高人，趁岑顺不在的时候拿锹镐挖掘他的房内。挖到八九尺深的时候，地面忽然陷落成坑，里面赫然是一座古坟。坟中有许多陪葬器物，包括几百套铠甲头盔，还有排满车马的游戏棋盘，都是金铜做成的。

于是家人就明白了岑顺所说的夜夜金戈铁马的景象，都是这些陪葬品成精变出来的。岑家人将这些东西都烧了，又填平了古坟，果然岑顺也清醒过来，宅中再也没有发生过类似的事情。

十四 钟鼎怪

唐代开元年间，清江郡一个务农的老头正在田间放牛，忽然听到地下传出一种怪异的声音，老头和几个牧童都吓得跑开了。没想到老头回去后就生起病来，连续发热十几天后，病情才有好转。

奇怪的是，他梦见一位穿着青色短衣的男子对他说："把我搬到开元观去！"

老头从梦中惊醒，但是不知这是什么意思。

后来过了几天，老头病好后，又下田放牛，结果再次听到了那怪异的声音。这回老头不敢大意，将这件事报告给郡守。哪知郡守根本不肯相信他的话，斥责他说："这难道不是胡说八道吗？！"说完就让人把他赶出去了。

这天晚上，老头又梦见穿青色短衣的男子告诉他说："我在地下很久了，你赶快把我放出来，不然我就让你生病！"

老头特别害怕，天亮后，他叫上儿子一起来到郡南，找到发出声音的那块田地向下挖。大约挖了一丈深时，两人挖出一口青铜铸成的大钟。

这回有了实证，老头又去见郡守，郡守也不得不相信他的话，派人将大钟送往开元观。

当天辰时，没人敲这钟，它自己却响了，声音特别响亮，整个清江郡的人都听见了。人们都说这口奇异的钟是天降祥兆，郡守将此事禀报给了朝廷。于是唐玄宗让宰相李林甫去画下钟的样子，告示全天下。

其实哪有什么天降祥瑞呢，不过是一口年深日久成了精的青铜钟而已。

除了钟，鼎也能作怪。

太常官中有一个姓韦的协律郎，管理音律，是个文雅的人，但是他有个哥哥与他性子相反，为人勇猛，常说自己平生没有惧怕的事物，每每听说哪里有宅第闹鬼，就一定要夜宿那里。

协律郎偶然将自己哥哥的事情讲给同僚听，同僚中就有一个人想试试他哥哥是否真如传言中勇敢。此人听说延康东北有个凶宅，里面时常有妖怪出没，就建议协律郎的哥哥去那里过夜。

周围的人听了都跟着起哄，真的簇拥着韦兄往凶宅去了，还给他准备了酒肉，等到天黑，其他人全部离开，就只剩韦兄一人留在那里。韦兄因为喝了酒身上发热，便脱了衣物，袒露着身体睡下，半夜时分才醒。

韦兄一睁眼，就看见一个一尺多高、身短腿长的小男孩，正循着台阶爬上来。小男孩肤色黝黑，不知道是从哪里冒出来的。韦兄惊讶之间，这个小男孩已经来到他面前，问他道："躺着的坏东西，是来看我的吗？"

躺着的坏东西？听到小男孩对自己的称呼，韦兄又好笑又好气，没有搭理他。

小男孩于是绕着床走，不一会儿，竟然爬上了韦兄的床。韦兄只觉得有一双小脚慢慢搭到了他腿上，像触碰到铁一样透心凉。那小男孩爬得很慢，等他渐渐爬到韦兄的肚子上时，韦兄急忙抓住了他。

他坐起来一看，小男孩变成了一个古代的铁鼎，鼎已经缺了一足，所以化成人才行动缓慢。韦兄用衣带将铁鼎系在床脚上，安心睡了，一夜都没有妖物打扰。

第二天清晨，众人来看望韦兄，他详细地向大家讲述了昨夜的事。大家用铁杵砸碎了那鼎，只见碎裂的铁片上微微透出血色。从此，再也无人敢质疑协律郎的哥哥了，都说他不但勇猛，还有除妖驱邪的本事。

十五 器吟诗

器物成精各具特色，唐代宝应年间一个叫元无有的人，就曾一次见到四个不同器物变成的精怪。

元无有是个不折不扣的驴友，经常在仲春时节独自一人出去郊游。有一次他玩得晚了，回来时恰逢风雨大作，郊野荒凉罕有人迹，元无有为了避雨，就躲进了路旁一座废弃的宅子里。

过了一会儿风雨渐止，但是夜已经深了，此时再回去也不方便，元无有于是想在废宅中休息一晚再走。此时屋外月华如练，清风习习，元无有歇在北屋中，看着外面青天朗月的夜景，感觉十分惬意。

过了片刻，元无有小憩时，忽然听见西廊上传来一阵脚步声。没想到夜深人静之时，竟然有另外四个人也进了这座废宅。元无有起了好奇心，就悄悄地向他们看过去。

四个人均穿着奇装异服，也不管宅内有没有人，进来就有说有笑地高谈阔论起来。他们先是谈论了一番风月，后又笑说今夜风光似秋夜，不如题诗以记述自己的生平。这四人兴致很高，竟然真的作起诗来。

其中一个戴着帽子、个头极高的人吟诗道："齐纨鲁缟如霜雪，寥亮高声为子发。"

另一个穿着黑衣、身材矮小、面目丑陋的人接着吟诵："嘉宾良会清夜时，辉煌灯烛我能持。"

第三个人生得更不好看，穿着怪异的黄色衣冠，也念了两句诗："清冷之泉俟朝汲，桑绠相牵常出入。"

最后一个着黑衣的小个子收尾："爨薪贮水常煎熬，充它口腹我为劳。"

元无有品味着这些人的诗句，一时半会儿倒没听出来他们的弦外之意。但他也是风雅之人，见这些人在深夜野宅之中联诗唱和，也未有诡异之感。而那四个怪人，早已发觉了躲在暗处偷听的元无有，但是他们毫不介意，甚至不说破，只管自己吟诗，又互相品评赏鉴，表扬对方文采斐然，即使是阮籍的《咏怀》也比不上。

这些人整整说了一个晚上，到了天明时分，四人则说各自回家，屋内的声音一下子就消失了。元无有这才觉得奇怪，未曾听到脚步声，怎么这些人就走了？等他进屋去查看时，没有发现有人活动的痕迹，倒是在墙角处发现了四样物件，分别是旧杵、烛台、水桶、破锅。

元无有想来想去，终于想明白，原来昨夜吟诗聊天的四人，就是这四个东西幻化的。他再念四人所作的诗句时，发现他们诗中描述的，也的确就是他们自己。元无有这才生出一丝后怕来，慌忙逃离了这座废宅。

十六 瓦夫妻

瓦片变成精怪后，不但以普通人类的模样藏匿在人群中作祟，还品性非常恶劣，时常偷走人们的财物。

《通幽录》中有个故事，说的是一块成了精的瓦片，如何整蛊人的。

李哲是唐朝贞元年间常州的录事参军，贞元四年的时候，他住在丹阳县东郭。李家的庄园距离县城有五里远，某段时间内，家中出了一件怪事。

白天的时候，李家无缘无故着了火。人们将火扑灭后，发现地上有一尺多宽的麻鞋脚印，李家人就认为是有盗贼潜入故意放火的，但是他们怎么也查不出线索。

十天之内，这样的事情发生了好几次，莫名其妙起火，但是火势不大，很容易扑灭。李家人抓不住纵火的人，猜测也许不是人为，而是妖怪作祟。后来家中又时不时丢失衣物，李家人更加害怕。

李家有一位叫阿万的乳母，都说她能通鬼神。她称自己时常看见一位男子，跟着她进进出出。此人有时做胡人打扮，胡须很重，穿戴着红紫相间的羊皮袄貂皮帽，倏地闪出来，又忽然消失。家人听了她的话，心惊不已。

李哲晚上在阁楼上读《春秋》，正巧阿万看见胡人偷了一卷书，就跑去向李哲报告。李哲查看书箱，确实少了一卷。于是他就祭祝祷告，祈求神明将被偷的书送回来。没过多久，那卷书又回到书箱里。目睹了这一切后，李哲害怕极了。他起身踱步到院子里，看见院中竹影森森，觉得阴森可怖，又想起鬼怪可以栖息在竹子上，就和家人暗中商议，要把竹林砍去，在家中栽种桃树，以桃木辟邪。

这个想法本是机密，但是不知怎地传了出去。某一天李哲在院子里拾到一封信，信上说："听说你想砍竹种桃，眼下州中粮食正便宜，一船竹子可以换一船粮，希望你赶快行动。"

信纸不过几寸见方，字迹也不工整。

李哲叹息，自己的想法到底还是被妖怪知道了。而他的两个侄子李士温、李士儒都是性情勇猛之辈，不惧鬼神，常常骂这妖物。妖怪当然也不会任由着他们骂，于是这兄弟俩的房中经常发生怪事，不是丢了帽子，就是丢了鞋。但是当他们祝祷一番后，丢失的东西便又回来了。同时还附有妖怪的书信一封，信中说："惟圣罔念作狂，惟狂克念作圣。"意思是圣人如果没有了"念"就会变成狂人，狂人如果能够克制"念"就能变成圣人，看来这妖怪还是个读过书的守礼之辈。

这第二封信后的署名是墨荻君。

李家人和妖怪交锋了几次，却仍然没搞清楚这妖怪的来历。

又过了十天，邻居偷走李哲的狗杀吃了。事发后，李家人又收到了一封信，上面写着："里仁为美。择不处仁，焉得智？"

这是《论语》中的话，意思是："居住在有仁德的地方才是好的。选择住处不住在有仁德的地方，那怎么能说是聪明智慧呢？"

这妖怪是变着法子骂李家人，李家人气得要死，却抓不住妖怪。

几十天之后，李家丢失的东西越来越多，而妖怪又送来一封书信，说：“刘长卿诗曰：‘直氏偷金枉，君谓我为盗。’今既得盗，如之何？”

一句话写尽妖怪的得意扬扬。但是这妖怪却没想到这次它彻底激怒了李家人，李士温、李士儒发誓要抓住它。

夏日的一个傍晚，李士温背着灯光醉卧在床上，假装熟睡。有一个男子从门外走了进来，他似乎并不怕屋中的人，直接走到了灯下。没想到李士温等的就是这一刻，等他走近，忽然跳起来捉他，果然就捉到了。这时候灯灭了，李士温在黑暗中尽力攥住这人，过了一会儿，他听到房中有一种喀喀的声音传来。等到仆人再次点燃灯烛时，李士温看见此人在他手中渐渐变成一块瓦，瓦的背面画有眉眼，身上有用纸做的头巾，穿了一件小孩衣裳，又用妇人的帔帛，将头缠了几圈。

一切水落石出，原来李家的种种怪事，都是这块成了精的破瓦片干的。李家人为了消心头之恨，就把这块瓦钉到了柱子上，然后把它打碎了。

但是故事到此还没结束。

妖怪死了，自然也有亲眷来给它吊丧哭灵。

几日之后，有个妇人穿着丧服在园子里哭，说李家人杀了她的丈夫。这妇人还留书说她定要报复李家人。

于是李家又生出了怪象，妇人常常偷拿别人的衣物挂在树上，又把大的器物套在小的器物上，损坏了不少日常用品，彻底打乱了李家人的生活节奏，令全家人苦不堪言。

过了几日，李士儒在掌灯时分看见一位妇人进来，在灯下嬉戏，立刻跳起捉住了妇人。他与妇人厮打了一番，发现妇人也化成了一块穿着衣服的瓦片。

这瓦片应该就是之前那块瓦片的妻子，李家人将其摔成了粉末。但是没想到第二日，家中依旧传出诡异的哭声，就不知道是瓦片怪的哪个亲眷来寻仇了。

因为家宅不宁，李家暗中想要搬家到别处去，没想到又收到一封信说：“听说你要搬家，我已经先搬到那个地方了。”

见这妖怪真的纠缠上了自家，李家人不得不请来隐士韦士昌驱妖。

韦士昌将符放到瓦楞间，用来镇压鬼魅。然而又收到妖怪的来信，嘲讽他说：“符是最神圣的东西，你把它放到屋顶上，不是太不尊重你的符咒了吗？”

韦士昌无能为力。李家人听说淮楚一带有一个姓卫的年轻人，对咒术颇有研究，又请他来帮忙。

姓卫的来了以后，妖怪非常害怕，来的次数也少了。于是姓卫的设了道场，以招引妖鬼。他在坛中放了一只箱子，隔了一段时间再看时，箱中多了一封书信，上面列着妖怪自李家偷去的东西，并说若干东西已经卖出去了，得了若干钱，买了果子和梳子等，其余的东西全数奉还。李家人查验那些东西，发现都已经在箱子里了，唯独少了一口锅。妖怪也在信上说这锅确实不是它拿的，请李家人去水边看看。当然，妖怪在信的最后承诺，它从此会离开李家，再也不为难李家人了。

李家人后来果然在河里找到了以前丢失的锅，也就相信了妖怪的话。这妖怪确实再也没来过李家，但是瓦片怪仍然让他们心有余悸。虽然没有搬家，不过李家人每次抬头看房顶瓦片时，脸色总要变几分。

十七 木人猿

木人猿，顾名思义，就是木头做的人变成了猿猴，听起来很玄乎。这件事的起因要从长安街市上的一个僧人说起。

唐玄宗年间，都城长安不知何时来了一个穷和尚，牵着一只小猿猴沿街叫卖。每每遇到人，便说贫僧路经宝地，衣食无继，仅有随身一猴，供路人消遣。

过往的行人见他衣衫褴褛，面色憔悴，倒真是名副其实的“贫僧”。有人觉得和尚可怜，就问他这小猿猴有何妙处。和尚说小猿猴颇有慧根，听得懂人说话，可以帮人做事，让它干什么，它就干什么。

路人围观着小猿猴，时不时被它抓耳挠腮的滑稽动作逗乐，又吩咐它做事，猿猴果然灵慧，人们一说它就明白了。众人纷纷称赞灵猴，不过却没有人肯出钱买。和尚在街上卖了几天，这只猿猴仍然没有卖出去。

但是和尚和猿猴的名气已经传出去了，虢国夫人的仆从也将此事当趣闻来闲话，很快就传到了虢国夫人耳中。作为杨贵妃的姐姐，虢国夫人是当时炙手可热的权贵之一，她听说了这件事，就命人将和尚请到自己的府中。没多久，一人一猴就到了虢国夫人府。

那猿猴不断打量府中景致，眼露精光。虢国夫人见了，以为是猿猴羡慕自家繁华富丽，便问起和尚猿猴的来历。

和尚则回答说："贫僧本来住在西蜀，在山中住了二十多年。有一次偶然见一群猿猴路过，不知为何丢下了这小猴。贫僧见它可怜，就收养了它。不过半年光景，这小猴就听懂了人话，又识人眼色，让它做事，没有做不好的，甚是乖巧伶俐，就和贫僧的小徒弟没什么两样。奈何贫僧初来长安，钱财用尽，既养不活自己，也养不活小猴，只能忍痛割爱，为小猴谋个生路。"

和尚一番话，说得声泪俱下，虢国夫人听了也不禁动容。她这种贵妇人，闲时最爱这些杂耍把戏，又见小猿猴确实可爱，就动了留下它的心思，便问道："若我愿意买下这猴儿，您当真答应？"

和尚点头说："出家人不打诳语。"

虢国夫人高兴起来，给了和尚丝帛钱财，将猿猴留了下来。

从此那小猴就长伴在虢国夫人身边，夫人日常起居、出门做客都带着它。小猴也经常做出古灵精怪的动作给夫人逗趣，夫人府中上上下下都喜欢这小猴。

过了约莫半年，杨贵妃送给夫人一株灵芝草。那灵芝草外形生得神异，夫人就唤了小猴与她一同赏玩。没想到小猴见了灵芝以后，不住地抓耳挠腮，竟然慢慢倒在地上，变成了一个年方十四五岁的男孩。

那男孩长得眉清目秀，只看面相便惹人怜爱。小猴突然变成了人，一屋子人都感到诧异。虢国夫人素来胆子大，开口斥道："你是哪里来的妖孽？"

男孩忙作揖讨饶，向夫人连连求情："夫人莫怪，待我一一说来。"

"你说来听听。"

男孩解释说：“这件事说来话长了。我原本姓袁，六七岁时跟着父亲进山采药，在山中住了三年。父亲常给我试吃一些山中的草药，没想到有一天我竟然长出毛发变成了猿猴。父亲害怕，就把我扔了。我自己走不出去，就在山中跟着猴群过活，它们吃果子，我也吃，它们爬树，我也跟着爬。但我终非畜生，时间久了，猴群察觉出我并非它们的同类，也将我赶了出来。后来我在山中遇到了那和尚，他见我机灵，就收养了我，将我带到了长安。后来的事情，夫人也都知道了。我做猿猴时虽然不能说话，但是从前的事情却一点都没有忘记。蒙夫人不弃收留我，又对我照顾有加，我心中非常感激，只恨自己不能说出来。每到深夜，我只能独自哭泣，感慨自己命运不好。没想到今日见了灵芝竟然恢复了人身，这都是夫人的恩德。”

说到这里，男孩已经泪流满面。虢国夫人听了他的遭遇，暗暗称奇。又见他被亲生父亲拿来试药，沦落成猿猴，遭人嫌弃，身世畸零，实在可怜，就决定收留他。当然，夫人见男孩生得美貌，心中也存了一段不可告人的心思。

自此恢复人身的小猴，仍旧伴在夫人身边，不过在府中的待遇却提高了好几个等级。锦衣玉食，仆从环绕，和富贵人家之子没什么两样。关于他的身世和经历，夫人一直保密，也不让府中的人说出去。

不知不觉又过了三年，男孩越长越美，面如冠玉，唇若搽脂，府中人私下都说他有潘安之貌。就连宫中的杨贵妃见过他后，也不禁屡屡回望。虢国夫人甚爱他，怕这美少年被人觊觎，就不让他出门，只将他关在自己府中的一间小屋里，夜夜与他鱼水交欢。

但是少年被关的时间久了，也变得怏怏不乐起来。虢国夫人为了哄他开心，就派了一名婢女伺候他的饮食起居，顺便陪他说话解闷。

这少年喜好吃各种药物，婢女就常送药给他。没想到有一天，在没有任何征兆的情况下，少年和婢女一起变成了猿猴，两只猴子在小小的房间内上窜下跳，哇哇直叫。

府中的人都吓坏了，跑去将此事报告给虢国夫人。夫人听后担心妖怪作乱，也不管那美貌少年或者猿猴是不是自己心头好了，当下命令弓弩手乱箭齐发，将两只猿猴都射死了。

等屋内动静平息后，虢国夫人带人进去看时，发现躺在地上血泊中的一个是婢女，另一个既不是猿猴，也不是少年，而是一个雕刻精致、栩栩如生的木头人。

这个记载在《潇湘录》中的故事到此完结。但是仔细回想，木头人固然是骗了虢国夫人，但是那个和尚和它到底是什么关系，却没有交代。是木头人化作猿猴骗和尚带它来长安，还是和尚身怀异术，做了这个木头人出来骗人钱财？真相究竟如何，随着和尚远遁、木猿身死，就没有人知道了。至于虢国夫人贪恋美色，数年来宠幸一个妖怪，想必她回想起这段不堪的往事时，心中也悔之不及。

十八 骨美人

白骨美人，就是白骨变成的美人，也就是我们耳熟能详的白骨精。有这般艳遇的人，也不独《西游记》中的唐僧师徒。

金友章的生年已不可考，大概生活在隋唐之际。他虽然有才华，却未曾投身官场，而是选择在蒲州的中条山中隐居，读书耕种，逍遥度日。

这样的日子过了五年，某一日金友章下田时，无意中在一条溪边看到了一位美貌女子在打水。山中人迹罕至，怎么会有这样的女子呢？金友章留了心，日日观察，发现女子经常带着罐子来打水，似乎住处也离他家不远。

金友章时常远望着那女子的倩影，渐渐生了爱慕之心。

一日，女子又来打水，金友章再也忍不住，开门出去，走到她身边搭话说："这是哪里来的美人，打水如此勤快？"

女子抬头，笑着对金友章说："溪涧流水，本来就没有主人，我需要就来取，难道还要定时限吗？我与你素不相识，你怎么如此造次！"

金友章被心仪的美人一顿数落，面色窘迫，喃喃着说不出话来。

女子又说："我家住在附近，父母早逝，现在暂且借住在姨母家里，可怜我命苦，生活艰难，也没有归宿。"女子说到这里，已经忍不住落下泪来。

金友章一听忙说："既然姑娘没有嫁人，我也未曾婚配，姑娘与我岂不是天造地设的一对？不知姑娘是否愿意将终身托付于我？"

女子动容了，含泪答应："先生既然不嫌弃我容貌丑陋，我怎么能拒绝呢？不过要等到晚上，我才能来见先生。"

说完，女子打好水离开。金友章夙愿得偿，兴高采烈地回家，就等着美人晚上来与他成就好事。人高兴的时候就容易犯糊涂，他偏偏没有想过，为何这女子只能晚上来。

这天晚上，女子果然来了金家。金友章将她迎到屋里，便趁着良辰吉夜与她做了夫妻。

此后，夫妻二人相敬相爱，日子过得蜜里调油一般。金友章夜晚读书，妻子就陪在他身边，红袖添香，羡煞旁人。

如此过了半年，一天晚上，金友章照常捧卷夜读，妻子却不像往常一样坐在他身边，只伫立在那里服侍他。金友章问妻子怎么了，妻子不肯正面回答，推脱说起别的事情。

金友章心疼娇妻，让她早点休息。妻子却说："你今晚回房的时候，千万不要拿蜡烛，这就是我的万幸了。"

然而金友章却不以为意，他读完书回房时，手中正好拿着灯烛。没想到他一看床上，躺着的妻子不是平日里的佳人，却是一具枯骨。

金友章惊呆了，没想到平日听到的志怪闲谈中的故事，竟然落到了自己的头上。他倒不害怕，惋惜嗟叹了好长时间，又用被子盖住了枯骨。

片刻之后，枯骨又变成了美人，对金友章哭诉："是妾身骗了先生！我本不是人，是山南的枯骨精。那边有个叫恒明王的鬼王，这山中精怪平常每月都要朝见它一次，受它驱使。妾身自从嫁给先生，已经半年都没到它那里去了。刚才那鬼王遣人来将我捉去，打了我一百铁棍。我遭受了这样的毒打，是以刚才没有变成人形，没想到就让先生看到了！是妾身与先生缘分到头，先生早点离开此地吧，不要留恋山中的日子了。这山里边，多的是精怪鬼魅，恐怕对你有害。”

白骨美人哽咽着说完这些话后，就消失不见了。金友章再也寻不到妻子的踪迹，悲伤不已，含恨离开了这座山。

这个《集异记》中的白骨精与《西游记》中的不同，不但没有害人之心，反而与人产生了真感情，最后为了保全金友章而劝他离开。两情相悦却人妖殊途，是中国精怪故事中典型的悲剧范本。

十九　火成妖

从严格意义上来说，火并非器物。但是作为与器物相伴相生的一种现象，火也能化为精怪。

火妖的故事见于《芝田录》。

贾耽是唐朝中期的宰相，历经唐朝玄、肃、代、德、顺、宪宗六朝，是当时的名臣。他非常喜爱读书，通典籍能诗书，尤其擅长地理学，著有《海内华夷图》。此外，贾耽还精通医卜星象，堪称一代奇人。

有一日，贾耽下朝回到自己的府邸，看了看天空，忽然脸色一变，急忙下令召东城门的守卫来，命令他们："明天正午，如果有肤色妆容奇异的人要进城，你们必须拦住，不但不能让他们进来，而且最好打死他们。都听到了吗？"

守卫面面相觑，不知道宰相大人葫芦里卖的什么药。"大人，这又是为何？"

贾耽挥了挥手，吩咐说："你们照我的话做就行了。"

守卫们知道贾耽素来有些异能，也许窥测到了什么天机也说不定，就按照他的吩咐做了。

到了第二日正午，他们从巳时等到午时，果然等来了两个尼姑。

这两个尼姑自东门百步远就一前一后相跟着走来，并没有异常之处。一直等她们走到门口，守卫们才看清两人长什么模样。只见这两个尼姑虽然去了发，做出家人打扮，但是脸上搽脂抹粉，姿容妖艳。守卫们又看见她们的外衣下露出的内衣衣襟是红色的，下身的衣物也是红色的，活像秦楼楚馆的娼妓一般。

天下哪有这样妖魅的女尼？

守卫们围着两个尼姑痛打，直打得她们头破血流，连声喊冤，转身就往回跑。守卫们追了出去，哪知道这娇媚的尼姑跑起来比马还快。他们追出了几百步远，只见城外花草掩映，树影森森，两个尼姑已经没了踪影。

追不到人，守卫们回来只能向宰相报告说，没有发现肤色奇异之人，只见到两个奇怪的尼姑，衣饰姿容十分反常。

贾耽听了忙问："你们打死那两人了吗？"

守卫们听他语气严肃，自知没将事情办好，战战兢兢地说："是我等失职，并未打死，只伤了她们的头和脚，让她们逃了。"

贾耽不由叹气："这下坏了，这两个妖孽定要报复，明日城中要有灾祸了。"

第二天，城中东市发生火灾，烧了成百上千人家，经过许多人扑救大火才熄灭。

原来贾耽早已算出那两个尼姑是火妖变化，要进城来害人的。二妖本性属火，所以身上的衣物才是红色的。可惜东门的守卫没能将贾耽的命令执行到位，反而激怒了火妖，引发了火灾。

火妖害人的事情，在别处也有发生。《祥异集验》中记载，唐穆宗长庆元年春天，楚州淮河岸边的屯官胡荣家中出了妖怪。他家人时常看见有妖精在家忽隐忽现，每每出现时，都变成一个小孩子，穿着女人的红色裙袄，袭击胡家人。

胡家人请人来捉妖，并不奏效。后来胡家发生了一场火灾，但是火势不大，烧毁的财物很少，很快就被扑灭了。但是三个月后，又发生了一场大火灾，火势蔓延到集市、军营、民房，许多人家的房屋财物被烧了个干干净净。这都是藏在胡家的火妖干的，这一年内，胡荣忧惧交加，最终也死了。

二十 虹化人

无论是在东方还是西方的神话体系中，彩虹作为一种自然现象，在很长一段时间里，都被视为超自然力量的存在。北欧神话中，彩虹是连接神域与人类的桥梁。在中国的志怪故事中，彩虹曾被认为是拥有双头、能喝水的怪物，有时也能幻化成人。

西汉时已故闽越王无诸的宫殿中有一棵大杉树，树干中间是空的，可以坐进去十余人，据说这棵树已经有数百年历史了。

三国时期越地有个人叫夏世隆，性情高洁不喜做官，时常到越王旧宫来凭吊闽越王。有一次正逢雨过天晴落日西坠之时，天空中出现了一道彩虹，七彩光芒，煞是好看。夏世隆抬头看去，突然看见彩虹的一端伸向宫池中饮水，并逐渐缩小，最后变成一个男子。

那男子穿着与彩虹同色的衣服，走进了大杉树内，许久都没有出来。夏世隆生平第一次见到这般奇异的景象，就叫了附近十几个孩子与他一同看。没想到他们走近杉树，竟然看见那个男子正被一条赤色大蟒紧紧缠绕。

众人害怕不敢靠近，夏世隆就带着小孩远远地向杉树投掷瓦砾石块。片刻后，他们听见树中发出像妇人哭声一样奇怪的声音。又过了一会儿，四周弥漫起大雾，所有人眼前都是模糊一片，什么也看不见，只能隐隐约约听到远处传来打雷的声音，过了一会儿，似乎有一条彩龙和一只赤色大鸟一起飞走了。

等到第二日天明时雾才散去，夏世隆再去杉树前查看时，只见树中有一张紫色蛇皮和一张无色蛟龙皮，他刚要伸手将这两样东西拿出来，树中就起了火，将杉树连同兽皮烧得干干净净。

还有一个虹化成人的故事。

陈济是庐陵巴丘人，在州中做州吏，时常住在官府，而他的妻子秦氏则住在乡下家中，与丈夫处于两地分居的状态。秦氏貌美，又独自一人守着家，难免引来旁人的觊觎。当时有个长得高大端正、喜欢穿红绿相间花纹袍子的男子看中了秦氏，趁着陈济不在家的时候来勾引她。秦氏耐不住寂寞，就与这男子厮混起来。

此后秦氏常与此人在山涧旁相会，但是两人一起睡觉时，却很难产生男女交合之感。

这样过了一年多，村里人也知道秦氏与人通奸之事，看到她时，难免指指点点。而且村里人发现，秦氏与那男子所到之处，总有彩虹出现。一日秦氏来到水边，那男子拿了金瓶取水给秦氏，秦氏喝后，回去就有了身孕，十月怀胎后生下了一个大胖小子。

后来陈济回家，秦氏害怕他看见这个孩子，就把儿子藏在室内的盆中。陈济毫无察觉，没过多久又回州中了。他走后，秦氏又继续与那男人在一起。但是秦氏担心自己的事情败露，就让那男人将孩子带走。

那个男人很为难，说："这孩子太小了，怎么能跟我走呢？"他不肯带孩子走，但是很疼爱这个孩子，亲自给孩子穿上衣服，将他包进一个红色的襁褓中。秦氏给孩子喂奶时，空中总飘起风雨，邻居常看见有彩虹落在她家院子里。

过了一段时间，那个男人终于将孩子带走了。他们走的那天，有人看见有两道彩虹从陈家蜿蜒伸向天空。

男人带孩子走后就没有了音讯，直到数年后的一日，秦氏到田中耕作时，看见两道彩虹伸入山涧，瞬间化作了一大一小两个人。她先是吓了一大跳，仔细看时，才发现大的是她从前的情夫，小的不必多说，自然就是她的儿子了。原来是那男人带儿子来探望母亲。秦氏知道了两人的真实身份，深感世事之奇，就此与父子俩断绝了往来。

上述故事中彩虹均化为男子，但是也有故事是化为美女的。

北魏孝明帝正光二年（521），一个叫阳万的樵夫在首阳山中砍柴时，看见一道彩虹伸入溪水中，后来渐渐变成一个女子，年龄约十六七岁。阳万倍感惊奇，问这女子是什么人，她也不说话。阳万不忍见一个弱女子流落在山林中，就把她带回家，又将此事告诉了别人。

当时的蒲津守将宇文显听说这件事后，就将这女子带至京城并报告给孝明帝。孝明帝听说天降虹女，顿时来了兴趣，将此女召入宫中。孝明帝问她的来历，不同于对阳万的冷漠，对着皇帝，女子老老实实回答说：“我是天女，不过暂时来到人间。”

孝明帝见她容貌美丽，想要纳她为妃。但是虹女却面露难色，不肯与孝明帝亲近。孝明帝一看她不肯就范，就下令宫人们将她抱住，强行将她送往寝宫。没想到此时四周突然响起钟磬乐声，虹女瞬间化作一道七色彩虹，飞上了天空。

在希腊神话中，也有彩虹女神之说，她是宙斯的使者。其实，虹化为女子，更加符合人们对彩虹之美的想象。

二十一 钱成精

金银铜钱作怪，听上去荒谬，但的确发生过。

北齐武平年间，安阳县城南有一户姓黄的人家，主人姑且称为黄氏。黄家祖辈代代积累产业，是有名的大富之家。黄氏很相信鬼神之说，动不动就请巫祝替他占卜吉凶。

某一日巫祝占卜过后，对黄氏说他家的财物有损失的先兆，应该好好防守，如果钱财流失，黄家很快就一无所有。

巫祝的一番话可吓坏了黄氏，他日日夜夜派人分别看守家中的金银钱财，生怕贼人偷盗。当夜，有一队穿着黄色衣服的人骑马从北门走出来；又有一队穿白衣的人骑马从西门走出来；最后是一队穿青衣的人骑马从东门走出来。三队人马若无其事地走在城中，还向人打听赵虞家距离此地有多远。

黄家的人当时都忘了巫祝的警告，等三队人马离开后，才想起家中财物的事情。等黄氏再去库房看时，库内早已空空如也。黄氏这才反应过来，走出去的黄、白、青衣三队人，就是他家的钱财。黄衣是金子，白衣是银子，青衣是铜钱。黄氏非常后悔，但是再去追赶已经来不及了，黄家就此败落下去。

很久以后，黄家的人又见到一个瘸腿人背着柴火走在街上，也打听赵虞家在哪里。黄氏听了非常愤怒，让仆人们殴打此人。等将此人打倒再看时，原来是他家的断了一条腿的锅。黄家的家境越来越差，等到黄氏死的时候，家里已经什么都没有了，巫祝的话一一应验。

金银铜钱一旦成了精怪，长了脚，就跑得比什么都快。

还有古钱成精的故事。

岑文本是唐代初年著名的宰相，贞观年间，每逢夏日，他下朝后多半都在山亭避暑。一日他午睡刚醒，忽听有人在山亭院外敲门。仆人报告说，是上清童子元宝求见。岑文本信道，一听是上清门人求见，急忙命人请他进来。

没想到进来的竟然是一个不满二十岁的小道士，岑文本乍一看不免有些失望。但是那小道士却生得仙风道骨，气质脱俗。岑文本看他所穿的衣服轻细如雾，即便是有名的齐纨鲁缟也不能与之相比，渐渐收起了初见时的轻视之心。

岑文本问道士的来历，他说："我是上清童子，号元宝。汉朝时便已修成正果，后由吴王引荐入宫，数位帝王都曾求教于我，自文武二帝到哀帝，皆与我交好。后来王莽作乱，我辗转至民间，到哪里百姓没有不喜欢我的。汉成帝年间我尸解而去，偶尔逗留于秦地或楚地，游历人间天界。如今路过此地，听说你好道教，所以来拜见你。"

元宝童子的一番话，让岑文本心生敬意。他向道士问起汉魏齐梁之间君王社稷的事，道士有问必答，极尽详细。

岑文本又向他请教修道的事情，问道："人的穿戴为什么有不同呢？”

道士回答说：“道就在方圆之中，外形虽圆而内心方正。就像人的穿着打扮不同，但心中的准则一致，这就是天道了。”

岑文本又问：“你身上穿的衣服看上去很轻细，是哪里制的？”

道士说：“我穿的是上清五铢服。”

岑文本第一次听说“五铢服”，疑惑地问：“听说六铢衣是天人穿的衣服，它和五铢服有什么不同？”

道士解释道：“五铢服比六铢衣更轻更细。”

不知不觉，岑文本与上清童子从正午聊到了日落时分。道士向岑文本告别，才出山门后，他就不见了，岑文本心知他必定不是平常人。

以后每次下朝，岑文本都让人等候那道士，与他畅谈古今，说道论法。岑本文也曾让人暗中跟随道士，看他究竟去往什么地方。然而每次道士都是一出门向东走数步，在院墙下就消失了。

后来岑文本起了疑心，让人就地挖掘，结果在墙下挖出一座古坟。坟中没有别的东西，只有一枚古钱。

岑文本顿然大悟，原来是这古钱化作童子戏弄自己：所谓“上清童子”即为“青铜”，“元宝”则是钱上的字；五铢钱就是它的本体，至于它所说的“汉时修成正果，由吴王引荐入宫”，分明就是说自己是汉时吴王铸造的一枚五铢钱。

想到此处，岑文本哑然失笑，将古钱仔细收好。后来他官运亨通，家中钱财也越来越多。但是十年之后，古钱突然消失，不久岑文本也病逝了。

卷三

志怪故事篇

一 江鼍冒官

唐玄宗开元年间，敦煌人李鹢被任命为邵州刺史，在当时也算不小的官了。邵州在今天的湖南省境内，距离李鹢的家乡有千里之遥，为生活方便，李鹢便带着全家人去赴任。

李家人来自西北，见惯了漫天风沙，却没有见过山清水秀的江南风景，一路上都觉得景色新奇。他们乘船途经洞庭湖时，被湖光山色所吸引，不由在船上多待了几日。

这天风和日丽，天高云淡，洞庭湖畔景色独好，李鹢一时兴起，命人将船靠岸，独自一人登岸游玩。此时正值夏天，天气渐渐炎热起来，李鹢走着走着便觉得口干舌燥，鼻中也流出血来。李鹢只当流鼻血是火气旺盛的缘故，也不觉得奇怪，自己擦拭干净了，没当一回事。只是他没有注意到，他流下的鼻血，已然滴落到了湖岸边的沙地上。

这才是李鹢悲惨命运的开始。

李鹢根本不知道，在他毫无察觉一路向前走时，他身后不远处已经悄然跟上了一条江鼍。

江鼍是鳄鱼的古称，这种生于水中的生灵性子极为凶残。而洞庭湖古称“八百里洞庭”，是山水灵气汇聚的地方。这条从湖中爬出来的江鼍，也颇具灵性。它爬到李鹬留下的血迹前，伸出舌头舔了舔，这时候，令人惊讶的一幕发生了。

那条舔食了李鹬血迹的江鼍挺起身躯直立起来，一瞬间就化作了人的模样，身形、容貌，甚至所穿的衣服，都跟李鹬一模一样。

走在前面的李鹬对身后的一切浑然无觉，等到他准备返回船上时，转身却看见另一个“李鹬”。鼍妖知道自己的机会来了，便施展妖术捆绑住了李鹬，李鹬一下子没能反应过来，等他缓过一口气要呼救时，已被鼍妖丢进了洞庭湖里。

这时距离李鹬上岸已有一段时间了，他的家人担心起来，纷纷呼唤他的名字。鼍妖听见家人呼喊“李鹬”，诡异地一笑，整了整衣服，向船上走去。李鹬的妻子见丈夫归来，欣喜不已，却丝毫没有看出自己的丈夫已经被妖物掉了包。

自此，真李鹬变成了假李鹬。鼍妖随着李家人到了邵州赴任当官，当地百姓也没能认出他们的父母官是妖物所化。

鼍妖假扮李鹬在邵州开始了新生活，它当官当得还不赖，和李家人关系处得也好，几年过去官声不错。正当江鼍洋洋自得的时候，变故又发生了。

这一年天下大旱，许多地方颗粒无收，百姓民不聊生。唐玄宗为解灾情，急诏著名的道士叶静能出山。当时叶静能正在罗浮山中修道，他接到皇帝的命令后急忙赶赴京城，路过洞庭湖时，忽然看见湖边沙地中有一人被绳索紧紧束缚，不断挣扎。

叶静能觉得奇怪，便解开此人身上的绳索，问他是何人。那人当然就是真正的李鹬。他见叶静能是得道高人，急忙将自己被江鼍所害、家人官位都被江鼍所占的悲惨遭遇一一道来。

李鹬的离奇遭遇可谓惨之又惨，叶静能听后义愤填膺，决定帮助李鹬除掉鼍妖。叶静能带着李鹬在岸边找到一块巨石，拿出自己的一道符咒贴在石上。那巨石瞬间升到半空中，向着邵州的方向飞去，很快就消失不见了。

叶静能对李鹬说这就可以了，李鹬一头雾水，不知叶静能究竟是如何作法的。此时，正做着邵州刺史的鼍妖还不知道自己的官宦生涯马上就要结束，它照例到刺史官邸中办公。只是这天清早，鼍妖刚刚坐好，就听见空中传来轰隆声，随即巨石飞入窗，“砰”的一声击中了鼍妖。

在府衙中人的注视下，被巨石击中的鼍妖渐渐现出了原形，人们惊讶地发现，他们的李大人竟然是一条江鼍变化的，所有人都吓了一跳。

这件事很快传出去，成了当地百姓茶余饭后的谈资。当然，也很快传到了其他官员耳中。当时的岳州刺史张说听说后，便将此事禀告了朝廷，并在岳州境内找到了流落在洞庭湖边的真李鹬，派人把真正的李鹬送到邵州。见到眼前活生生的人，李鹬的家人们才相信了这个残忍的事实。原来他们这些人，是真的被鼍妖骗了。

那条江鼍最后的下落没有人知道，可能是死了，也可能是灰溜溜地回了洞庭湖。

二 江中三太子

江中的精怪性格不一，行事命运也不一样。有像江鼍这样冒充人强占别人妻子财产的，也有一些没有作恶，但是不得善终的。

苏州地处江南水乡，物产丰饶，当地人尤其爱吃水产。某年间当地有一个进士，名叫顾三典，是个有名的老饕，独爱吃鼋。

鼋长于陆上的江河之中，形貌如同老鳖，却比鳖稀奇得多，滋味甚美。都说物以稀为贵，顾三典嗜吃鼋的名头传了出去，水上的渔家若是捕获了鼋，都会给他送去，毕竟他出的价钱也高。

有一次渔家又给顾三典送来一只新捕的老鼋，顾三典非常高兴，吩咐家人好生整治成酒菜。

当晚，顾三典的岳母李氏在睡梦中，忽然见到一个身披金甲的人，对她哀求："我本是江中的三太子，现在被你的女婿抓住，只求您救我一命。如果能侥幸逃得一死，我永远都不会忘记您的救命之恩，一定好好报答您。"

三太子的哀哀哭泣声惊醒了李氏，她睁眼后见四周夜深人静，方知自己是在做梦。李氏上了岁数，笃信鬼神之事，想起梦中那“三太子”所言，越加惶恐不安，决意等到天亮就去劝劝女婿，若是真的抓到了什么“三太子”，还是尽快放了他吧！

第二天早上，李氏果然派家人去了女婿家，并特意叮嘱家人要尽快去。顾三典见了岳母派来的人，惊愕不已，解释说：“家中并无外人，更没有什么‘江中三太子’。”

李氏的家人想起老太太的嘱咐，又问顾进士家中可有来自江中的生灵。这下子顾三典才想起来，家中尚有一只新捕的老鼋。

“这就是了，依照老太太所说，这鼋恐怕就是那梦中的三太子。”

家人求顾三典将老鼋放生，顾三典忙派人去后厨看，可惜为时已晚，厨子已经将鼋斩成了好几段。

可怜这老鼋，就这么糊里糊涂送了性命。

家人回去禀报了李氏，李氏心知女婿害死了江中三太子，想起天理循环报应之说，便提醒女婿提防，顾进士却不以为然。

又过了一段时间，一天晚上，顾三典家中无缘无故起了一场大火，家中珍藏的书本典籍被烧了个一干二净，顾家家境也一下子衰落下去。顾三典惊慌失措，这才相信因果报应，猜测这场火怕是枉死的三太子的报复。

顾家失火前的那个傍晚，家里的一只狗忽然像人一样站起来，用两只前脚举着一碗水献给主人。顾家人都觉得奇怪，却又没有深思。当天晚上，又有人看见家中的墙壁上显现了许多人影，看形状外貌，与家谱上所绘的历代祖宗一模一样。有几个聪明人听说了顾家的异象，便说：“这是阳世藏不住阴魂的征兆，这家人恐怕要招来火灾啊！”

可惜顾家人自己却看不明白，后来果然应验。

三 樊夫人斩白鼍

遇上李鹬的那条江鼍实属个例，只因李鹬是个普通人，一时间无法摆脱鼍妖的邪术，才让它得逞，而有的江鼍遇上得道高人如樊夫人之辈，便只能徒叹奈何。

刘纲是三国时东吴的一个县令，相传他懂法术，能征召鬼神。在刘纲任职于上虞的时候，当地年年无水旱之灾，百姓生活富足，都对刘纲夫妻感恩戴德。

刘纲的妻子，人称樊夫人。他们夫妻志趣相同，樊夫人也是修道之人。闲暇之时，夫妻二人时常较量各自的法术高低。

有时二人在家中，刘纲施法点燃磨坊，火刚从东边烧起，樊夫人就用法术将火熄灭。

刘家院中有两棵核桃树，夫妻二人便各自念动咒语，让两棵树互相对打，许久之后，刘纲所控制的树才败下阵来。

吃饭时，刘纲对着盘子吐了一口唾沫，盘中立刻多了一尾鲤鱼；夫人见状，也吐了口唾沫变成水獭，将鱼吞入了腹中。

二人外出时，也不忘斗法。夫妻俩路遇猛虎，刘纲施法令虎不敢妄动，但是他刚要走时，法术失灵，猛虎扑上来要吃他；而夫人对着虎走过去，猛虎伏在地上，不敢仰视樊夫人，样子十分乖顺，樊夫人索性将猛虎牵回了家。

就这么斗来斗去，二人俨然将斗法当作了夫妻间的情趣。但就结果来看，刘纲屡战屡败，法术是不及他夫人高明的。后来二人飞升成仙，世上便再也没有人见过他们。

到了唐代贞元年间，湖南湘潭出了个老妇人，人们不知道她的姓名，只称呼她为“湘媪”。湘媪来历不明，常年借住在别人家中，就这样过去了十多年。她平日里以朱砂画符，在乡里治病救人，无不药到病除。

当地人人都对湘媪敬爱有加，还建造了新房子供养她。湘媪却劝阻了乡亲们，说自己只要有座简单普通的屋子住就满足了。

湘媪虽然年纪已经过百，但鬓发乌黑如云，肤色雪白，比年轻人还精神，每日拄着拐杖能走几百里。

有一日湘媪走在路上，遇到了同乡一个姑娘。这姑娘名唤“逍遥”，只有十六岁，长得甚是漂亮。逍遥本来拿着竹筐采花，看到湘媪，不知为何，身子就像被钉在了原地，再也迈不动步子了。

湘媪觉得她与自己有缘，便笑说：“你如果喜欢我的话，就跟我回家好吗？”

逍遥立刻答应了，兴奋地扔了筐，向湘媪行礼，自称“弟子”，说罢便跟湘媪离开。这时候她的父母找过来，大声呵斥着将她带回去。湘媪笑眯眯地看着，并没有阻止。

被迫回家的逍遥坚持要跟湘媪修行，无论家人怎么劝说都不肯听。她的父母不肯答应，逍遥便偷拿了一根绳子上吊。被救下来后，周围的邻居亲戚都来劝她的父母，逍遥的父母见女儿态度坚决，又舍不得害了女儿的性命，只好答应她，放她离开。

来到湘媪家的逍遥，每日扫地、打水、烧香、读经，并没有学到她想学的东西。过了一个月，湘媪告诉乡亲们她要去罗浮山办点事，要大家将她的房门锁好，不要进入。乡亲们就问逍遥在哪里，湘媪说逍遥跟她一起去。

过了约三年湘媪才回来，她与乡亲们一同打开房门，大家才发现逍遥就在房内坐着，如同昏迷一般，容貌没有任何变化。湘媪用拐杖敲了敲地面，说："我回来了，你可以醒了。"

在众人疑惑的目光中，逍遥忽然就醒了，她正要起身下拜时，忽然左脚断掉了。湘媪让她别动，捡起断脚接在伤口处，又吹了口气，左腿立刻变得完好如初。乡亲们见了这等神奇的法术，均以为湘媪是神仙下凡。此后湘媪的名声传到四面八方，不断有人从远方来朝拜她。

然而湘媪不喜欢见这么多人，每日里只带着逍遥修炼。

有一天，湘媪忽然问乡亲们："我要去洞庭湖救一百多人的性命，你们谁能借我一条船？只要一两天时间，有人感兴趣的话，也可以跟我一起去瞧瞧热闹。"

当地一个叫张拱的人家境富裕，便准备了船，亲自驾船送湘媪去洞庭湖。当然，张拱不知道的是，就在他和湘媪到达洞庭湖的前一天晚上，湖上发生了一件大事。

一条载着百余人的大船在湖上被风浪掀翻，船上的乘客流落到了湖中的君山岛上，所幸没有伤及性命。人们上了岛，正发愁晚上的膳食时，忽见岸上爬上来一条雪白的江鼍，足足有一丈多长，这些人大喜过望，将江鼍打死，分而食之。

洞庭湖的江鼍多通灵性，就这么被人打死，这江鼍内心不甘，必定要报复岛上的人。然而这一百余人可没有想到，江鼍的报复来得如此之快。

他们一夜安睡之后，醒来时发现岛上多了一座像雪一样的城堡，这城堡逐渐变小，围住了这些人。这些人彼此并不认识，又从未见过这样的异象，挣扎时发现根本逃不出围困他们的雪城。没过多久人人哀嚎哭叫，所携的行李都被挤压成了粉末。

眼见雪城继续变小，就要将这些人通通挤压而死的时候，湘媪的船终于到了岸边。她登上君山岛，拔出剑喷了一口水，刺向正在作恶的雪城。雪城突然发出一声霹雳般的鸣叫，随后就坍塌了。空中一道白影落下，众人定睛一看，才发现是一条巨大的白色江鼍，长十多丈，已经抽搐着死掉了。

这江鼍大概是昨日被他们杀食的江鼍的亲人，来找他们报仇的。众人心有余悸，哭着向湘媪道谢。这时候人群中走出来一个道士，对着湘媪行礼说："樊姑，您是从哪里来的？"

大家这才知道，原来湘媪就是传说中的樊夫人。

湘媪笑而不答，飘然离去。后来张拱回到湘潭，将这件事讲给乡亲们听，乡亲们再去湘媪家看时，发现早已空无一人。大家都说，湘媪带着逍遥一起返回仙界了。

四 吴洞金履

这是中国版的灰姑娘的故事，最早流传于中国的南方。

相传在秦汉之前，南方的百越之地，有一个姓吴的洞主，是当地一个小部落的首领，部落被当地人称为“吴洞”。吴洞主娶过两位妻子，其中一位死后，留下一位名叫叶限的女儿。叶限聪慧孝顺，善于淘金，深得父亲的宠爱。吴洞主死后，父母双亡的叶限与继母生活在一起。她的继母人品恶劣，更以折磨叶限为乐，每日都让叶限去陡峭的山壁上砍柴，到林中的深潭边打水，而继母所生的妹妹却在家舒舒服服地过日子。

这些危险的事情难不倒叶限，她忍受着继母的百般虐待逐渐长大。有一次，叶限打水的时候无意中从潭中救起了一尾金鱼，金鱼生得十分漂亮，叶限就悄悄把它养在了盆里，每日给它换水喂食。日子一天天过去，金鱼也越长越大，大到水盆放不下的时候，叶限只好把它藏在了院子后的池塘中。每天叶限都节省出自己的食物，悄悄喂给池塘中的金鱼。只要叶限坐在池塘边，金鱼就会游过来，对着这位美丽的姑娘摇摇头摆摆尾巴。而其他人过来，这条金鱼根本不会出来。

这件事很不幸被叶限恶毒的继母知道了。继母觉得这条金鱼颇有灵性，就在池塘边偷看，但总是看不到金鱼。继母想将金鱼据为己有，便想了一个坏主意。

她故意装作一副和蔼可亲的样子，对叶限说："你最近砍柴挑水累了吧？我给你做了一件新衣服，你穿上试试看。"

叶限没想到继母心怀歹意，毫无防备地穿上了新衣，而她换下的旧衣服却被继母藏了起来。第二天，继母命令她到一处很远的泉边去打水。叶限走后，继母换上叶限的旧衣服，在衣袖中藏了一柄锋利的刀，慢慢走到池塘边。继母学着叶限的口吻呼唤金鱼，等到金鱼游过来，继母趁其不备，突然用刀砍掉了金鱼的头。随后继母烹食了金鱼的肉，将鱼骨藏在了粪坑边。

等叶限回来后，她装作什么都没发生过的样子，如往常一样对叶限呵斥打骂。但是叶限似乎觉察到了什么，她跑到池塘边呼喊金鱼，然而无论她怎么呼唤，金鱼都没有现身。叶限思念金鱼，独自到野外悲伤地哭泣。

忽然有个披头散发、身着粗布衣服的人从天而降，对叶限说："姑娘，你不要哭了，你的金鱼被你的继母吃掉了，鱼骨头被埋在了粪坑边。你回去将鱼骨取出来吧，然后藏在房间里，以后你需要什么东西，尽管向鱼骨祷告，它都会满足你的。"

叶限听了他的话，相信他是来帮助自己的，回去便取出了鱼骨。果然如那人所言，无论她想要什么，金银珠宝或者食物用具，鱼骨都能变出来给她。

自此叶限的日子变得好过起来。

等到吴洞过节的时候，继母带着自己的亲生女儿去参加节日庆典，而把叶限留在家里看守果树。

叶限等继母她们走远了，便回房间对鱼骨说出了自己也想参加庆典的心愿。鱼骨变出了翠羽衣、金丝鞋给她，叶限穿上这些衣物，开心地出门了。

在庆典上，年轻人聚集在一起唱歌跳舞，继母的女儿看到一人很像叶限，便告诉她母亲："那个人长得像姐姐。"

继母看了看正在跳舞的叶限，心里也怀疑起来。叶限在人群中看到自己的继母和妹妹，暗叫不好，慌忙跑回了家。她跑得匆忙，丢了一只鞋子也没有注意到。等到继母带着妹妹回来时，看见叶限正在院中靠着树睡觉，才打消了疑心。

叶限丢的那只金丝鞋被一个洞人捡到了，后来被转卖到吴洞附近的一个岛国里。岛国名叫陀汗国，国力强盛，周围几十个海岛都臣服于此国。

陀汗国的国主得到了这只金鞋，让他身边的人都穿上试试，结果即使是脚最小的人也穿不进去。国主深以为奇，觉得天下不可能有脚如此小的女子，便让全国的妇人都来试穿这只鞋，果然没有人穿得上。

国主拿起金丝鞋仔细观察，见此鞋轻如羽毛，踩在石子上也没有声音，更觉得金丝鞋不是一般人能拥有的，因此怀疑这是卖鞋的洞人偷盗来的。国主拷打了那个洞人，然而洞人也不知鞋的主人究竟是谁。于是国主派人到吴洞的各户人家中搜查，见到有穿同样鞋子的女子，就抓回来审问。

就这样，国主的士兵们挨家挨户搜查，终于找到了叶限。叶限穿上翠羽衣和金丝鞋觐见国主，容貌宛若仙女。她向陀汗国主讲述了事情的来龙去脉，国主听后既同情又喜爱这个善良美貌的姑娘，便将她和鱼骨一同带回了陀汗国，并让叶限做了王后。而恶毒的继母和她的女儿，都被国主命人用石头砸死了。

吴洞的人可怜她们，挖了个石坑埋葬了她们的尸首，还起了个名字叫“懊女冢”，人人都以这对母女的行径为诫。

如果故事就在这里结局，那当然是皆大欢喜，但是事情并不总是如人们想象的那么美好。

过了几年，陀汗国主渐渐打起了鱼骨的主意，向鱼骨求取了无数金银珠宝。又过了一年，国主再向鱼骨祈愿时，鱼骨却没有任何回应。国主仍然不知悔改，强行留着鱼骨。后来国内不断有人叛乱，国主将鱼骨埋到了海边，用百斛珍珠和金子将其掩藏起来，心想等着征讨叛军时，再把珠宝挖出来供养部队，没想到只过了一晚上，藏宝的地方就被潮水淹没了，珠宝和鱼骨都消失得无影无踪。随后，陀汗国大乱，国力也逐渐衰弱下去。

最终陀汗国主因贪念和叶限的继母殊途同归。这个略带讽刺性的结局充分说明，做人要像叶限一样善良才行，太过贪婪，都不会有好下场。

五 白水素女

另一个著名的民间故事是田螺姑娘，最早的文字记载见于西晋束皙所撰《发蒙记》，里面讲福建侯官的一个渔夫谢端长年打光棍，后来捕捞到一只大螺，里面藏有一个美女，就成了他的妻子。

这个故事中的渔夫谢端并没有什么过人之处，遇到天降美女这种好运，难以取信于别人。所以后来经过历代文人的加工演绎，这个故事也变得丰富起来，到了《搜神记》中，记载的又是另一回事了。

《搜神记》中，谢端从小父母双亡，没有亲戚朋友，被邻居抚养长大。都说穷人的孩子早当家，谢端自幼谦恭谨慎，善良热心，从不为非作歹，到了十七八岁的时候，就自立门户。美中不足的是，他家徒四壁，当地实在没有姑娘愿意嫁给他。

周围的乡亲们都惦念着谢端的婚事，谢端自己总是笑笑，不以为意。他每日里总是晚睡早起，不分昼夜地劳作。

这样的人，若说能交到好运，可信度就高多了。

有一日谢端下地时发现一个大螺，大小如壶。南方水田中田螺常见，这么大的却是稀罕物。谢端一时好奇，就将田螺带回家，放在水瓮中养着。

此后，家中就出了异事。

一连十几天，谢端每晚回家，都看见家中有烧好的饭菜，吃的喝的一应俱全，仿佛是有人特意给他准备的。谢端一开始以为是邻居帮忙，就去向邻居道谢，邻居说："我们当初帮你不是为了这个，你何必感谢呢？"

谢端听邻居的话糊里糊涂的，总觉得邻居和他说的不是一回事，索性又将自己的情况说明，邻居纷纷笑他："你一定是藏了个媳妇儿在家，怎么还来问我们！"

谢端无话可说，暗暗揣测究竟是怎么一回事。他苦思冥想了一夜，终于想出了办法。

天微微亮，他听见鸡鸣声就出了门，却没下地，躲在家附近暗自观察。等到天彻底亮的时候，谢端看见一个年轻女子从水瓮中出来，走到灶下烧火煮饭。

谢端恍然大悟，这女子莫不就是他带回来的田螺？

他闯进家门，直奔瓮边，果然只见到田螺的壳。于是谢端就问女子："你是什么人，从何而来，为何要给我煮饭呢？"

那女子被他吓了一跳，急急忙忙要回到瓮里，却被谢端拦住了。眼见谢端要打破砂锅问到底，女子只好如实告诉他："我是天河中的白水素女，天帝见你年少孤单，却不自苦，且能清正持身，便命我来给你看守房舍，煮饭洗衣，等到十年之内你成亲后，我自当返回天河。可现在你无缘无故拦住我，我的真身已经暴露，便不能再留下了。"

谢端闻言愕然不已，深悔自己的莽撞。

素女又安慰他说："你放我回去吧，今后你独自一人生活，虽然境况要比旁人差一些，但你勤于耕作，又善于捕鱼采药，足以维持生活。

我将此田螺壳留给你，你用它储存米面，便不缺粮了。”

谢端再三请素女留下，她始终不肯。忽然间天上刮起大风，雨水哗哗而下，素女对谢端点点头，身形一收飞上了天。

谢端独自在原地怅然了许久，但是素女已经离去，他后悔也无用。好在谢端是个豁达的人，又对素女心存感激，后来在家中立了白水素女的神位，逢年过节祭祀，家境也渐渐丰盈起来。虽然不足以大富，但他的名声传出去，很快就娶了妻子，两人共同打理家业。

后来谢端官至县令、郡守，一番因缘际会得此造化，人人都说他遇到的是道教中供奉的白水素女。

六 爪甲点金

山东省文登县有一个姓周的书生，与一个姓成的书生自幼相识，两人同窗读书，长大后也成为至交好友。周生家境优渥，而成生家中清贫，一年到头常靠周生接济，周成两家宛如一家人。

有一次周生在家设了酒宴，正在招待成生时，忽然见到家人怒气冲冲地走进来禀报说，周家庄园里的仆人被一个姓黄的吏员打了。周生大吃一惊，详细问原因时才知道是因为黄吏员家的牛踩了周家的田，两家仆人因此发生了争执。黄家人向县令告状，县令便命令衙役抓了周家仆人见官，并下令笞责了他们。

周生听了非常气愤，开口骂道：“黄家祖上还是我们家的奴才，刚得志就敢如此目中无人！”

周家也是当地的望族，周生当然不肯平白无故受这个委屈，他说着说着就要出门去找黄家理论。这时成生拉住了他，劝他说：“这个世上早已强梁当道，根本没有青红皂白可言！何况如今的官府里，有一半都是不打旗号的强盗，你就算去了也没有用。”

周生根本听不进别人的话，而成生再三苦劝，甚至掉了泪，周生才勉强忍下这口气。但是周生的怒火始终没有消减，当晚还气得翻来覆去睡不着。第二日他对家人说："姓黄的欺侮我们，就是我们家的仇人，这件事先不说，但县令是朝廷命官，又不是黄家的家奴，就算我们与黄家有争端，也应该传两家人当面对质，何至于像条狗一样跟着人家叫？我也去告黄家的状，且看县令如何处置。"

然而事与愿违，周生的状子递到县衙，县令只看了一眼就撕了。原来这县令早就跟黄家人沆瀣一气，怎么可能公平对待。周生怒火烧身，骂了几句不好听的话，县令听到恼羞成怒，就以冒犯官员为由拘捕了周生。

等到成生知道此事赶来，周生已经被抓进了大牢。成生着急救周生出来，但无计可施，急得直跳脚。后来县令与黄家人合谋，诬陷周生是海盗的同党，要治他的死罪，还在狱中残酷拷打周生。

成生探望周生，两人相顾无言，抱头痛哭。哭过之后，两人商量着，说还是要想办法救周生出去。周生家中只有一个弟弟，周生感慨道："我弟弟也只能给我送些牢饭，谁又能替我上告呢？"

"这自然是我的责任，周兄有难，若我不帮你，还算什么朋友！"

成生说完，转身就去了京城，等周生的弟弟反应过来要给他送路费时，成生已经走远了。

成生到了京城，冒着被砍头的风险拦了皇帝的御驾，向皇帝诉说了周生的冤情。皇帝听说详情，便让主管司法的部院复审周生的案子，终于替周生翻了案。周生出狱后，非常感激成生，从此更加厚待成家人。

经此一事，成生越发看透了世事的险恶。他与周生商量，要一起隐居，不再过问凡尘俗事。但是周生舍不得自己的妻儿，不忍离去，便推脱了。成生知道他不愿意，就决定自己一个人避世。

爪甲点金

有了这爪甲点金之术，周家又变成了大富之家。

没过几天，成生独自离开。周生派人到处去找成生，当地的寺院、沟谷都找遍了，也不见成生的踪影。周生这才明白，成生是铁了心地远走，他无法扭转成生的想法，只能在他离开后经常送钱送粮给成生的儿子，帮助成家度日。

又过了八九年，成生突然回来了。此时的成生，头戴黄冠，身穿大氅，不似普通百姓的装扮，反而一副仙风道骨的样子。

周生高兴极了，一把拉住成生说："你躲到哪里去了？让我们好找！"

成生笑笑说："闲云野鹤，四海为家，所幸你我身体都还康健。"

周生气他不辞而别，斥责他："你就这么抛妻弃子离开？"

成生说："不，是别人抛弃了我，我如何能抛弃别人呢？"

周生听他话中意味高深，也不再多问，就问他现在住在哪里，他说住在崂山上清宫。

当晚两人抵足而眠，睡梦间，周生梦见成生整个人压在了自己身上，压得他喘不过气来。周生一着急就醒了，再看四周，成生又没了人影。

周家的人听见房中的动静，来看时忽然发现，坐在房中的人竟然是成生的模样。

周生对着镜子一照，顿时大惊失色："我是成生，那周生去哪里了？"

他想了半天才明白，成生是真的修道成仙了，这是用幻术召他同去呢。

变成了成生模样的周生没办法，只好去崂山找真正的成生。他一路风餐露宿，终于找到了成生。当时已经是十月了，但成生所在的地方却山花烂漫，毫无冬天的迹象。花丛中飞舞着模样稀奇的小鸟，叫声宛如天籁，周生更加相信成生已经得道。他终于见到了成生，央求成生帮自己恢复了相貌。

周生依然没有修道成仙的想法，也无意留在这里。他坚持要回去，成生也不再留他，便说：“你闭上眼睛，我送你回家。”

过了没多久，周生就发现自己已经到了家门口。他刚要敲门时，忽觉自己的身子像树叶一样，轻飘飘飞进了院子。周生飞到自己的卧室前，看见灯火昏暗，他的妻子竟然与一个仆人亲密地抱在一起。周生大怒，当下捉奸在床，才知道原来妻子早就与仆人私通了，只瞒着他一人而已。

周生怒不可遏，拔剑杀了妻子和仆人。周生遭到妻子背叛，也终于起了弃世之心，交代了弟弟几句话，便追随成生去了。他走后周家便是弟弟当家，弟弟为人忠厚老实，却没什么能力，没过几年，周家的家境就变得艰难起来。弟弟抚养周生的孩子长大，请不起老师，就亲自教侄子读书。

一日清晨，弟弟起床后看见桌上放着一封信，信封上是周生的笔迹。弟弟以为是哥哥来信，兴奋地拆开信封看，然而里面并无书信，只有一片爪甲，有二指来长。

弟弟觉得奇怪，随手将爪甲放在了砚台上，没想到砚台变成了闪闪发光的黄金。弟弟简直不敢相信自己的眼睛，又把爪甲放在铜铁上试了试，果然也都变成了黄金。

有了这爪甲点金之术，周家又变成了大富之家。弟弟分出千金给成生的孩子，成生家的日子也好起来。坊间人都认为他们两家出了仙人，有了点石成金的法术。

七 墓前斑狐

在中国的精怪故事中，能够成精的狐狸一般都是极其聪明的，人们惯常听说狐狸精迷惑人，或是贪财，或是好色，但是也有些狐狸最终反被人捉住的，这就是聪明反被聪明误，晋代就有这么一只自食其果的狐狸。

张华，字茂先，是汉惠帝时的司空，以博学多才出名。当时在燕昭王墓前住着一只浑身斑纹的狐狸，日深月久，这只斑狐也修炼出了一身法术，能随意变化人形，性子也颇为自负。斑狐闲来无事，常化作书生在人间走动，偶然听说了张华的名声，就打算去拜访他，顺便看看他是不是真的有才。

临去之前，斑狐问昭王墓前的华表："以我变化的这副容貌和我的才学，能去拜访张司空吗？"

这华表也是修炼得道的，它沉吟了一番，回答说："以你的才学见解，确实没什么做不到的。但是张华是博学睿智之辈，不轻易上当。你这么一去，肯定会被他识破，你又何必去自取其辱呢？到时候你的千年道行毁于一旦，说不定还会连累我。”

华表苦口婆心的劝说全被斑狐当成了耳边风，它不听华表的话，坚持去见张华。斑狐修炼得很有礼数，拜谒之前还专门递了名帖，将人间士子的做派学得十足。

张华见来访的书生神采奕奕，英俊潇洒，举止又优雅大方，心中便起了爱才之心，对它非常看重。张华以客卿之礼将斑狐留在府中，与它探讨文章。出乎他意料的是，这位书生的谈论见解精辟新颖，竟是他从未听到过的。随后，张华又与书生讨论前朝史书，品评诸子百家，分析老子庄子的学说，欣赏《诗经》的精妙……张华惊讶地发现，无论是圣人哲理，还是天文地理，或者儒家学理，礼仪典籍，这位书生没有不精通的，种种高谈妙论，令张华哑口无言。

眼见后生可畏，张华不禁感慨：“世上不可能有这样无所不知的人才啊，这不是鬼怪，就是狐狸所化。”

张华的脑洞开得挺大，他既然起了疑心，便派人暗中对书生严加看管。

都说狐狸性子狡猾，张华命人盯着它的事情，也没瞒过书生的眼睛。不过它没有想到张华是怀疑它的来历，反而以为张华妒忌它的才能，就嘲讽张华说：“您身为司空，应当礼贤下士尊重人才，可笑您竟然忌恨我这样有学问的人！墨子主张兼爱，包容天下所有人，难道先贤也如您一样？”

他骂完了，也不管什么礼数，就往府外走去，谁知门口也有士兵把守。书生气急败坏，又对张华说：“您让士兵守在门口，定然是忌恨我。以我为鉴，恐怕以后天下有才华的人都将闭口不言，贤能之人望着您家的大门，也不敢进了。我真为您感到惋惜。”

面对他的讽刺，张华依旧不为所动，只是命令人严加看管，不许它出去。

这时候恰好丰城县令雷焕来见张华，他也是个见识渊博的人。听张华讲了书生的事，雷焕便说：“听说精怪之类都怕猎狗，您如果怀疑它，为何不试试呢？”

张华觉得这主意不错，就命人牵猎犬来试探书生。没想到书生毫无惧色，反而讥笑他说：“我天生智慧，您却怀疑我是妖怪所化，竟然牵条狗试探我，就算您试一千遍一万遍，我也不害怕！”

张华的爱才之心这会儿早已被消磨得一干二净，听书生讥讽他，忍不住愤怒地对雷焕说：“此人一定是妖怪！虽说妖怪怕狗，但狗只能识别成精几百年的妖物，却认不出修炼千年的。不过我有另一个办法，用千年以上的枯木燃火来照它，它必然现出原形。”

雷焕也起了好奇心，就问他哪里去找千年以上的枯木。

张华冷笑着说：“燕昭王墓前的华表木，就是千年神木，正好适合我们用。”

于是，张华立即派人去昭王墓前砍华表。

就在士兵到达墓前准备动手的时候，忽见一个青衣小孩从天而降，问士兵：“你们来做什么？”

士兵回答说：“司空府来了一个能言善辩的书生，大人怀疑它是妖怪，派我们来砍神木，回去点燃照妖。”

青衣小孩听了，放声大哭说：“这个老狐狸不听我的话，现在果然连累到我了！”说完小孩就消失不见了。

士兵们砍伐华表，砍着砍着，发现木头里流出许多血来。他们将木头带回去点燃，火光映照下，书生立刻现出原形，果然是一只花斑狐狸。

这狐狸当然是被张华除掉了，张华得意地说：“这两个妖物若不是碰上了我，再过一千年都没人能奈何它们。”

细究起来，斑狐也没做什么伤天害理的事情，就这么死在张华手上，未免有些冤枉，而被它连累的华表木更是倒霉，难保张华不是出于妒忌之心要除掉它们。

当然，这只狐狸还是孤陋寡闻了，张华是《博物志》的作者，此书收录了当时的山川物产、异人异俗、异兽异鸟等信息，他对世上的狐狸精，可谓了若指掌，这只斑狐化作书生来欺骗他，简直是班门弄斧。如果斑狐没有高傲自大到在张华面前卖弄才学，或许就不会有这场惨剧发生。

八　定伯卖鬼

南阳人宋定伯是一个不怕鬼的，不但不怕，还捉过一只鬼，甚至卖了它。

相传宋定伯年轻的时候，有一天晚上出门，走到路上遇见了一个走路无声、行动无影的人，定伯猜测自己是遇到了鬼，他虽然吃惊，但一向胆子大，就主动打了招呼："你是哪位？"

那鬼可能也属孤魂野鬼，久不见同类，乍见一个人与他说话，不假思索地回答："我是鬼啊，你又是谁？"说话间还带着几分欣喜。

定伯心中有了计较，骗他说："我也是鬼。"

虽然坊间传闻中没有说宋定伯容貌如何，但他说自己是鬼，这真鬼竟然没有丝毫怀疑，可见定伯的长相是不似常人的。鬼听了定伯的话，以为自己遇到了同伴，一下子就高兴起来。

鬼问定伯："你要去什么地方？"

定伯想了想说："我要去宛市。"

须知宛市是宛县的市场，是当地人惯常做买卖的地方。这鬼闲来无事，就打算跟着定伯去宛市瞧瞧热闹。

于是鬼就说：“我也要去宛市，正好我们结伴同行。”

定伯欣然答应了，带着鬼一起走。一人一鬼同行了几里路，鬼觉得劳累不堪，就建议定伯：“这样走太累了，不如我们轮流背着对方走吧！”

鬼也怕累？定伯心中暗笑，知道此鬼是胸无城府又懒散，就说：“那好吧，你先背我，过一会儿我再背你。”

说着定伯就爬到了鬼背上，鬼还没来得及说话，就听到定伯不断催促：“快走，快走！”

定伯是个活生生的人，分量当然不轻，鬼背着他走了几里路，觉得背上越来越重，抱怨着说：“你怎么这么重，我看你根本不是鬼吧？”

定伯早就想好了说辞，胸有成竹地回答他：“我是刚死之人变成的鬼，我们这种新鬼，都这么重的，是你少见多怪。”

他说得理直气壮，那鬼被他唬住了，顿时不敢再吭声，只好在心里咒骂了几句。过一会儿轮到定伯背鬼，鬼没有什么重量，定伯轻松多了。就这样他们轮流背着对方，距离宛市越来越近。

定伯一路上不断套着鬼的话，他说：“我是鬼，不知道鬼都怕什么，你告诉我，我好做防备。”

鬼不疑有他，说：“但凡是鬼，都怕人的唾沫。”

说着说着走到了一条河前，定伯让鬼先渡河过去。鬼轻飘飘地踩在河面上渡过去了，没有半点声音，身上也没溅上一星半点的水花。轮到定伯时，他这个假鬼可没有真鬼的本事，只好硬着头皮游过去，河水在他身边哗啦啦发出声音。

鬼又觉得奇怪，问他：“怎么你过河的时候有声音？”

定伯说：“因为我是新鬼嘛，不熟悉水性而已，你不要见怪。”

这鬼的脑子实在不太聪明，被定伯骗了一路，竟然又一次相信了他的话。

快到宛市的时候，定伯将鬼背在背上，一双手臂紧紧缚住了他。这鬼挣扎了几下没有挣脱开，害怕起来，大声惊叫，哀求定伯放他下来。定伯根本不理会，等到走进宛市，他才松开手臂，一把将鬼扔在地上。

鬼落地的瞬间变成一只羊，四蹄奔腾要逃跑时，又被定伯擎住了羊角。宛市上人来人往，大家看到定伯，纷纷打招呼："宋老板来卖羊啊？"

定伯笑眯眯地点头，将羊卖给了市场上专做牲畜买卖的屠夫，共得了一千五百文钱。他担心鬼再出花招，就朝着羊身上吐了几口唾沫，这下鬼便动弹不得了。

后来宋定伯将此事讲给旁人听，大家才知道原来他卖的是鬼。

九 板桥三娘子

唐代的时候，汴州西边有个板桥客栈，客栈老板是个风姿绰约的中年女子，当地人都叫她“三娘子”。这位三娘子不知道是从哪里来的，无儿无女，也不见有亲戚往来，在此独居多年，是个来历神秘的人。

更奇怪的是，三娘子看似并非生于望族，但家中却有颇多产业。她以经营客栈为生，为人慷慨，很受当地人的好评。她家的客栈，也算当地的一个招牌了。三娘子在客栈中蓄养了许多驴子，来往的行旅客商，若是着急赶往某地，自己又无坐骑的，三娘子总是将自家的驴子低价卖给他们，以解客人燃眉之急。长此以往，三娘子的客栈越发生意兴隆了。

元和年间，一个名叫赵季和的人，从许州到洛阳去，途经汴州时听说了板桥客栈的名声，便慕名前来，黄昏时投宿于此。当晚客栈已经人满为患，赵季和只能和其他六七个人挤在一间房内，若不是见老板娘的确热情好客，赵季和早已心生不满离去了。

到了晚上，三娘子准备了酒菜招待客人们，众人欢饮高歌直至深夜，热闹非凡。赵季和向来不能饮酒，就只坐在一旁看热闹，暗暗为三娘子的风情所折服。

众人饮宴到大约二更的时候才散去，人人喝得烂醉，回房便都沉沉睡了过去。只有赵季和不曾饮酒，在心里描摹三娘子的身段笑貌，又听着周围其他客人此起彼伏的鼾声，翻来覆去地睡不着。就在他辗转反侧的时候，忽然听见隔壁哗啦啦作响，不知道是什么声音。

赵季和心里一惊，想到隔壁就是三娘子的卧房，顿时坐了起来，鬼使神差般倚到墙边，透过墙壁上的缝隙窥视。

然而隔壁房中并没有出现赵季和所期望的画面，只见三娘子竖了一面招魂幡，在其前点了蜡烛，又从一口箱子中取出一套木头制成的用具。赵季和仔细看时，才发现是一个木人、一头木牛和一副犁杖，都只有六七寸大小，做得栩栩如生。赵季和不明所以，不知三娘子无端拿出这些东西做什么，便继续看下去，然而越看越是心惊胆战。

三娘子将这些东西放在灶前，含了口水，向木人木牛一喷，人牛一颤，竟然像活物一般开始走动。木人将农具套在木牛上，就在床前耕起地来。

赵季和吓了一大跳，几乎不敢相信自己的眼睛。明明是木头做的，怎么会动呢？他百思不得其解，又见三娘子取出一袋荞麦种子交给木人，木人很快便种上了，须臾之间，荞麦出苗、生花、结穗，仿佛已然过了四季。木人见荞麦成熟，便收割去壳，磨了麦粉交给三娘子。做完这一切后，木人、木牛忽然停了动作，又变回了木雕。三娘子含着笑意将这些古怪的木具收回箱子里，随后用新得的麦粉烙了一些烧饼。目睹三娘子做好这一切后，赵季和便听到了几声鸡鸣声，原来一夜竟然已经过去了。

赵季和一夜未睡，但震惊于所见的事物，也没有任何困意。这家客栈和三娘子实在太过诡异，赵季和心中对三娘子的那点倾慕，早已荡然

板桥三娘子

板桥三娘子　汴州板桥客栈的老板娘三娘子风姿绰约，烙的饼美味无比。只是，吃了烙饼的客人，都会变成驴子。

无存。客人们陆续起床后，三娘子招待大家早饭。赵季和一看，三娘子端上来的，赫然就是昨夜那古怪的面饼。

他心中犹存着恐惧和疑惑，根本不敢吃这饼，趁人不注意便开门溜了。但是他也没有跑远，而是躲在了客栈附近一个角落里，观察着客栈内的动静。

三娘子一如昨夜那般美丽大方，不断劝客人们多吃点。只见客人们围在桌前，面饼尚未吃完，几个人忽然同时跌倒在地上，随即啊啊啊地发出驴叫声。赵季和清楚地看到，这几人躺在地上动弹不得，脸孔渐渐变形，身体拉长，手足变作四蹄，身后渐渐长出尾巴，没过多久，这些人全都变成毛驴，一时间客栈内充斥着驴叫声。

三娘子心满意足，笑吟吟地将这些毛驴都牵入了后院。

原来，这就是板桥客栈内毛驴的来历。

客栈里客人众多，三娘子也没有注意到一个不起眼的赵季和，因此竟没有发现自己的邪术已经落在了别人的眼中。

而躲在暗处的赵季和看得一阵后怕，若是自己吃了那饼，岂不是也要变作毛驴？没想到这三娘子看上去亲切良善，竟然背地里干这种害人夺财的勾当。这板桥客栈，原来竟是家黑店。赵季和倒没有着急去报官，反而暗暗琢磨起三娘子所使的邪术来，心中有了个主意。

过了一个多月，赵季和在洛阳办完事，返回许州时，又经过了板桥客栈。他事先自己准备好了一些荞麦烧饼，和那夜三娘子所做的一模一样。这晚上客栈没有别的客人，三娘子只招呼赵季和一个人，对他嘘寒问暖，更加热情。赵季和颇享受了一番宾至如归的感觉，心中却暗暗取笑三娘子，得意自己“道高一尺魔高一丈”。临睡前，三娘子问赵季和：“客官还有别的要求吗？”

赵季和略做思考状，回答说：“明日我要早起赶路，烦请三娘子为我准备些点心吧。”

三娘子自然答应了。夜深时，赵季和再次透过墙壁缝隙看去，果然见到三娘子又如那夜一般，使唤木人木牛种麦做饼。

第二日一大早，三娘子端来烧饼，请赵季和享用。赵季和又请她再准备些别的吃食，三娘子万万没想到此人早已看穿了自己，只当他又是自己的囊中之物，便答应了，自去后厨准备别的。待她离开，赵季和迅速从包袱中取出自己所做的烧饼，与盘中的调换，又拿了一个自己的烧饼啃起来。

这时候三娘子送茶出来，看到吃着饼的赵季和，眼露精光，就如看到猎物一般。赵季和不动声色，对她说：“三娘子的饼做得好吃，不如也尝尝我自洛阳带来的，看看味道如何？”说完便把换下来的三娘子所制的饼递给她。

三娘子不疑有诈，拿过饼咬了几口，忽然哀叫一声，摔倒在地变成了一头毛驴，毛色油亮，体格健壮。

赵季和诡计得逞，牵着这头驴大笑不止。随即他又从三娘子房中搜出那套木牛木人，骑上毛驴扬长而去。

板桥客栈没了老板娘，自此衰败下来。对于三娘子的去向，当地人也说不清楚，只当这女人来得奇怪，去得也奇怪。

赵季和回去后，也多番试验那套木具，却怎么也不得要领。他种不出麦，自然也使不出将人变驴的邪术。但是三娘子所变的驴却被他当成了自己的坐骑，日行百里，从未迷过路。

转眼过去了四年，有一天赵季和骑驴经过华山，在西岳庙旁遇见一个老人。那老人一见他骑着的毛驴，便拍手大笑说：“三娘子啊三娘子，你也有今天！”

赵季和浑身一震，没想到这世上，竟然还有人识得这驴的真身就是板桥三娘子，这老人必定不是普通人。

又听老人说："这板桥三娘子虽然作恶多端，但这几年受你驱使，被折磨得也够了，就请你放了她吧！"

赵季和心里虽然不情愿，奈何不敢与这老人斗法，便下了驴，任由老人掰开毛驴的两个鼻孔，三娘子便从驴皮间跳了出来。他再看时，三娘子竟然还是四年前客栈中所见的那个样子。

三娘子跪下向老人拜了一拜，感激他的救命之恩，拜完转身离去，看都没看赵季和一眼。此后没有人知道三娘子去了哪里，不过她没有带走那套木具，大概也没有再作恶的机会了。三娘子使邪术害人，侥幸未被害的赵季和也是心术不正之辈，三娘子被赵季和制服，正印证了一句古话："恶人自有恶人磨。"

十 唱歌犬

像三娘子这样用邪术害人的人还有不少，其害人的手段也更加险恶。

有一个发生在长沙的故事，实在是耸人听闻。

故事发生的年代已经无考了，说的是某一年长沙的集市上来了两个卖艺的人，这两人常牵着一只狗。

在看热闹的人眼中，他们的狗有些奇怪。

这狗比一般的狗大些，四肢却比寻常的狗要长，更令人惊奇的是，这狗的面孔和五官像极了人，绝不像狗，但是浑身上下却长满了犬毛。

两个卖艺人牵着狗卖艺，这狗既能说人话，又会唱歌，引得百姓们纷纷拍手称奇，驻足围观，卖艺人也趁机赚了个盆满钵满。

随着看表演的人越来越多，唱歌犬的奇闻也一传十十传百，一时间成了长沙的奇闻。

某天有个姓荆的县令偶然路过长沙，听说了这件事，就让仆役将卖艺人和唱歌犬带到家中，想让自己母亲也看看这新奇的东西。

狗被带入内堂后，荆县令越看越觉得惊惧。世上岂有狗像人？而且这狗还能说会道，说不定是什么妖物。

荆县令存了疑心，就问它："你是人还是狗？"

狗回答说："我也不知道自己是人还是狗。"

县令又问："和你在一起的两个人是什么人？"

狗说："我也不知道。"

县令思索了片刻，觉得那两人十分可疑，便问此狗两人平日里都做些什么。

狗说："我每天早上被他们牵出去，带到市场上卖艺，晚上回来就被他们带回船上，关在木桶里，也不清楚他们平时都做什么。有一天下雨，他们出不去，只好在船上给我喂食，我才能爬出木桶。我曾无意中看到那两人打开过一个大箱子，里面装了十几个木头人，眼睛和手脚都能动；还看到船板下面躺着一个老人，不知道有没有死。"

荆县令听狗说话言语清晰，不像是鬼怪妖物之类，心中便怀疑是卖艺人害人，便下令拘捕了两人。那两人一开始咬牙不认，坚持说自己是清白无辜的，直到荆县令命人对他们用刑，用长长的针刺入他们的穴位，痛得他们鬼哭狼嚎，这才开了口。

其中一人招供说："这狗的确不是狗，是用三岁的孩子做成的人犬。先把一种药抹到人的身上，使皮肤溃烂，人皮逐渐脱落。然后用狗的毛烧灰，敷在人身上，再给他服药祛疮，小孩身上就会长出狗毛和尾巴，变成这种不人不犬的怪物。"

世上竟然有这种丧心病狂的人！

荆县令听得心惊胆战，正欲开口怒骂，又听到另一人有点惋惜地说："可惜这法子极难，十个中才能得一个。不过就算只成功得一个，也是一本万利的买卖。"

按这两人的说法，在他们的手中，已经不知道死去多少个孩子了。县令又惊又怒，追问两人："那些木人是做什么用的？"

卖艺人说：“我们拐来孩子，让他们自行选择木人的形状，再按照木人的样子把他们打残或者戳瞎，让他们上街去乞讨。”

听了他们的话，怒不可遏的荆县令立刻派人去船上搜查，果然在船底找到一张老人皮，从背部裂开，里面装满了干草。荆县令指着老人皮问那两人：“这是怎么回事？”

卖艺人被揭穿了老底，低着头回答说：“这是九十岁以上的老人皮，是最难得的。如果将人皮磨成干粉撒在人身上，就能拘来那人的魂魄为我们所用。我二人找了十几年，最近才找到这张上佳的人皮，可惜人皮受潮，还未来得及磨粉。今日我们被抓，这都是天意啊，不敢求您饶了我们，只求让我们死得痛快些。”

卖艺人说得甚是哀痛，荆县令却再也忍不住，当下就命人将这两个恶贯满盈的卖艺人拖到市集上，曝光了他们的罪行，在众人的唾骂声中活活打死了他们。可惜的是，被他们所害的唱歌犬，由于无法救治，没过多久也死了。

为了一己之利，便用邪术丧心病狂地害人，这两个人之死，实在罪有应得。

十一 昭之救蚁

前文所述的精怪作乱，不少是出于对人的报复。但是精怪通灵性，性格也与人相似，若人对它有恩，它们也知恩图报。民间常谓“黄雀衔环”“毛宝放龟”，说的就是此类故事。也有人遇到类似的事情，是和蚂蚁有关的。

此故事发生在汉代，当时富阳县有个人名叫董昭之，为人忠厚善良，很受人敬重。

有一次，董昭之乘船过钱塘江，因闲来无事，便坐在船舱外观看江景。钱塘江两岸风景如画，董昭之也被美景吸引，看了好一阵。尔后他无意中低头，却看见江上漂浮着一根芦苇。董昭之隐约看见芦苇上有个黑点不断动来动去，一时好奇，就伸手将芦苇捞了起来，仔细看去，原来是只蚂蚁，想来是因为怕水才附着在芦苇上。

只见蚂蚁从芦苇的一头爬到另一头，却始终不敢爬下来，样子惊慌可笑。董昭之看得有趣，便笑说：“原来是只蚂蚁，这小东西也是怕死啊！”说着便起了救它之心，说至少也要将它平安带到陆地上才行。

不过他话音刚落，就听同船的人骂出了声：“这是咬人的毒虫，你怎么能把它救上来？快让我踩死它！”

董昭之看着蚂蚁，想起刚才它爬在芦苇上，在江水中挣扎求生的样子，心中便有些佩服小蚂蚁的坚韧，又怜悯它的命运，暗暗鄙薄同船之人的无情，便冷着脸拒绝了同伴的要求，坚持要将蚂蚁带上岸。

同伴见说不通董昭之，只能作罢，不过还是要求董昭之看好这只蚂蚁，免得咬到别人，昭之顺水推舟地答应了。

不久船停靠岸，昭之放下蚂蚁，见它晃了晃便消失在了草丛间，这才放下心来。当天夜里，董昭之梦见一个人穿着黑袍，带了许多同样身着黑衣的随从来见他，向他拜谢：“我本是蚂蚁中的王，只因不小心掉入了江中，幸得董先生相救才留有性命。救命之恩无以为报，今后您若遇上危难，可以来找我，我一定相助。”

董昭之救蚁是天性使然，并非图报，醒后想起梦中所见，也只当是黄粱一梦，没有放在心上。

此后又过了十多年，董昭之所住之地附近发生了抢劫案，劫匪诬陷昭之是同谋，官府也不分青红皂白就抓了他，指控他为首犯。董昭之被关在余杭县的监牢里，亲戚朋友一概无法救他。就在他万般绝望的时候，忽然想起了当年做过的那个梦。董昭之只当自己多年来一心行善，万万没有遇到劫难的道理，却没想到此番飞来横祸，方知蚁王在梦中所言不虚。

蚁王当年说有难时可向它求助，但是现在自己身陷囹圄，又如何找到蚁王呢？

就在董昭之苦苦寻思的时候，与他囚禁在同一间牢房的狱友看他想得出神，便问他在想什么。董昭之将事情说了，他的狱友是个见多识广的人，听他这么说，便笑了起来。

“您有什么办法？”董昭之不解。

狱友便说：“这个简单，你只要捉两三只蚂蚁放在手心，将你的遭遇告诉它们就行。”

董昭之按照他的话办了，在狱中捉了几只蚂蚁，请它们传话给蚁王。当天晚上，董昭之惴惴不安地入睡，果然梦见了当年的蚁王。

蚁王对他说：“您快点逃吧，天下已经大乱了，您还是先躲进余杭山中保住自己的性命，不久后遇到大赦，您便高枕无忧了。”

董昭之从梦中惊醒，发现蚂蚁已经将束缚他的枷锁都咬光了，连牢房的门锁也被蚂蚁咬坏了。董昭之趁机逃出监牢，渡过钱塘江，躲进了余杭山中。

当时天下果然已经乱了，各地频频出现盗匪乱民，民不聊生，而董昭之躲在山里，竟然能够平安度日。后来动乱平息，朝廷颁布赦令，他也得到了赦免。

经此一劫，董昭之万分感激蚁王相助。昭之救蚁，蚁王报恩，流传到后世，便成了善有善报的佳话。

十二　蒋武救象

有人救蚂蚁，也有人救大象，是谓行善无分大小。

唐代有个故事，是说唐代宝历年间，循州河源出了一个叫蒋武的人，生来体格魁梧雄壮，行事也豪气过人。

蒋武长在山林中，自幼以射猎为生。天长日久，蒋武的射猎本事越来越厉害，他经常带弓挟箭独闯深山老林，遇到虎豹熊罴，即刻张弓搭箭，猎物没有一个能逃得掉。蒋武将他的猎物卖给山下的人家，人们剖开那些虎豹的皮肉检视，发现它们都是被蒋武一箭穿心的，深感蒋武箭法高明。

有一天，蒋武正在家中休息，忽然听到一阵急促的敲门声。蒋武觉得有些奇怪，自己独居在山林中，怎么会有人来敲门呢？他索性也不急着开门，只隔着门缝向外窥看，发现是一头大象，身上驮着一只猩猩，正是猩猩在敲门。

蒋武在山中待久了，知道山中百兽皆有灵性，这只猩猩也会说话，于是他隔着门问猩猩："你和大象急着来找我，是有什么事吗？"

猩猩果然回话说："大象有难，知道我会说人话，便带我来找你，想求你相助。"

蒋武这才知道它们并没有恶意，他又是个古道热肠的人，就问："你们遇到了什么麻烦，告诉我吧！"

猩猩说："在这座山南边二百余里的地方，有一处凹陷的山洞，里面不知道什么时候开始盘踞了一条大巴蛇，长数百尺，两眼发出的精光就像闪电一样可怕，牙齿比剑刃还锋利。只要有大象从那里经过，就会被那条蛇吞吃，已经有好几百头大象遭殃。大象们无处躲藏，眼见就要遭受灭顶之灾。它们听说您善于射箭，求您用毒箭射杀那条蛇，除掉此患，大家都感激您的恩德。"

猩猩说完，这只大象也似听懂了人言，屈膝跪在地上，泪落如雨。猩猩也帮着哀求蒋武："您若答应，就请带着弓箭登上大象，它载我们前去。"

见到大象落泪的情状，蒋武也感动了，便答应了它们的请求，在箭镞上抹了毒药后骑着大象出发了。

没过多久，他们便到了山南的山洞前。蒋武远远看见一双眼睛在岩石下露出来，眼中精光闪耀如灯笼，能照百步之远。猩猩见状，悄声对蒋武说："这就是那条大蛇的眼睛。"

蒋武点点头，脚踏强弩，弯弓搭箭，连发两箭，对着蛇的眼睛射去。这时候蛇开始动了，蒋武听到山腹中发出雷鸣一样的声音，大象背着猩猩和蒋武迅速奔跑躲避。没过多久，蒋武就看到大蛇爬了出来，扭曲着身子爬入了山林中，它所爬过的地方，草木都像被火烧过一样，变得焦黄枯黑。

到了晚上，大蛇气力用尽，终于死了。蒋武进洞去查看情况，发现蛇洞中象骨象牙堆积如山。大象看见了，知道这是同胞的遗骨，垂下头低声哀鸣。

蒋武安慰了大象一番，出洞后，发现洞口跪着十余头大象，各用鼻子卷住一棵檀木，献给蒋武做谢礼。蒋武接受了谢礼，欣然离去，此后家境也变得富裕起来。

不知怎地，蒋武救象的名声就传遍了这片山林。过了一段时日，又有猩猩骑着猛虎来找他。蒋武一看，却不是他认识的那只猩猩。

骑虎的猩猩对蒋武说："这虎一窝生了雌雄三子，一家人本来安享天伦，没想到遭到一只黄色野兽的袭击，将它们的脑袋剁成了肉酱。听说您曾救大象脱离苦海，也请您再发一次慈悲，救救老虎一家。"

说罢猩猩又拿出许多金银珠宝献给蒋武。

蒋武不疑有他，见它们说得可怜，便又答应了。他让老虎和猩猩先回去，自己准备好就去找它们。没多久蒋武收拾好了弓箭，刚一出门，就看见他的老朋友，先前那只骑象的猩猩来到，问他："您是要去帮助那只老虎？"

蒋武点头称是。

这只猩猩又说："您千万不能去！"

蒋武不解，忙问："这又是为什么？"

猩猩回答说："昨天山里来了五只猛虎，吃了数百个人。大家都害怕极了，幸好天降神兽，吞掉了其中四只，还剩一只逃跑了。您现在接受了老虎的好处，要帮它除掉神兽，日后老虎再吃人，您就是为虎作伥啊！它献给您这么多珠宝，可见已经吃了许多人了！那只骑虎的猩猩，是我族的败类，正是它与老虎狼狈为奸，才想到利用您。"

蒋武听了怒不可遏，说："是我没注意，我这就去除了那吃人的老虎和猩猩！"

话音落地蒋武就出门了，没过多久便射死了老虎和它的帮凶猩猩，回头又将那些珠宝高悬在门上，让山民都来认领。这些不义之财，他一样都没留下。

十三 周南毙鼠

自古捉妖除怪都需要有些本事，不是修行得道，就得武艺高强，但是也有例外的，譬如王周南这样的，一言不发也能将精怪气死。

王周南是三国时魏国襄邑县的县长，他官位虽小，为人却精明。当时正值三国时期，天下动乱不止，各地也频频发生异象。王周南看在眼里，越发对时局担忧起来。

有一天他理政时，忽然见一只老鼠从地洞中爬出来，晃晃悠悠爬到了厅堂上。老鼠见人也不害怕，更不畏惧日光，它爬到王周南面前对他说：“周南，你在某年某月某日要死去！”

老鼠能口吐人言已经够奇怪了，还能预言自己的生死，王周南一时好奇起来，走近前仔细观察那只老鼠。只见老鼠面露精光，一副趾高气扬的样子，仿佛它说的都是真的一样。

王周南心想，国之将亡必生妖孽，这老鼠成了精怪，必定不是好兆头，自己是官员，应当以身作则，便不理会这鼠妖。

老鼠见王周南不说话，也不理自己，顿时丧了气，耷拉着脑袋爬回洞里。

后来到了老鼠预言王周南将死的那一日，它又爬了出来，打算来看王周南的笑话。王周南再见到这鼠妖时大吃一惊，原来这老鼠不但戴着帽子头巾，还穿着一身黑衣，打扮得如同一个书生，就是看上去不伦不类。

老鼠又对王周南说："周南啊，你中午就要死了。"

王周南看它幸灾乐祸的样子，心里很气恼，但是面上毫不显露，依旧不搭理他。

这老鼠见自己自讨没趣，就又钻回洞里。这老鼠大概也是闲得无聊，又一心想瞧热闹，尔后便不断爬进爬出，没事儿就跑到周南面前对他说："周南啊，你中午就死了。"来来回回说了好几次。

周家的人忍无可忍，均想动手打死这妖孽，都被周南劝阻了。

等到了中午，老鼠又说："周南啊，你马上就死了。"

周南笑而不答。

老鼠见周南根本不上当，气急败坏，跳起来说："王周南！你一直不搭腔，我还能说什么？！"

它竭尽全力吼出这句话，便倒在地上死了，身上的衣帽也立刻消失了。王周南走近看时，发觉这鼠妖和平时所见的老鼠也没什么不同。

老鼠竟然被王周南的举动气死了，家人都觉得奇怪。王周南这才解释说，若他真的和老鼠搭腔，相信了它的鬼话，那今日就必死无疑了。

世间俗语说"见怪不怪，其怪自坏"，王周南不相信老鼠的话，才不使妖言真的惑众。面对一些违反常理的事情或者谣言，处理的办法也当同此理。

十四　安阳书生

《搜神记》里有个故事，讲的是安阳书生除怪，其方式与气死鼠妖的王周南截然不同，也值得一讲。

安阳城南有一座驿亭，当地人都说那里面闹鬼，只要是人住进去，晚上一定会死于非命。

某日一个书生经过此地，时值傍晚，便打算在驿亭住宿一晚。附近的百姓见状，连连劝阻他："年轻人，听我一句劝，这里不能住人的，前前后后住进这驿亭的人，没一个能活到第二天。你年纪轻轻的，何苦自寻死路呢？"也有几个热心的，索性邀请书生到自己家中留宿。

书生闻言却很淡定，先谢过众人的好意，继而又拒绝了大家的提议。书生笑说："没有关系，今夜我住进去，若有什么变故，我自会应付。"

原来这书生修行过法术，颇有道行，自然不怕妖鬼精怪，对于驿亭的传闻，他心里也起了几分好奇，于是便住进了客房。到了晚间，书生端坐着诵读书文，过了很久才休息。

半夜以后，书生双眼倏地睁开，仔细聆听着驿亭里的动静。没过多久，书生就发现有个身着黑色单衣的人，在门外走来走去，行踪鬼祟。那人徘徊了一阵，忽然问："亭主在吗？"

有个声音回答了他，书生知道这声音大概就是所谓的"亭主"了。

黑衣人又问："亭中今夜可有人留宿？"

亭主回答说："有个书生住在客房，先前在读书，刚刚休息，好像还没睡着。"

黑衣人听说书生还没睡着，似乎非常失望，轻轻叹息着离开了。

不久，又有一个戴着红头巾的人来呼唤亭主，问话和答话与先前一样，他也失望地离开了。

此后驿亭四周静悄悄的，良久都没有声响。书生知道不会再有人来了，就起身到先前那两人发声的地方，模仿他们呼喊亭主，亭主没有认出声音，毫不怀疑地应答。

书生故意问："此刻亭中有人吗？"

亭主便说有个书生。

书生暗笑亭主的愚笨，又问："适才的黑衣人是谁？"

"便是北屋的老母猪。"

"那么头戴红巾的人是谁？"

"西屋的老公鸡。"

"你又是谁？"

"我是老蝎子。"

亭主在书生的哄骗下将自己和同伴的老底和盘托出，书生得知驿亭杀人的真相，也不再睡觉，诵读诗书直到天亮，免得那些精怪趁他睡着来暗害他。

第二日天亮后，驿亭的百姓愁眉苦脸地来给他收尸，结果一开门，却看到书生精神奕奕地走了出来。

百姓惊叹："这里死了那么多人，你竟然能毫发无伤？"

书生对百姓解释说："驿亭杀人是因为有三个妖怪作乱，你们赶快找把剑来，我给你们捉拿妖怪。"

百姓们很快送上一柄锋利的宝剑，书生握着剑到昨天夜里与亭主对答的地方，果然发现一只陈年老蝎子，身躯大得像琵琶，毒刺长有几尺。他又到西屋找到了老公鸡，到北屋捉住老母猪。书生一剑一个，三剑除掉三怪。此后驿亭中再没有妖怪吃人，过往的百姓也可以安心住宿了。

十五 细腰

要说房屋闹鬼的事情，也不止安阳城南的驿亭，《搜神记》里还有一桩异事，说的也是座凶宅，情节与安阳驿亭类似。

东汉时魏郡有个叫张奋的人，原本出自大族，家境非常富裕，起先也有良田千顷，豪宅广厦，令人羡慕不已。后来张家不知什么缘故，在很短一段时间内，家业忽然衰败下去，家境简直断崖式下滑，不但产业先后被人占去，家中金银财宝也因各种缘故散尽。张家人摸不着头脑，只当是家宅风水不好，不得不将住宅卖给了一个叫程应的人。

程应买宅子的时候，就有人告诉了他张家的遭遇，暗示他这宅子有些邪门，但是程应却不相信。在他看来家道中落是主人家自己经营不善所致，和房屋没有什么关系。于是程应带着家人高高兴兴搬进去住，然而很快就发生了变故。

程家人搬进张宅没几天，全家人都生起了怪病。虽然人吃五谷杂粮就要生病，但是程家人这来势汹汹的怪病，仍让程应措手不及。他不知道找了多少名医，却都医治无果，这下程应也不得不承认，这宅子的确有问题。为保全家人性命，程应不得已之下，将住宅卖给了邻居何文。

既然都说此宅是凶宅，何文焉敢买下？原来何文自恃有一身好武艺，并不将鬼神之说放在心上。周围的人都劝他不要冒此风险，何文却总是笑而不应。

买下住宅后的当天晚上，何文独自一人手持大刀，悄无声息地走进北面的堂屋，爬到屋梁上藏起来。他也是有心机之人，不敢贸然入住，想先观察宅内的动静。若当真有什么妖鬼邪神，一并除去才好。

到了夜里三更将尽的时候，宅内忽然出现了一个身高一丈有余、戴着高冠、身着黄袍的人。这人大摇大摆走进堂屋，一进来就高声喊叫："细腰！"

屋内果然有人声应答他，便是他所唤的"细腰"。

又听黄衣人问细腰："屋内为何有生人的气味？"

细腰回答："今日屋内并无生人。"

何文听他这么说，连忙屏住呼吸，免得黄衣人发现自己。

黄衣人过了一会儿就离开了，随后又来了一个同样戴着高冠、身着青衣的人，问了和黄衣人同样的问题。

得不到自己想要的答案，青衣人也走了。没过多久又来了一个同样打扮，身穿白衣的人，问话也一如从前。

见细腰三次都回答没有生人，何文便确定他不曾发觉自己。

等到天快亮的时候，何文从屋梁上下来，打量了一圈，周围并无动静。他灵机一动，想了个主意。

何文按照方才那三人的语气，呼唤细腰，细腰果然没有认出来。

他问细腰："刚才的黄衣人是谁？"

细腰回答："那是黄金，就住在堂屋西边的墙壁下。"

何文吃了一惊，又问："那青衣人是谁？"

细腰则说："那是铜钱，住在堂屋前面距离井边五步远的地方。"

“那么白衣人又是谁？”

何文心中想，黄衣是黄金，青衣是铜钱，正合了金银本色，难道白衣人是白银？

果然让他猜对了，只听细腰回答说：“是白银，住在墙壁东北角的柱子下面。”

眼下何文只剩最后一个疑惑没有解开了，他继续问：“那你又是谁？”

“我是木杵，就住在灶台下面。”

何文全都明白了，原来张宅内的种种变故，都是因为这些精怪作乱。等到天亮后，何文依照昨夜细腰所说次序依次挖掘，共挖出了黄金五百斤、白银五百斤、铜钱千万贯。然后他点火烧掉了灶台下的木杵，彻底除掉了宅内的所有祸患。

何文这才心满意足地搬进来，此后宅内清静安宁，再无异象，何文坐拥千金，也变得富裕起来。

十六 将军除怪

前文说到官员、书生除怪，各有各的本事，或凭智谋，或靠法术，也有一类人性格勇武果决，除妖时二话不说，撸起袖子就干，这说的是清代著名的将军赵良栋。

赵良栋是清代初年的名将，康熙皇帝曾经赞他是“伟男子”，足见他英勇善战。康熙年间赵良栋率军平定三藩之乱后，在凯旋途中路经四川。八年战乱，四川百姓深受其害，因此对平乱的赵良栋十分感激，当时的四川巡抚亲自将赵良栋一行人迎接进成都城。

赵良栋及其随从人员人数不少，他见四川巡抚安置他们的民宅狭小，众人暂住难免局促，便向巡抚提出要搬到城西的都察院衙门的大院里，那里宽敞，正适合这些武人的脾气。

四川巡抚一听他的话，立刻吓得变了脸色，赶忙劝阻赵将军：“那院子住不得人啊，听说里面有妖怪作祟，院子已经封锁了一百多年了，将军于国有功，我怎么能让您到那妖魅丛生之地下榻呢？”

看着诚惶诚恐的巡抚，赵良栋大笑起来："大人多虑了，我才平定叛乱，刀下之鬼不知道有多少。真有妖怪的话，也是它们怕我才对。"

赵良栋对巡抚的话不以为然，执意要住进去，甚至立刻就派了家丁、仆役将那所荒废已久的院落打扫干净，把自己的家属安置在内堂，自己独自一人住进了正房。原来赵良栋性格疾恶如仇，他是抱着除妖卫道之心住进去的。

当晚，赵良栋索性枕着自己的兵器长戟，也不吹灭蜡烛，就这么闭目养神，颇有枕戈待旦之意。他心中好奇这妖怪究竟是何模样，想着今夜定要会会它。

到了二更时分，院外有打更的响锣敲响，赵良栋听到帐钩突然叮当作响。当时并没有风声，他便明白，这是妖怪来了。

赵良栋睁眼打量四周，只见床前站着一个身穿白衣之人，身材高长，挺着个大肚子，一个人就像一堵墙一样，几乎将整个床面都挡住了。这时候烛光也变得阴森幽微，赵良栋猛地起身，抽出长戟，大声呵斥那妖怪。

那妖怪不防此人胆子大，被他一声怒吼吓得连连退后了好几步。这一下适才被它挡住的烛光又明亮起来，赵良栋这才看清妖怪的长相，他不由倒吸了一口气，这妖怪的面目竟然像极了民间图画上的开路神，甚是狰狞可怕。

赵良栋也不管三七二十一，提起长戟就向妖怪刺去，没想到妖怪身法灵活，轻巧一跳就躲到了梁柱间。赵良栋再刺，妖怪再躲，一人一妖厮打了半天，将军始终未能得手，妖怪也不占上风。后来妖怪渐渐体力不支，忽地闪身钻进一条夹道当中，消失不见了。

赵良栋追过去却扑了个空，悻悻地往回走时，却感觉自己身后凉飕飕的，不似风吹过，倒似鬼魅跟着他一般。将军故意停了脚步，回头一看，竟然是那只妖怪狞笑着跟在他身后。

这下妖怪彻底激怒了赵良栋，自己没有对它赶尽杀绝，它竟然阴魂不散！赵良栋是在战场上杀敌无数的将军，哪里能忍受一个妖怪如此戏弄他，气极怒斥："世上竟然有你这样厚颜无耻的妖孽！"

他这般一喊，他的家丁亲随们也听到了院中的动静，纷纷拿着兵刃拥进来助阵。那妖怪见对方人多势众，顿时熄了气焰，步步退走，直至退入了原来的夹道之中。

"大胆妖孽，你还想逃走？！"

赵良栋带人追过去，只见妖怪倏地钻进了一间空房中，房中尘土飞扬，不断发出声响，好像是妖怪也在召集同类来给自己助阵。

众人进了房间，看见白衣妖怪站在中央，挺身而立，准备负隅顽抗。家丁们没有赵良栋胆子大，大家你看看我，我看看你，谁也不敢贸然上前。赵良栋也不管自己人如何了，挺起长戟就向着妖怪杀去，他这势不可当的一刺，一下子就刺穿了妖怪的腹部，只听"扑"的一声，妖怪又不见了。房中只剩下两只金光闪闪的眼睛，像是镶刻在墙壁上，每只都有盘子大小。赵良栋猜测这是那妖怪的双眼，见其目光闪闪逼人，以为是妖怪的妖术，暗叫不好，忙命众人一起用刀劈开那双眼睛。几刀下去，眼睛就化成了一室火星，如萤火般四散开来，最后渐渐熄灭。此时，天已经大亮，那妖怪再无任何踪影声息。

风平浪静后，赵良栋将此事讲给了四川巡抚听，随行的文武官员听说了，无不赞赵将军神武。但是不管是当地积年的老人家还是修行的和尚道士，都说不出妖怪的来历，那妖怪的身份，到底成了一个谜。

十七 真人除妖

捉妖是个细致的技术活，是要长时间锤炼才能练就的本事。有些功夫不到家的人，捉妖时难免出现纰漏，捉不到不可怕，捉错了就尴尬，有位娄真人就是犯错的典型。

捉错妖的故事发生在松江的张忠震家中，他是乾隆年间的进士，官至御史。

御史的家中也不太平，每天晚上，他总能听到家中书房的卧炕下传出吱吱吱的声音，就像是老鼠打架，吵闹不休。张忠震为人好静，夜夜听这嘈杂的声音，颇不耐烦，便想办法驱鼠。他先是命家人燃放爆竹，以为老鼠畏惧爆竹声会自行逃走，却没有用；张忠震急了，又找人拿火枪毙鼠，结果也不奏效。这群老鼠似是成了精，十分狡猾。张忠震无奈，便让人拆了炕想一看究竟，然而一拆开，大家便傻了眼，炕下地面平整，什么都没有。

这件怪事自此就成了张家一个未解之谜。

张忠震虽然也信奉儒家的“子不语怪力乱神”之说，但是面对家中怪象，他也怀疑是妖魅所致。

此后没多久，张家又发生了一件怪事。书房的后面是一个侍女的卧房，一天晚上，有个头戴方巾身穿黑袍的人，不知怎么潜入了侍女房中，竟向侍女求欢。侍女不肯答应，一不留神中了此人的法术，昏迷过去不省人事。等到天亮后，张家人才发现此事。

张忠震得知后，认定是妖物所为，于是求了一张盖有张真人玉印的符咒藏在侍女的被套中，当晚侍女入睡时盖在身上。张忠震原本以为这样就能捉住妖怪，没想到一夜过去了，妖怪压根没来。

第二日晚上，妖怪来是来了，但是此妖面对张真人的符咒如入无人之境，丝毫不惧怕，不但撕扯掉侍女的衣裙，还将污秽之物涂在符咒上，之后扬长而去。

张家人一番布置徒劳无功，张忠震怒不可遏，发誓非除掉此妖不可。张真人的符咒既不管用，他又去请来了娄真人。

古时的妖怪不少，真人虽然不是量产，但是一个时期总能出那么几个有名的。娄真人名声在外，张忠震当然不敢怠慢，将娄真人当作贵客迎入家中。娄真人开坛作法，三天后，便在张家捉到了一只狸猫一样的东西，娄真人将此物交给张忠震，嘱咐他将这妖物装进瓮里，再贴上封条，如此，全家可得太平。

张家人一一照做，以为从此可以高枕无忧了，对娄真人感恩戴德。没想到娄真人前脚刚走，当天晚上那妖怪又来了，并得意扬扬大笑：“我兄弟不知进退，误被那道士捉了去，真是可恨！如今谅那道士也不敢来捉我！”

这次妖怪大闹张家，全家上下苦不堪言。张忠震一想到娄真人捉错了妖，就寝食难安，生怕这妖怪寻仇，只得再次请娄真人出山。没想到娄真人却说："我的法术只能施行一次，第二次就不灵了。"

敢情娄真人的法术也是一次性产品，灵与不灵全看天意。张忠震被这捉错妖的真人气得半死，没办法只能将侍女送到庙里去。说来也奇怪，若侍女在庙里，妖怪也不往张家来，如果侍女回了家，妖怪也一定跟着来。

就这么过了半年，张家人也渐渐习惯了家中时不时来只妖怪。张忠震有心再请高人来捉妖，又怕都像娄真人一样闹出乌龙，索性作罢。

一天晚上，他与来访的客人下棋至深夜。此时屋外飘起鹅毛大雪，张忠震临睡前推开窗户漱口，一低头却发现院中角落里蹲着个怪物，像驴子那么大，脸膛黝黑，眼睛发黄，蹲伏在阶下一动不动，而张忠震吐出的口水正巧溅在了怪物的背上。张忠震大吃一惊，跳到窗外去捉那怪物，怪物却忽然消失不见了。

到了第二日清晨，侍女禀报张忠震说："昨夜妖怪来见我，说他已经被主人您看到了，天机已经泄露，这里不能再待，这就告辞了。"

张忠震听了半信半疑，以为妖怪又在戏弄他。没想到过了许久妖怪都不曾现身，他才相信妖怪是真的离开了。

这妖怪为何而来为何而走，张家人始终也没搞明白，不过经历了这些事，张忠震反倒对鬼神多了几分敬畏。

十八　太史除妖

周太史是个不大不小的官，他会驱妖，但是手段方法，用的还是一套官场逻辑。

故事要从周太史的同族，一位名叫周用修的乡绅讲起。

周用修是江西瑞昌县楼下村人，年近五十岁，虽然早年丧妻，自己独自将儿子抚养长大，但是现在儿子也娶了媳妇，家道兴旺，日子过得安乐。

有一天，周家突然来了一个五十多岁的老太太，她走到楼上，独独叫住了周用修的儿媳。

儿媳有些害怕，因为从未在家中见过此人。

“你不必害怕，我是你的婆婆。”

周家媳妇更讶异了，心里想：丈夫的母亲早逝，我嫁到周家这么多年了，还从未见过什么婆婆，若是公公后娶的继妻，看着也不像啊！

她心存怀疑，下楼将此事告诉了周用修。

周用修听后，飞奔上楼，要见见这位老太太，但老太太关上了房门，始终不肯与他见面。周用修的长子来见所谓的母亲，老太太也不肯相见。

自此，老太太就在楼上住下了，日常饮食、起居用品由媳妇送至房门口，看她的作息，也和常人没有两样，全家相处着倒也安然无事。周用修是个胆子不大的人，纵然怀疑老太太来历有异，也不敢轻易驱逐。

很快，周家多了一位老太太的事情就传了出去。街坊邻居闲谈之间对老太太的身份来历多有猜测，有说她是鬼魅所化，也有说是妖精变的，总之没什么好话。

等到这些流言蜚语传到老太太耳朵里，她一怒之下就离开了周家。

她一走不要紧，周家却从此陷入困顿。周家人发现，老太太走后，家中所存的布匹和粮食常常不翼而飞。一开始他们以为是被小偷光顾，便将东西收藏在大柜子里，外面挂了牢固的锁，但是东西照旧消失。与此同时，周家人又听说，楼下村的人近来经常看见一个老太太在周家附近出售布匹和粮食。周家人知道是那老太太作怪，赶去找她算账时，又不见踪影。

就这么过了三年，周家的家底渐渐被老太太弄得半空。周用修请了巫祝神婆来驱妖，不见半点效用。他急得没办法，只好将家中的异状告诉官府，可是官府也都拿那老太太没办法。人人都说周用修惹了妖怪，只能自认倒霉。

就在周家火烧眉毛的时候，转机出现了，与周用修同族的太史周厚辕回乡休假，正好到周用修家拜访。没想到，在周厚辕到来的前一天，正在周家偷东西的老太太忽然扔下东西就跑了。周家人惊愕不已，但是他们随后就发现，只要周厚辕来做客，老太太就避之不及，绝不敢在周家逗留。周用修这下明白了，原来这妖怪是害怕周太史。

周用修抓住了周太史这根救命稻草，哀求他驱妖。周太史念在同族

太史除妖　妖怪作祟，深谙官场规则的周太史，给当地的土地神与灶神下了檄文。果然，妖怪很快就销声匿迹了。

之情的分上，答应帮他一次。

只见周太史拿出朱笔，在黄纸上洋洋洒洒写下一篇文字，写的却不是驱妖的符咒，而是给楼下村的土地神和灶神的檄文。

原来周太史既然为官，也懂得妖怪鬼神的处事方式，与人间并无太大差异。妖怪作怪自有神明做主，否则楼下村人供奉神明做什么？

周太史的檄文上说："阴阳两界，情出一理。如果没有阴司也就罢了，若是有阴司存在，岂能对人间事不闻不问？小小的一个楼下村，有土地神、灶神两位神明在，却听任一个妖怪化作老太太横行无忌兴风作浪，难道你们是跟妖怪同流合污了？本官现在限你们在三天之内，将老妖怪驱逐。三天不成五天，五天不成七天，若是七天之后没有任何作为，就说明你们这些神明无用！那还要什么香火祭祀？到时候本官命人拆了你们的庙，毁了你们的像！"

如此强势的作风，当真令神明也害怕。周太史将檄文放在神像下烧了后，就渡江访友去了。过了一个多月，他回来时又经过楼下村。周太史坐在轿子里昏睡过去，睡梦之间仿佛看见漫山遍野挤满了人，男女老少你挤我我挤你，摩肩接踵赶赴到一处山谷里，不知在围观什么。

周太史正要仔细看，忽然有两个须长二尺的老人来到他轿前，站了许久，却一句话也没说。周太史猜测，这二位恐怕就是土地神和灶神，今日是来给他一个交代的。

一惊之下，周太史就醒了。他一进村，村民们就来对他说："您烧了檄文三天后，那老妖怪就悄悄离开了，再也没有回来。"

没等众人说完，周用修一家人也匆匆赶来，向周厚辕道谢，并又请他写了一篇文章，以表示对土地神和灶神的谢意。

从此以后，楼下村风调雨顺，再没出过什么妖怪，村人生活安乐，周家也慢慢恢复了以往的生计。

周家的无妄之灾就算过去了，太史驱妖却为人津津乐道。人们都说在人间的官场上“现官不如现管”，鬼神之事也一样。周用修驱妖无法，是因为没有摸准妖怪的命门，等到了周太史这样当官的人面前，驱妖就只用动动手指写篇檄文，剩下的事让神明操心即可，这么做实在是因为吃透了官场的法则。所谓阴阳两界情出一理，神明也畏惧这等强硬作风的官员，欺软怕硬，到哪里都是这个道理。

十九　袁根入赤城

在中国的志怪故事中，一个有趣的类型是仙人相恋。谢端和白水素女虽然未成姻缘，但是遇仙的却不独他一位，也有人成就了姻缘。

会稽剡县的乡民袁相、根硕二人，平日里以打猎为生。有一次他俩结伴出行，为了找到更多猎物，二人自恃胆大，不惜跋涉百里，走入了一处深山中。这处山林人迹罕至，两人刚一进山，就发现了一群正在吃草的山羊。那群山羊甚有灵性，知晓有人在追它们，在山间闪躲腾挪跑得极快，袁相和根硕为了猎到它们，不知不觉跟着山羊走进了山腹处。

山羊经过一座石桥，消失在了尽头。袁相和根硕对望了一眼，均决定追过去。石桥非常狭窄，两边又是万丈深渊，稍有不慎就会摔得粉身碎骨。换作旁人可能就放弃了，但是袁相、根硕二人是当地的猎人，身手矫健，胆子也大，两人都不愿意深入宝山而空手返回，于是跟着追过桥去，来到了一处悬崖绝壁下。

悬崖呈鲜红色，壁立千仞，高耸入云，远远望去，赤霞如烟，这便

袁根入赤城

袁根入赤城　仙人相恋，是古代遇仙传说恒久不变的主题。袁相、根硕入深山得遇仙女，这一番际遇，真是羡煞旁人。

是赤城山。唐代诗人李白曾形容赤城山“满堂空翠如可扫，赤城霞气苍梧烟”，足见此山美如仙境。袁相、根硕二人也听过赤城山的名头，又看见悬崖顶上有水淙淙流下，宛若一匹丝缎，心道这便是当地人所说的瀑布。

这二人寻找山羊的踪迹，忽见一处小径边有一个山洞，洞口齐整，不像天生的，倒像是仙人所居的洞天福地一般。

二人起了好奇心，就奔了过去。一进山洞，发现里面平坦宽敞，充盈着草木的芳香气味。洞内有一间小屋，其中住着两个女子，身穿青衣，年纪都在十五六岁，容貌美丽出尘，不似凡世之人。

“何人擅入？”

袁相、根硕二人顿时红了脸，忙解释了自己二人追逐山羊进山入洞的事情，并表示自己绝无恶意，更不是有意打扰。

两个女子见二人举止有礼，也不再计较，反而笑着解释说她们姐妹二人一个名叫莹珠，另一个名叫洁玉。

“我们早就等着你们来了。”

两人欣然挽留袁相、根硕二人留下，与他们结成了夫妻。袁、根二人哪里能想到入此深山得遇仙人的美事，便留在了这里，与莹珠、洁玉姐妹两人双宿双飞。

过了些时日，姐妹两人忽然对袁相和根硕说：“我们其他的姐妹也新得了夫婿，我们俩要去贺喜。”

她们在悬崖峭壁上拖着鞋行走，步伐轻盈，脚步声清脆，看得袁相、根硕二人心惊不已。算起来他们在山中也耽误了许久，二人也都想念山外的亲人朋友，趁着那对姐妹不在，这二人就偷偷踏上了回家的路。

没想到莹珠和洁玉很快就发觉了此事，追上他们说：“既然你们要离开，我们也不阻拦。”

说罢她们取下手上的香囊送给袁相、根硕二人，并嘱咐他们："小心保管，千万别打开。"

这二人回到家后，对家人提起山中的经历，家人都觉得他们遇到了仙人。后来根硕外出时，家中人按捺不住好奇心，将他的香囊打开来看。香囊被一层层拆开，拆到第五层时，家人们惊奇地看见一只小青鸟从香囊中飞了出去。

根硕回来后知道此事，懊悔不已。没过几日根硕在田中耕种时，家人给他送午饭，却发现他在田中直直站立，动也不动。家人走近一看，只见他神魂全无，只剩下像蝉蜕一样的躯壳了。

人们都说赤城山中的仙女是青鸟所化，青鸟飞走了，根硕也被勾走了魂，其实也不乏道理。因为好奇心遇仙，又因为好奇心失魂，袁相、根硕二人的际遇，说起来要比谢端更加离奇。

二十 白幽求遇仙

遇仙遇到仙女求欢，这样的好事可遇而不可求。历来凡人遇到仙人，经历各不一样，有像根硕这样与女仙成婚最后反而丢了性命的，也有像谢端这样得仙人相助家道兴旺的，当然也有其他遭遇的，其中滋味，如人饮水，冷暖自知。

唐代贞元十一年(795)，白幽求又一次落了榜。他已经多年屡试不第，这次落榜后，白幽求索性也不愿意再考，就此跟着新罗王子出海散心。他们的船队在大谢公岛附近遭遇了大风，几条船被风吹散了，白幽求乘坐的那只船在海中疾行了两天两夜，不知向南漂了几万里。等风渐渐变小之后，船行的速度也慢了下来，白幽求看见了海边的陆地，就调整了方向，停船靠岸。

上岸后白幽求才发现，伫立在他面前的是一座万仞高山，半山上建有城墙，台阁疏阔，门宇壮观，异常华丽。

白幽求既来之则安之，索性沿着山路向上攀登。在距离城墙还有一二里的地方，白幽求赫然看见山道两旁蹲守着一群龙和老虎，见他走上来，都全神贯注地盯着他。白幽求心中想，自己今日方知什么是“虎视眈眈”。

眼前这些龙虎的尖牙利齿令他心生恐惧，他脱口而出“救命”两字，然而话一出口，才发现四周只有他自己一个人。有龙虎拦路，白幽求当然不敢再走下去，就此回去也不甘心，他便小心翼翼敛住呼吸，一个人在树下徘徊不前。

这时候风吹过树枝，发出沙沙声响，就像有人背诵诗歌一样。白幽求越听越觉得是人声，就仔细听它在说什么。

风中的声音说：“玉幢亘碧虚，此乃真人居。徘徊仍未进，邪省犹难除。”

白幽求大吃一惊，这说的不是自己吗？

但他还是犹疑着不敢向前，此时一个身着红衣的人从城中出来，吩咐道旁龙虎：“西岳真君将来此游览。”

众龙虎都伏身在地，恭恭敬敬回话：“真君尚未到。”

趁着龙虎不注意，白幽求赶快跑上前，可还没等他跟红衣人说上话，红衣人就头也不回地进去了。这下白幽求暴露在了龙虎的目光下，他进退不得，不知道自己该怎么办。

正在白幽求满心慌乱的时候，城中又出来几十个人，这些人看也不看白幽求，径自骑上龙虎下山。白幽求看呆了，也不管这些人是什么身份，在好奇心的驱使下竟然追着他们跑。等到了海边，白幽求看到那些人骑着龙虎奔上海面，就像走在陆地上一样，没过多久就消失在了碧波之中。

白幽求不知道自己该何去何从，眼见时候不早了，他便回到自己的船上吃饭。正吃着，白幽求又看见海上不知从哪里冒出来一支队伍，打着旗帜和符节，大约有一千人。队伍最前面飞舞着引路的鸾鹤青鸟，队

白幽求遇仙

白幽求遇仙　伫立在白幽求面前的，是一座万仞高山，半山上建有城墙，台阁疏阔，门宇壮观，异常华丽。

伍中的人有的骑龙虎，有的驾龟鱼，均不似凡人。在这支队伍中，有一人尤其光彩耀目，此人驾着红鬃烈马，身着紫云日月衣，头顶青色华盖，行动如风。

看见这支气势逼人的队伍从自己的船旁经过，白幽求吓得大气都不敢出一口，伏在地上一动不动。等到大队人马上岸登山进城，白幽求却又偷偷跟在后面。

这一次和他之前来此不同，众龙虎因为有客至，与树木花草鸟雀一起踏歌而舞。白幽求被它们的情绪感染，也跟着手舞足蹈起来。

约莫过了吃顿饭的工夫，先前的红衣人又出来了，手拿一纸公文，对龙虎说："你们到水府真君那里去。"

龙虎们都没有应声，红衣人看了看白幽求，无奈地示意他接受公文。白幽求糊里糊涂的，不知道红衣人让他做什么。

红衣人见状又重复了一遍："你出使水府。"

说罢他伸手一指，白幽求觉得自己身体一轻，竟然晃晃悠悠飞了起来，没飞多久就落入了海中。虽然到了海底，他却感觉不到周围有水，仍像是行走在路面上，路旁有树木花卉，不过触碰它们的时候，发出的声音宛若佩玉之声。

这大概就是传说中海底的玉树琼花了，白幽求心想。他走着走着，就到了一座宫殿外。守在门外的侍从看见他都很吃惊，伏身向他行礼。很快出来了数十个龙头鳞身的人，手持旗帜，将白幽求请入了水府。

水府真君早已在里面等候多时，见他来了，接受了符牒。礼毕后白幽求出门，此时已经有随从带着龙虎等他。于是白幽求也效仿仙人骑上龙虎，在水府中走了一遭，很快便回到了宫室之外。刚才拜谒水府真君的时候，白幽求没有吃什么东西，也不觉得饥饿，只是来此地看什么都新奇，一时间不想离开，他索性就在门外站着。过了一会儿有人出来寻找水府使者，白幽求答应了一声，跟着他进去。殿前参拜后，他被引到西廊下赴宴，在座的都是各地来的使者。

眼前摆的是玉盏琉璃杯，无数美酒佳肴都不是人间的凡俗味道，白幽求大开眼界。他问其他人这是什么地方，别的使者告诉他："这是各位真君的游春台，此间主人是东岳真君。此外还有游夏、游秋、游冬诸台，主人分别是南岳、西岳和北岳真君。"

宴饮之间，殿东的厢房下有数百名玉女奏乐，凤箫鸾管声中，白鹤孔雀翩翩而舞。

这一切都让白幽求赞叹不已，心中感慨仙人之乡果然非凡间可比。

酒足饭饱已到申时，此时海上明月上升，殿外月华皎洁。赴宴的各位真君起了兴致，一起对月赋诗。

白幽求听到一位真君念道："日落烟水黯，骊珠色岂昏。寒光射万里，霜缟遍千门。"

又有另一位真君作诗："玉魄东方开，嫦娥逐影来。洗心兼涤目，光影游春台。"

接下来一位真君说："清波滔碧乌，天藏黯黮连。二仪不辨处，忽吐清光圆。"

最后一位真君只念了两句："乌沉海西岸，蟾吐天东头。"至于剩下的句子，却是忘记了。

无论如何，四位真君赋诗，已足见唐代诗风之盛，连仙界也不例外。

赋诗结束后，一位真君命人表演夜戏给大家助兴。不一会儿，只听笙箫管弦齐鸣，金童玉女百余人齐声吟唱。

那歌声曼妙至极，白幽求记得其中一首歌是这样唱的："凤凰三十六，碧天高太清。元君夫人踏云语，冷风飒飒吹鹅笙。"

歌词玄妙，让白幽求久久不能忘怀。

四位真君的夜宴直到四更天才散去，白幽求从一开始的担惊受怕，到欢饮达旦怡然忘情，经历了一次不同寻常的仙乡之旅。如果故事只停留在这里，尚且算得上美好。但是第二天，白幽求就发现自己来此是个错误。

第二日，之前在陆上山中所见的红衣人又来了，他参拜了诸位真君后，说："白幽求已经充当了水府使者，是有功之人。"

真君们商量了说："那就让他留下来，负责游春台的洒扫吧。"言下之意是要白幽求留在此地。

从凡人到仙人，白幽求这样的机遇，可谓一步登天。但是白幽求听了却惶惶不安，深悔自己因为一时好奇来到这里。都说"学得文武艺，货与帝王家"，从前他一心科考，为的就是一朝高中踏入仕途，又怎么能甘心在此做个任人驱使的仆役呢，就算是仙人也不行。

于是白幽求叩拜几位真君，苦苦哀求他们放他回乡。

大约这些仙人们也是第一次见到不愿成仙的凡人，一位真君便问他："你家在哪里？"

白幽求回答说："在秦中。"

真君又问："你执意要回去，家中又有什么值得留恋的？"

这一次，白幽求没有回答。对于仕宦官场之恋，他忽觉在仙人面前有些说不出口。

西岳真君见他真心不愿留下，也不勉强他，吩咐说："你跟我来吧。"

于是白幽求出了游春台，驾着船跟在西岳真君后面。在真君的仙力下，白幽求船行如风，天大亮的时候，就到了一座岛边。西岳真君让白幽求登岛回家，自己飞升离去。白幽求看着真君消失在空中的身影，隐隐有些羡慕这些仙人的自在潇洒。

他也说不清这一天自己心理的变化，在岛上走了很长时间，终于看到了人烟。一问之下白幽求才知道，这里乃是明州，已经是中国的地界了。白幽求安慰自己，总算回到了故国。

从仙乡回来，白幽求的科举之心也淡了许多，当日他虽然没有答应留下，但是此后白幽求却向往着仙人的逍遥。他的做官之心一旦放下，也不去科考了，每日游山玩水，以茯苓为食，徜徉在五岳之间。如此说来，这次遇仙的经历，对他是好是坏，倒也不一定。

二十一 羽人易心

有人在高山大海中遇到仙人，有人家中做梦也能遇到仙人，这样的经历也值得一说。

燕昭王是战国时燕国的国君，他笃信仙道，曾派人入海寻找海上的蓬莱、方丈仙山，以求长生不老之术，却都无果。

某一日他坐在供奉神祇的宫殿中，不知不觉在白天里睡了过去。睡梦中燕昭王看见眼前升腾起一片白茫茫的云雾，云中走出来几人，身上的衣服缀满了羽毛，姑且称他们为羽人。羽人自称自己乃是仙人，燕昭王听后大喜，便问他们如何修炼才能成仙。

羽人说：“大王你的精神智慧尚未开化，想追求长生不老，甚至修成仙身，这辈子是做不到了，等着下辈子吧！”

燕昭王一听就泄了气，既不能再追求成仙，求教点别的也可以，于是他又问羽人如何断绝自己的欲望，免得自己总是胡思乱想。

这回羽人没拒绝，伸手指在昭王心脏的位置比画了一下，做了一个一分为二的动作，昭王的心脏顺着他的手指就裂开了。

燕昭王在睡梦中感到心口一阵剧痛，刹那间就痛醒了，自此便得了心疾，也就是后世俗称的心脏病。昭王患病之后，请了无数名医医治，都劝昭王要放开心怀，不要过于操劳。昭王想起梦中的事情，苦笑自己求仁得仁，患上心疾后，为了保命，也不敢想太多了，更是变得清心寡欲起来。

过了很久，燕昭王在泉照馆又遇见了先前梦中所见的羽人。这次羽人对他说了实话："当初我本来是想给大王您换一颗心的，奈何您醒得太快呀！"

说完羽人掏出一个绿色锦囊，里面装着一味续命灵药哺四精散，呈粉末状，细得如同灰烬一般。羽人用手抓了一把药，在燕昭王的心口摩挲了半刻，于是燕昭王的心疾就好了。燕昭王求羽人将药方告诉自己，羽人却怎么也不肯答应。

燕昭王在梦中遇险，无故患了数年心疾，羽人的做法未免不厚道。

二十二 聚宝竹

古人说“山不在高，有仙则名；水不在深，有龙则灵”，换言之，名山大川之中，仙人出现的概率比较高。

像唐代白幽求这样遭遇海风迷航而遇到仙人的事例，后世也发生过一次，只不过又是另一番故事了。

宋代中国的海洋贸易盛况空前，经海上丝绸之路前往日本、东南亚一带做生意的商贾不计其数，一时间也流传着许多海上的奇闻逸事。

南宋高宗绍兴年间，温州出了一户张姓的巨商。张家人世代做海上贸易，往来东洋、南洋数十年，都没出过什么纰漏，张家人自己也觉得靠海为生，获利甚丰。

但是俗话说“常在河边走，哪有不湿鞋”，海上的风浪，来得毫无征兆。绍兴七年（1137），张家的当家人张愿带人出海，没想到才走了几天，就在海上遭遇了大风。张家的船只被卷入风暴之中迷失了方向，只得顺着风漂流了五六天，不知漂到了何方。

等到终于看见陆地时，张家人才发现，他们竟然漂到了一处从未到过的岛上。说是海岛，其实就是海中高耸的一座山峰。

张家人想起唐人诗中“忽闻海上有仙山，山在虚无缥缈间”之句，怀疑自己来到的，便是传说中的海中仙山。

上岸后张家人看到漫山遍野长满了竹子，修长高大，青翠欲滴。张家人深以为奇，又觉得这些竹子既然长在仙家之处，必然有些用处，于是砍了数十棵竹子，准备用作船篙。

等他们砍完竹子欲回船时，不知道从哪里冒出来一个白衣老翁，看见张家人的行为很是气愤，训斥他们说：“你们知晓这是哪里吗？这可不是你们这些凡夫俗子能待的地方，赶紧回去吧，不要在此停留！”

老翁说话虽然不客气，但是张愿等人见他仙风道骨的样子，猜测他是此间仙人，并不敢为自己辩驳，便更加恭敬有礼地回答说：“我等是宋国的海商，出海时遭遇大风，差点葬身鱼腹，现在误打误撞来到此地，不敢在贵宝地逗留，只求仙翁指点我们回家的路。”说完再三拜谢老翁。

老翁见他们还算客气，就指了指海上的东南方向，让他们沿此方向回家。

张家人闻言谢过仙翁，重新扬帆起航，果真沿着东南方向航行，一路顺风顺水，再没遇到风浪。返航的途中，张家人修补船只，用掉了九棵仙岛上砍来的竹子，只余了一棵放在船舱里。

船快靠岸的时候，张家人遇到了几只外国来宋做生意的船，有来自东瀛，当时俗称倭人的，也有来自印度尼西亚一带，当时俗称昆仑奴的。这些人一看见张家船上用作桅杆樯橹的竹子，顿时捶胸顿足，大呼“可惜”。

张愿常年远行海外，听得懂他们的语言，再看这些人面上流露出惋惜的神情，心中疑惑不解，不知这些人在遗憾什么。然而还没等张愿去找他们问清楚，这些人一停好船，就纷纷跑到了张愿的船上。

张愿一问才知道，原来这些倭人和昆仑奴是对他船上的竹子感兴趣，听说船舱中尚有一棵完好无损的，纷纷出价求购。

其中有个客商说：“您尽管出价，只要您肯卖给我，要多少钱我都不还价！”

张愿想了想，试探性地开了价：“两千缗如何？”这在当时已算高价了。

没想到那人眼睛都不眨一下，立刻答应：“好！”

这人马上取钱给张愿，就要拿走竹子。张愿一看这阵势，立刻就后悔了，他也明白了这竹子是个稀罕物，只是不知道这宝贝究竟价值几何。张愿反悔说：“这竹子可是宝贝！我刚才是与你开玩笑的，要买竹子，须得五千缗才行。”

价钱翻了一番还多，本以为这群人会知难而退，没想到他们又二话不说就答应了。五千缗即五千贯铜钱，折合现在人民币也差不多近百万元，无论如何都算一笔巨款。这些倭人和昆仑奴听得张愿答应，喜不自胜，找了一辆车拉着钱过来，当下就和张愿订立了买卖合约。

这下张愿也不能后悔了，他是生意人，深知言而无信的后果，只好认了这场买卖。一手交钱一手交货后，张愿忍不住问：“现在交易也成了，我不会再反悔。不过我真的不知道此为何物，你们为何要出这么高的价钱来买？”

这些人说：“这竹子乃是宝伽山聚宝竹，出海时将此竹竖立在海水之中，就会吸引来海中各种宝贝，不用人冒险，宝物唾手可得。我们这些人，世世代代都在海上讨生活，去的地方多了，惊涛骇浪也如履平地，但是这竹子还是生平第一回见。为了这聚宝竹，付再高的价钱又算什么？”

张愿听他们如此说，深悔自己无知，将宝贝拱手相让，纵然得了五千缗，又怎么能与海中的珍宝相比？但是买卖已经敲定，后悔也无用，只能如约将竹子给人家。

眼看着倭人和昆仑奴欢天喜地地回去，张愿不由气馁。但是转念一想，这些外国人也是第一次见这竹子，又如何能认定这就是真正的聚宝竹？倘若他们眼力有差，那自己岂不是赚了？张愿一边自我安慰，一边又忍不住痛悔自己见识浅薄，如果是真正的聚宝竹，那自己就是真吃了“没文化”的亏。

二十三 巨人指

海上遇仙遇宝的经历固然难得，遇到别的或者更可怕的奇人奇事也有可能。

明代崇祯末年，江苏维亭有个姓袁的商人，与同伴出海远航做生意。他们一行人在海中航行数日，船上所带补给将尽之时，好不容易看见一处陆地。袁某异常兴奋，与同伴泊船上岸，打算砍柴烧水，打猎做饭，先填饱肚子再说。

一行八十余人走了不到百步，就看见山麓上卧着一个巨人，身形巨大，体态奇异，他们从未见过。袁某和同伴看着巨人庞大的身躯，顿时目瞪口呆。他们只当自己出行不利遇到了妖怪，正要逃跑时，巨人忽然坐起身，伸出两条长长的手臂将他们这群人一起攥在手心，扔到了另一个地方。

其中有一人因为恐惧拼命挣扎，一不小心从巨人手中掉落下来，坠入一处石沟里。巨人见状，就伸手去捞他，可惜那石沟虽然对普通人来说甚是宽阔，足以容数人进去，但对于这如同山般高大的巨人来说却甚是狭小，他无论怎么尝试，五指都无法伸入。巨人试了几次，见无法将那人捞出来，也就放弃了。他摘了大树的藤蔓，将袁某一行人的右手通通掐破，像串粽子一样将这些人串成一长串，高高悬挂在树上。

袁某只当自己今日要做巨人的口粮，暗叫吾命休矣。过了一会儿又有两个巨人到来，显然是这个巨人邀来的同伴。三个巨人嬉笑着聊天，说的话谁也听不懂，大约是在讨论如何分吃这些不速之客。

在巨人们谈笑风生的时候，袁某的同伴中有一人悄悄掏出平素里藏在身上的匕首，忍着手腕上的疼痛割断了束缚他们的绳子，一行人趁着巨人没注意向船上逃去。这时候，掉在石沟中的同伴也爬了出来，逃到了船上。

这番动静到底惊动了巨人，他们刚奔到船上，第一次抓住他们的巨人就追了上来。只见那巨人伸出右手攀住了桅杆，不让众人起航。船上的人奋起一搏，抽出一柄大刀向巨人手上砍去。在这生死关头，众人合力，终于砍断了巨人的半截食指。

巨人断指，剧痛之下收回了手，踉跄着跑了回去。袁某和同伴急忙扬帆起航，火速奔逃。等到了安全的海域，他们再看砍下的巨人手指，虽然只有半节，却足足有十八斤重。

这个故事是亲历者袁某告诉《坚瓠余集》的作者褚人获的，他从巨人手中逃生，言辞难免有夸大之嫌，但是中国的历史典籍和志怪传说中，巨人之说并不少见，《山海经》《博物志》中都有关于巨人国的记载，因此，袁某所见到的吃人的巨人，也极可能是真实存在的。

二十四 橘中叟

天下之大，无奇不有，有壮如高山的巨人，当然也有只在方寸之间的小人，而仙人也不只见于山中海上。

巴邛有个人，家世姓名早已无考，平素以种橘为生，家中经营好大一片橘园。有一年下霜之后，橘子大获丰收，这个巴邛人心中得意，计算着今年的收成。

但是他检视橘园时，却发现了一件奇怪的事情。

其他橘子都被摘下来了，唯有两个大橘子还挂在树上。这两个橘子个头大得惊人，像能容三四斗粮食的罐子。巴邛人问家中长工，只说这两个橘子太大，人人以为奇，怕是不祥之兆，不敢摘下来。

巴邛人自己也奇怪，言说“橘生淮南则为橘，生淮北则为枳”，这橘子有异，莫不是两棵橘树下水土不好？于是他弯腰巡视了一番，也没见有什么异常。

但是这巴邛人天生胆子大，也不信凶吉之说，见这橘子奇特，就让人摘了下来，心想拿到市场上给人参观也是有利可图的。没想到拿在手里时，他却发觉这两个大橘子的重量和平常的橘子是一样的。他越来越好奇，索性将橘子剖开，这下，果真到了见证奇迹的时刻。

只见每个橘子中都坐着两个老头，胡须眉毛皆白，全身肌肤却孩童一样红润有光，身高只有一尺多，一看就不是凡人。

巴邛人吓了一大跳，他种橘为生，这橘中叟却是生平第一次见。

两个橘子均被剖开，四位老叟也不以为然，毫不在意外界发生了什么。巴邛人好不容易镇定了心神再看时，发现四叟两两对坐正在下棋，一边执子对阵，一边聊天说话，其声朗朗，神态自若。

巴邛人仔细听着，原来仙人们下棋也是要赌胜负的，和凡间没什么差别。一局下完，一位老叟对另一位说："早就说了你赢不了我，怎么样，果然输了吧？你输给我海中龙神第七女的头发十两、智琼仙女的额黄十二枚、紫绡披肩一幅、绛台仙山的霞实散二庾、瀛洲的玉尘九斛、西王母的疗髓凝酒四盅，还有西王母之女态盈娘子的跻虚龙缟袜八双。这些彩头，后日在王先生的青城草堂给我吧！"

庾和斛俱是当时的容量单位，二庾合三十二斗，九斛合九十斗，巴邛人暗暗咂舌，仙人果然是大手笔。这老叟说了一连串的东西，他听得云里雾里，但是那些仙家名讳，却牢牢记在了巴邛人脑中。

又有一老叟说："王先生也答应来这里，现在却等不到他了。橘中对弈之乐，并不比在商山时少多少，只是无法长久，现在还不是让人给摘下来了？"说罢瞧了一眼正在旁边发呆的巴邛人，捻须微笑不语。

另一老叟说："下了这么久的棋，我也饿了，须得吃龙根脯才能饱腹。"说罢他从衣袖中取出一件草根样的东西，一寸左右，形容若龙，栩栩如生。老叟就削着这龙根脯吃，令人称奇的是此物削下一片，立刻生长完整如初，永远食之不尽。

这老叟吃饱了，龙根脯依旧完完整整，像一条盘踞在老叟手中的小龙。其余三名老叟看看他，目光示意是时候了。于是那老叟含了一口清水，喷到龙根脯上，那龙根脯当真变成一条威风凛凛的神龙，呼啸在半空中。

四位橘中老叟乘龙飞去，片刻之间云雾缭绕，风雨茫茫，巴邛人仰着脖子看了半天，也不知道四叟们乘龙飞到哪里去了。

此后一百五十余年，橘中叟的异事一直在巴邛之地流传。有人考据此事发生在隋唐时代，但是最终也无法查证具体年代了。也有人根据那个巴邛人的说法，言称四叟对话时提到商山，认为此四叟应该是秦汉时大名鼎鼎的商山四皓。

橘中四叟究竟是何方仙人，迄今始终无考，仙人们橘中对弈赌戏之乐，反而令普通人津津乐道，后世便也将象棋称作橘中戏。

二十五　画中人

非但橘里能藏人，画中也可。

唐代于逖编撰的《闻奇录》，就记载了一个“画中人”的故事。

唐代有个叫赵颜的进士精于丹青，与当时许多有名的画工熟识。某一日，一名画工赠给赵颜一幅画像，乃是一名女子的绘像，画中女子栩栩如生，容貌极美。赵颜看到此画爱不释手，悬挂在房中日日赏玩，见画中女子眉若春山明眸善睐，每每驻足观望时，都觉得此女目中似乎有灵光闪动。

得到此画后，赵颜如获至宝，片刻不舍得离开，口中常念及“卿卿”，仿佛被画中女子吸走了神魂一般。他的家人朋友笑他爱画成痴，误将画中人当作真的。

赵颜却不以为然，对赠画的画工叹息说：“世上没有这般美丽脱俗的女子，徒生我辈凡俗之人，令人遗憾！倘若真有这样的女子，我愿意娶她为妻。”他心里也知道是自己痴心妄想，不过是对好友倾诉，一解心中忧闷。

画工听后笑说：“你常说我画技出神，我当然不能让你失望了。这画中女子也有名字，叫作‘真真’，你日夜不间断地对着此画呼唤‘真真’，过了百天之后，她一定会答应你，到时你再请她喝百家彩灰酒，她就是个活生生的人了，必能如你所愿。”

赵颜大喜过望，立即按照画工的话，呼唤“真真”的名字，昼夜都不停歇。过了足足一百天，果然听到画中传来清脆的女声：“是我。”

果然如画工所言，画中人应了声。赵颜不敢怠慢，又喂画中人喝下百家彩灰酒。只见顷刻之间，画卷上波光闪动，画中的女子真真就从画上走了下来，与活人没有什么两样。真真行动时如弱柳扶风，娉娉袅袅令人心折。她谈吐文雅，气质如兰，日常饮食也无异常，让赵颜心动不已。

原来世上真有这样的仙女，赵颜的钦慕之情再也藏不住。而他日夜对着画像诉衷肠的事情，真真早已知晓，便对赵颜说：“多谢公子召唤我出来，我愿嫁与公子为妻，终生侍奉公子。”

至此，赵颜的心愿终于达成。他不计较真真的身世来历，一心一意爱慕眼前女子。与真真成婚后一年，他们便生了一个儿子，一家三口的日子过得美满至极。

又过了两年，赵颜的友人来访，一看见他的妻子真真便神色大变。赵颜不知是什么缘故，忙问友人发生了何事。友人起先也不说，等到真真与其子俱不在眼前的时候，才将赵颜拉到一边，悄声说：“你的妻子是妖物所化，早晚要害死你的，我有家传的神剑，可以助你除掉她。”

友人说完，当晚匆匆离去，将神剑留给了赵颜。这位友人与赵颜相交甚笃，留剑与他，是否除妖灭妻，都在赵颜一念之间。

赵颜抚摸着神剑，心中举棋不定。他回想起三年来与真真朝夕相处，夫妻情深；又想起友人的话，不知留下真真究竟是福是祸。就在内心煎熬之时，真真走进夫妻二人的卧室，一眼就看见了赵颜手中握着的神剑，便明白了一切，顿时泪如雨下。

“真真？”赵颜抬头惊见妻子，脸色一红，支支吾吾说不出话来。

真真冷笑着说：“我本是南岳山上的仙子，自在逍遥，来去随心。可恨世人偏要将我的容貌绘成画像，供人赏玩取乐。你在我的画像前唤我的名字足足百日，我本以为你对我真心，不愿看你失望，才肯走出画像与你相见，可笑我看错了你，你竟然是个负心薄幸之人！今日你对我起了疑心，我们的夫妻情分就此了断，我也不能再与你在一起了！”

说完真真便带着儿子走进画中，直到妻儿俱在眼前消失，赵颜方才惊醒。他悔之不已，连连呼叫“真真”，追过去欲拦住妻儿，可惜为时已晚。再仔细看时，地上突然多了一摊水，赫然就是当年他喂真真喝下的百家彩灰酒。

而画卷上，除了真真之外，又多了一个孩子的形象。

赵颜又一次日日夜夜不停地呼唤“真真”，真真却再也没有应答。三载时光宛若黄粱一梦，只有画像上多出来的那个孩子不断提醒着赵颜，是他自己的优柔寡断导致真真离他而去，就如他当初所说，画像上的女子，是自己这样的凡夫俗子不配拥有的。

由此，后世便多了一个成语“画里真真”，用来比喻不切实际的空想。

二十六 采药民

唐代皇甫氏所撰的《原化记》中，记载了另一番凡人遇仙的故事。

唐高宗显庆年间，蜀郡青城有一个青年，平时只以采药为生，无人知晓他的姓名。

青城山号称五大仙山之一，山上多出灵药，这个采药民也清楚，于是常上青城山采药。有一日他采药时，在山上见到一株颇为不凡的草药。采药民心中暗喜，急忙就要将草药挖出来。没想到他顺着草药的根茎挖，越挖越深，一时半会儿竟然挖不到头。再继续挖到几丈深的时候，他发觉那草药的根茎变得越来越粗大，竟然如瓮般大小。

这等怪事，生平罕见。采药民深吸一口气，又继续向下挖，不知不觉间，他竟然挖出了一个深达十余丈的坑来。而这草药的根，似乎还没有到头。随着坑越来越深，周围的泥土也变得松软起来，采药民没注意，脚下一滑，竟然失足掉了进去。

那坑已经很深了，泥土又松软湿滑，他试了几次，都爬不出来。他在坑底大声呼救，可是此处位于深山之中，人迹罕至，并没人来应他。

这下采药民惊慌失措，不知如何办才好。他深悔自己贪图灵药而自己挖了这个坑，现在叫天不应叫地不灵，真是自作自受。

一时之间出不去，此人也只好强打精神，审视四周，看看有没有别的出路。

照理说他落到这般绝境，是非死不可了，但是天无绝人之路，到底让他发现了转机。原来坑底有另一个洞口，若不是因他挖坑造成了泥土塌方，这洞口也不会显露出来。采药民原本也不敢贸然进去，但是他无法爬上去，若不试试，只能困在这里等死。

于是此人说服了自己，钻进了坑底的洞口。他进去之后，见洞中逐渐宽敞，也没有骇人的猛兽之类，便放下心来继续前行。走了二里多，忽然眼前一亮，原来洞穴已到尽头，外面则是另一番天地。

这采药民看着眼前整齐的房屋，葱茏繁盛的花草树木，还有田间溪畔不时走过的三五人群，几乎不敢相信自己的眼睛。

这是哪里？

采药民以为自己来到了当世的一处桃花源，大感好奇。可见那些人的衣着打扮，既与当世不同，也无上古之风，潇洒出尘，宛若仙人。

问一人这里是什么地方，那人却笑而不答，反问此人来自何方。采药民照实说后，又羞惭地称自己已经数日未曾饮食了。当地人性情淳朴，听他如此说，就撑船将他渡过河，又拿出胡麻饭、柏子汤以及各种腌菜给他吃。

采药民逃出生天，在此地住了几天后，觉得自己的身体渐渐变得轻盈起来，他觉得很奇怪，就问收留他的主人这里到底是什么地方。主人笑说："你是凡人，自然不知道这里是仙境。"

采药民又问可有回蜀郡的路，主人却说："你来到这里，便是跟我们有缘，应该先去拜谒玉皇。"

主人又说："明天就是上巳节了，我带你前去拜见玉皇。"

于是那人驾起云雾带他前往，不多时就来到了一座巍峨的宫阙前。宫中金碧辉煌，来此的人们井然有序地进门拜谒，唯独这个采药民被留在了宫外。

采药民打量了一番，看见宫门口卧着一头赤色的牛，外形奇特，正闭着眼睛吐口水。带他腾云来此的人让他去参拜这头牛，采药民不解其意，但也照做了。没过多久，牛陆续吐出赤、青、黄、白等色的珠子，均被身着同色衣服的童子捡走了。牛最后吐出一颗黑色的珠子，采药民趁着黑衣童子没来，连忙捡起来吞进肚里。这时候黑衣童子来了，看见地上什么也没有，只好两手空空地回去。采药民吞了珠子，更与仙家有缘，于是就有人带他进去拜见玉皇。

玉皇俨然就是此间之王，身边侍卫美女如云，奇花异果，香气缭绕。采药民从未见过这样的繁华富贵景象，一时间看得入神。玉皇便问他："你很喜欢这里？"

采药民震惊于玉皇竟然看穿了他心中所想，伏在地上连连请罪。玉皇又说："如果你用心修道成仙，将来也会拥有这一切。"言罢又赐给他三个仙女，让他回先前的村里潜心修炼。

采药民一心仰慕仙界，便回去跟随仙女练习吐纳之术。后来他又多次来宫中谒见玉皇，每次来，玉皇都要勉励他修行。

仙界四季如春，并无寒暑，不知不觉已经过了一年多。采药民认为自己的仙道已成，想起在人间自在采药时的样子，夜里忽然叹起气来。仙女问他缘故，他才小心翼翼地说："我偶然来此得道成仙，但是家乡的人并不知道我的经历。我来之前家中妻子已经生了一个儿子，还没有满月我便离开了，家中贫寒，不知道妻子儿子现在怎么样了，我想回去看看。"思乡之情，溢于言表。和古时大部分偶然遇仙的凡人一样，这个采药民也惦念着家中亲人。

仙女听后说："你离开凡间已经很久了，妻子早就去世了，现在回去也只剩坟茔。你大概是因为尘缘未了，才胡思乱想吧！"

采药民大惊："这怎么可能？我在此明明不过一年，难道妻子会出什么意外？我定要回去弄个明白！"

仙女见留不住他，十分惋惜他将辜负这段仙缘，又将此事告诉了玉皇。玉皇善解人意，命人送他回去。临行前，三名仙女每人送他一锭黄金，说："你现在回去，恐怕也找不到家门了，这些权作你的路费吧！"

采药民感激涕零，接过黄金拜谢了仙女。一名仙女又说："如果你回到家乡什么都找不到的话，想回来的时候，就取出金锭中的药吞下，就可以回来了。"

另一名仙女又补充："这药怕在人间保存不住，你回去后定然见到家中物是人非，只剩了东屋一块槌衣石，我在石下也放了药，如果金锭中的药腐朽，你取出石下之药吃了也可以。"

说完，众人指着天上一群飞过的大雁对他说："你看到这些大雁了吧？跟着它们飞，就可以回去。"

众人将他抛上了天，他随着大雁一起飞，不知飞了多久，落在了一处陌生的城池中。他一打听，知道这地方是临海县，离蜀郡很远了，但好歹也是回到了人间。

等他千辛万苦回到蜀郡时，已经是开元末年了，采药民的家乡也变了一副样子。他找不到家门，拉住一个老人打听，那老人看着他说："我祖父当年出门采药，再也没有回来，到现在已经九十年了。"

原来这老人竟然是他的孙子。祖孙抱头痛哭。

采药民终于相信了仙女所说的话，仙界一日，人间一年。原来他在仙界的一年，竟然是很多人的一辈子。采药民在孙子的指点下找到了故居，眼见当年的房屋都变成瓦砾荒草，只剩了那块槌衣石。他抬起石头，在下面找到了一个玉盒，吞下了里面的丹药。将自己的经历讲给孙子后，采药民飘然走进了青城山，此后再也没有人见过他，大概是回到仙界了。

当时有位罗天师，听说了这个人的奇遇，就说："他所去的那处，是第五洞宝仙九室的天地，玉皇即天皇，那赤色大牛其实就是驮龙。牛所吐的珠子，吞了红色的，寿命与天地一样；吞了青色的，能活五万岁；黄的三万岁；白的一万岁；黑的五千岁。这个人吞了黑的，虽然不能学道术，但是在人世上也能活五千年了。"

二十七 定身

定身术是一种玄之又玄的方术，古时也有修道之人学习定身术。

相传北齐仆射徐之才有个女儿，生性喜好修仙问道。人们不知道她的老师是谁，但是见她活了好几百岁，身形面貌却一如二十四五岁的样子，便知道她已经得道了，于是都称呼她徐仙姑。

徐仙姑如闲云野鹤一般，独自一人云游四方，遍览天下名山胜境，有时就独自睡在岩洞或山林中，或者借宿在寺庙中。她已成仙身，善使禁咒，等闲之人也不敢冒犯她。

但是世上总有以卵击石的人。有一次，她夜宿于山中的一处寺院，没想到这寺院中盘踞着一伙和尚。当时已是唐懿宗当政时期，朝廷风雨飘摇，四方都有人作乱，这伙野和尚，十有八九是盗匪装扮混淆视听的。这些人见到徐仙姑独身一人来此，容貌美丽，气度不凡，便大着胆子调戏嘲讽徐仙姑，言辞表情十分下流。

徐仙姑心知他们的来历，毫不客气地骂了回去。于是这群和尚被激怒了，想要用武力制服她。仙姑见状嗤笑着说：“我一个女子，离家在外云游天下，不避蛟龙虎狼，难道还会怕你们这些鼠辈？”

于是她脱了衣服躺下，吹熄房中灯烛。

野和尚高兴了，以为徐仙姑迫于他们的淫威而屈服，想着自己这下终于如愿以偿。

一晚上过去了，房中静悄悄的，仿佛什么都没发生过。天亮后，山里的村民看见仙姑衣着整齐地从寺里走出来，施施然远去。有胆子大的村民进去查看，没想到禅房里那群野和尚俱被定在原地，有的坐着，有的站着，身体硬得如同僵尸。

大家拍手称快，纷纷称赞仙姑此举大快人心。只是对于仙姑使的咒术，人们却不甚了解，只知道仙姑将恶人定在了原地，便唤其为定身术。

仙姑行踪不定，有时来往于江东之间。四十年里，吴地的人见过她几次。令人讶异的是仙姑驻颜有术，年年容颜依旧，行动如飞。徐仙姑所到之处，常有惩恶扬善之举。人们敬畏她如神明，再没有人敢戏弄侮辱她。不过对她的来历，人们却不甚清楚。有说她是天上的仙人，也有说她是凡人中精通道术者。

唐懿宗咸通初年，她曾对剡县白鹤观道士陶蒉云说过自己的身世：“我父亲曾在北齐做官，凭方术出名，后来得道，我沾了他的福气，才得以延年益寿，长生不老。”她既然这么说，后人才知道原来她就是徐之才的女儿。

二十八 遁身

遁身也是古时的一种方术，是一种能让自己一瞬间就消失的法术。

对这种方术的最早记载见于刘向的《列仙传》，其中讲到一个叫阴生的人曾使过遁身术。

阴生是汉代长安城中渭桥下的一个小乞丐。他因家穷，不得已在集市中乞讨，集市中的人都看不起这个小乞儿，时常奚落他。有一次阴生在乞讨时，遇到了几个当地著名的恶霸，这几人见他好欺负，就将粪水洒在阴生身上，看他狼狈的样子取乐。阴生被洒了一身污秽，迅速消失在了小巷里，但是没过片刻，他又出现了，衣服还跟原来一样，没有半点脏污的样子。

集市上的人都看呆了，短短片刻，阴生怎么可能就回到家换了衣服再出现呢?

于是大家就谣传阴生是妖怪变的。传来传去，官府的人听到了消息，就用锁链锁住他，将他关进了牢房。可是没想到他前一刻进去，下一刻又出现在了集市上，戴着锁链干他的老本行，向大家乞讨。

这下所有人都害怕了，相信阴生果真是个妖怪，要来害他们。官府的人又抓住了他，给他上了刑具，并且要杀掉他。

然而阴生根本不害怕官府，他轻而易举地脱身，跑到那些向他身上洒粪水的人家里去报复他们。他去过没多久，那些人家的房子就自己塌了，十几个人都被压死了。

这件事传开后，集市上的人开始反省自己对待阴生的态度。后来，长安城内传唱起一支歌谣：“见乞儿，与美酒，以免破屋之咎。”

阴生是最早使出遁身术的人，后世也有人使过。

《集异记》中记载唐代的庐山道士茅安道“能书符役鬼，幻化无端”，他也擅使遁身术。相传他曾将自己的遁身术教给了两个弟子，并且严禁他们不得对外炫耀自己的法术。但是他的两个弟子年少轻狂，云游到润州拜谒韩晋公时，自恃身有法术狂悖无礼，惹怒了韩晋公。韩晋公命人绑了这两个人，两人想遁身逃跑，却发现自己的法术失灵了。

这种情况甚少出现，大概是因为韩晋公身为宰相，自有威严，这两人被吓破了胆子，法术也就失灵了。但是韩晋公知道他们有逃脱之法后，生怕世人学此法来作恶，便起了断绝这种法术的念头。韩晋公询问这两人的师承来历，没想到茅安道早已在门外候着了。韩晋公离开座位相迎，茅安道惭愧地说：“他们两个冒犯了大人，理应受到惩罚。”

说完他喝了一口水喷到两人身上，这两人瞬间化作了两只老鼠，而他自己化作了一只巨鸢，挟着两鼠飞上了天空，就此离去。

韩晋公见到这个情形，后悔不迭，早知道他使的是水遁法，就不该请他喝茶了。

遁身术是一种用特殊方式进入各个维度空间，借助其他物质逃生的法术，古代有“五行遁术”之说，比如阴生所使的土遁、茅安道所使的水遁，都是五行遁术的一种。更多的遁身术见于《封神传》，除了土遁、水遁之外，亦有木遁、火遁等。

当然，遁身术神鬼莫测，也有别的方式。

明代初年有个道士叫冷谦，他得到明太祖朱元璋的赏识做了协律郎。他有个朋友，名叫孙智，因家穷来求他，指望他周济。冷谦与孙智关系极好，便使了个法术将孙智送进朝廷内库，让他在里面掠取些金银，够一家生计即可。然而没想到孙智是个贪心不足之人，看到库房里堆得满满当当的金银珠宝，忘乎所以拿了许多，以至于自己身上的姓名路引掉在了库房都没有发觉。

他行事不谨慎，偷盗金银的事情很快就东窗事发。孙智被捕入狱，将冷谦招了出来。太祖命人捉了冷谦，到御前审问时，冷谦对校尉说："我今天就要死了，但现在有点口渴，麻烦你给我一口水喝吧。"

于是校尉拿了一瓶水给冷谦喝，冷谦喝完后，默念咒语，身子忽然缩小，钻进了瓶中。

校尉见他一下就不见了，慌张极了，再看瓶里时，冷谦的身子不过数寸之长。校尉没办法，只能将瓶子拿给皇帝交差。皇帝知道冷谦是得道之人，就说："朕已赦卿之罪，不必藏身瓶内，卿可出来一见。"

只听瓶里传来声音："臣有罪，不敢出来。"

皇帝拿起瓶子一看，里面并没有冷谦的踪影。皇帝大怒，狠狠将瓶子掷在地上摔得粉碎，却仍旧没有冷谦的踪影。

皇帝又喊："冷谦！"一片瓷片回答："臣就是冷谦。"再问一次，另一片瓷片也这么回答。

皇帝深以为奇，不再追究此事。冷谦所使的遁术，就是瓶遁。

二十九 替身

替身术是古时的另一种神秘方术，是指用别的人或物来替代自己。

在《封神传》第七十一回里就有关于替身术的描述。

话说殷商大将胡雷被西岐名将洪锦所斩后又来叫阵，洪锦大惊，不知这死人为何复活。双方对战胡雷又一次被擒。西岐的龙吉公主看了胡雷一眼说：“此乃小术，有何难哉！”于是命人将胡雷顶上的头发分开，公主取三寸五分乾坤针放在胡雷泥丸宫钉将下去，再斩胡雷后，果然没有了异象。龙吉公主后来说：“此乃替身法，何足为奇！”

《封神传》中的“替身法”是替身术最早见于小说的，后世的典籍中也有对替身术的描述和记载。

宋代笔记小说总集《类说》中记载了一段罗公远使用替身之术的故事。

罗公远是唐玄宗时代著名的道士，传说他道法高深，精通替身术。他的名声传到皇帝耳朵里，唐玄宗就将他召进宫，命他传授自己替身之术。但是罗公远却不愿意，说这是他的独家秘术，就算是皇帝也不能传授。罗公远的高傲自负惹怒了唐玄宗，皇帝担心他利用替身术做出对自己不利的事情，于是就想了一个办法要除掉他。

唐玄宗暗中挑选了一批弓箭手埋伏在墙后，然后召罗公远来与他说话。就在罗公远到来之时，弓箭手一齐射箭，罗公远甚至来不及呼叫就被射成了一只刺猬，死得悄无声息。唐玄宗生怕他的死讯传出去会引起天下道士的恐慌，就命人将他的尸体埋在了宫中。

过了一个多月，有宫中的宦官自蜀地回到长安，对唐玄宗禀报说他回来时在洛谷见到了罗公远。罗公远是活生生一个人，看上去无伤无损，没有任何问题。唐玄宗大惊，命人打开罗公远的棺材，发现里面只有一只草鞋，上面有数十个箭孔。众人面面相觑，才知道罗公远道术竟然如此高深。

三十 隐身

隐身术最早见于汉代刘向所写的《列女专·齐钟离春》篇。钟离春是战国时齐国无盐邑的女子，相传她貌丑，年近四十还没有成亲。但是她自己不以为意，跑去王宫见齐宣王，自称要做宣王的王后。齐宣王只当她是乡野村妇不懂礼数，就召见她权当逗趣。

宣王问钟离春："你有什么本事，就敢做我的王后？"

钟离春则说："我擅长隐身。"

宣王说："我也喜欢隐身术，不如你表演给我看看？"

他话音未落，眼前的丑女忽然消失不见了。齐宣王大吃一惊，命人寻找钟离春，却不见她的踪影。

齐宣王亲眼看到了隐身术的奇幻，第二日再召见钟离春时，便迫不及待地要求钟离春教他此术。没想到钟离春却说宣王将死，学了此术也无用。齐宣王再追问时，钟离春才指出齐国眼下正处于外有敌国环绕、内又政局不稳的绝境之中。齐宣王听了，才知道这个丑女不只会隐身术，更有治国的奇才，便将她迎入王宫立她为后，此后齐国的形势也渐渐稳定下来。

至于齐宣王最后有没有学到他心心念念的隐身术，后人不得而知。

到了秦汉之际，当时的方仙道追求人死而形销的境界，于是修炼道术的方士们纷纷苦练隐身术。

相传汉代的方士们经过修炼，是能够隐身的。《后汉书・方术传》中有记载："解奴辜、张貂者，亦不知是何郡国人也，皆能隐论，出入不由门户。奴辜能变易物形，以诳幻人。"

看来会隐身术的人还不少。东汉时有个著名的儒师张楷，据说他精通《尚书》，有数百名门徒。张楷也修炼方术，能以雾气隐身，并将他的幻术教给了弟子。《后汉书・张楷传》中记载，张楷能够施法变幻出蔓延五里的云雾，将自己的身形隐藏。当时关西有个人叫裴优，他能施法变出三里的云雾，自以为不如张楷，便想拜张楷为师。但是张楷看出裴优品行不良，实在对不起他的名字，便没有收他为徒。

果然，裴优后来造雾隐身行窃被捉，官府审问他时，裴优竟然诬陷张楷，说自己的隐身术是张楷教的。官府没有彻查就将张楷也一同抓了起来，足足在牢狱中关了两年。后来汉桓帝认为张楷被关了两年都不曾消失，可见他根本不会什么隐身术，便将他放了。张楷的这场无妄之灾，真是成也隐身术，败也隐身术。

到了晋代，葛洪对隐身术笃信无疑，甚至还在《抱朴子》中明确记述以符药作法的方法，说用此法不但能隐身，还能上下飞行、自由变化。但是此法究竟有没有用，从无实证可验，葛洪自己也没有炼成隐身术。

后世则对隐身术多加推崇，明清的传奇小说中常见隐身术的记载。比如在《西游记》中，上至大罗神仙、下至各种小妖，没有不会隐身术的，看来在这一时期，隐身术已经是方术中的入门法术，是人或者妖修行的基本配置。